Shalini Boland

Dunkle Wahrheit

Thriller

Aus dem Englischen von
Ralph Sander

Weltbild

Die englische Originalausgabe erschien 2017 unter dem Titel
THE SECRET MOTHER by Storyfire Ltd trading as Bookouture

Besuchen Sie uns im Internet
www.weltbild.de

Copyright der Originalausgabe © 2017 by Shalini Boland
Copyright der deutschsprachigen Ausgabe © 2019
by Weltbild GmbH & Co. KG, Werner-von-Siemens-Straße 1, 86159 Augsburg
Übersetzung: Ralph Sander
Projektleitung & Redaktion: usb bücherbüro, Friedberg/Bay
Umschlaggestaltung: *zeichenpool, München
Umschlagmotiv: www.shutterstock.com (© annaj77; © Boulenger Xavier)
Satz: Datagroup int. SRL, Timisoara
Druck und Bindung: CPI Moravia Books s.r.o., Pohorelice
Printed in the EU
ISBN 978-3-96377-191-0

2022   2021   2020   2019
Die letzte Jahreszahl gibt die aktuelle Ausgabe an.

*Für Pete.
Dein Name bedeutet »Fels«.
Genau das bist du für mich.
Mein Fels.*

1

Die Straßenlaternen flackern, während sie den grauen Gehweg bescheinen, der überzogen ist mit Sprenkeln aus schmutzigem Schnee und Glatteis. Im Rinnstein versuchen Matschpfützen sich vor den surrenden Autoreifen zurückzuziehen, die alles plattwalzen. Ich muss mich ganz auf mich selbst konzentrieren, um das Gleichgewicht zu wahren. Meine Hände wären wärmer, wenn ich sie in den Manteltaschen lassen könnte, aber ich muss sie frei bewegen können, damit ich mich an Hauswänden, Zäunen, Baumstämmen, Laternenpfählen und anderen Dingen festhalten kann. Ich will nicht hinfallen. Aber wäre das wirklich so schlimm, wenn ich auf dem Eis ausrutschen würde? Meine Jeans würde nass werden, ich hätte einen blauen Fleck am Hintern. Das wäre nicht das Ende der Welt. Es gibt Schlimmeres. Sehr viel Schlimmeres.

Wir haben Sonntag. Der letzte Atemzug der Woche. Die lästige Pause vor dem nächsten Montag, wenn alles wieder von vorn losgeht. Wenn diese einsame Farce von Leben von vorn beginnt. Der Sonntag ist für mich ein schwarzer Punkt am Horizont, der mit jedem Tag etwas größer wird. Ich bin froh darüber, dass dieser Sonntag fast um ist, aber gleichzeitig muss ich schon an den nächsten denken. Es ist der Tag, an dem ich zum Friedhof gehe und vor ihren Gräbern stehe, auf den Rasen und den Stein starre, mit den beiden rede und ich mich frage, ob sie mein dummes Gerede hören können oder ob ich für nichts und wieder nichts rede. Ob die Sonne mich versengt, ob es in Strömen gießt, ob es weit unter null ist oder ob mich dichter Nebel umgibt – immer stehe ich da. Jede Woche. Bislang habe ich noch keinen Sonntag ausgelassen.

Graupelschauer werden mir ins Gesicht geweht und fühlen sich auf der Haut wie Nadelstiche an. Ich muss die Augen immer wieder zukneifen und nach Luft schnappen. Dann endlich biege ich von der Hauptstraße in die schmale Seitenstraße ein, die zu mir nach Hause führt. Hier bin ich geschützter, und der Wind weht nicht so brutal. Übervolle Abfalleimer in allen Farben des Regenbogens säumen meinen Weg und warten darauf, am Morgen zu einer gottverbotenen Uhrzeit abgeholt zu werden. Ich wende den Blick ab von den Fenstern, hinter denen Weihnachtslichter leuchten und blinken und mich an glücklichere Weihnachtsfeste erinnern. Damals.

Ich bin fast daheim.

Mein kleines Reihenhaus im Norden Londons liegt ziemlich genau auf halber Höhe der Straße. Ich drücke das rostige Gartentor auf und ignoriere den vernachlässigten Garten, in dem sich die weggeworfenen Verpackungen von Schokoriegeln und die leeren Chipstüten zwischen den hohen Grasbüscheln und unter den in allen Richtungen gewucherten Büschen verfangen haben. Mit eiskalten Fingern fasse ich in die Handtasche und suche, bis ich endlich den Schlüsselbund finde.

Ich bin froh, dass ich zu Hause angekommen bin, dass ich der Kälte entkomme, und trotzdem sinke ich in mich zusammen, sobald ich die Tür öffne und in die dunkle Stille des Flurs trete. Ich spüre ihr Fehlen ganz deutlich.

Wenigstens ist es hier warm. Ich ziehe den Mantel aus, streife die Stiefel ab, lege die Tasche auf den kleinen Tisch im Flur, dann mache ich das Licht an und vermeide es, mein trauriges Abbild im Spiegel zu sehen. Ein Glas Wein wäre jetzt gut. Ich sehe auf die Uhr. Erst zwanzig nach fünf. Nein. Ich werde mich benehmen und mir stattdessen einen heißen Kakao einrühren.

Seltsam, dass die Küchentür zu ist. Das ist eigenartig, weil ich sie immer offen lasse. Vielleicht hat ein Luftzug sie zufallen lassen, als ich ins Haus gekommen bin. Schlurfend begebe ich mich zum Ende des Flurs und bleibe abrupt stehen.

Durch einen Spalt an der Unterkante der Tür scheint Licht nach draußen. Jemand ist in der Küche. Mir stockt der Atem. Die Welt um mich herum scheint einen Augenblick fast stillzustehen, dann erst nimmt sie wieder Fahrt auf. Ist da etwa ein Einbrecher in meinem Haus?

Ich lege den Kopf schief. Ein Geräusch dringt an mein Ohr. Jemand summt. Ein Kind ist in meiner Küche und summt eine Melodie. Aber ich habe kein Kind. Jedenfalls nicht mehr.

Langsam drücke ich die Klinke runter und öffne vorsichtig die Tür. Mein Körper ist völlig angespannt, ich wage kaum zu atmen.

Und ich sehe einen kleinen Jungen mit dunklen Haaren dort sitzen. Er trägt eine verschossene Jeans und einen grünen Strickpulli. Ein kleiner Junge, vielleicht fünf oder sechs Jahre alt. Er sitzt auf einem Hocker, der vor dem Tresen steht, und summt irgendeine vertraute Melodie vor sich hin. Er ist vornübergebeugt und konzentriert sich auf das Blatt Papier, das auf dem Tresen liegt und auf dem er mit Buntstiften etwas malt. Über der Hockerlehne hängt ordentlich arrangiert ein marineblauer Regenmantel.

Der Junge hebt den Kopf, als ich hereinkomme. Er sieht mich mit schokoladenbraunen Augen an. Einen Moment lang tun wir nichts anderes, als uns gegenseitig anzustarren.

»Bist du meine Mummy?«, fragt er mich.

Ich beiße mir auf die Unterlippe, der Boden scheint unter mir wegzukippen. Ich fasse nach der Kante des Tresens, um nicht den Halt zu verlieren. »Hallo«, erwidere ich, während ich spüre, wie mir mit einem Mal das Herz aufgeht. »Und wer bist du?«

»Das weißt du doch. Ich bin Harry«, sagt er. »Gefällt dir mein Bild?« Er hält das Blatt vor sich hin und zeigt mir das Bild eines kleinen Jungen und einer Frau, die neben einem Zug stehen. »Ich bin noch nicht fertig. Es ist noch nicht richtig buntgemalt«, erklärt er mir.

»Das ist aber sehr schön, Harry. Bist du das neben dem Zug?«

»Ja.« Er nickt nachdrücklich. »Das da bin ich, und das da bist du. Ich hab es für dich gemalt, weil du meine Mummy bist.«

Habe ich Halluzinationen? Bin ich jetzt endgültig durchgedreht? Dieser reizende kleine Junge bezeichnet mich als seine Mummy. Dabei kenne ich ihn gar nicht. Ich habe ihn noch nie in meinem Leben gesehen. Ich kneife die Augen fest zu, dann mache ich sie wieder auf. Er ist immer noch da, aber er guckt nicht mehr so gelassen. Sein hoffnungsvolles Lächeln verschwindet, ein Stirnrunzeln beginnt sein Gesicht zu beherrschen. Seine Augen glänzen etwas zu intensiv.

Ich weiß, was das bedeutet: Gleich wird er in Tränen ausbrechen.

»Hey, Harry«, rede ich mit aufgesetzter Fröhlichkeit weiter. »Du magst also Züge?«

Das Lächeln kehrt zurück. »Dampfloks sind am besten. Viel besser als Dieselloks.« Dabei verzieht er angewidert das Gesicht und kneift die Augen zu.

»Bist du mit dem Zug hergekommen? Hierher zu mir nach Hause?«

»Nein. Wir sind mit dem Bus gekommen. Ich wäre lieber mit dem Zug gekommen. Der Bus war sehr langsam, und mir ist ein bisschen schlecht geworden.« Er legt das Bild zurück auf den Tresen.

»Und mit wem bist du hergekommen?«, will ich wissen.

»Mit dem Engel.«

Ich muss etwas falsch verstanden haben. »Mit wem?«

»Der Engel hat mich hergebracht. Sie hat mir gesagt, dass du meine Mummy bist.«

»Der Engel?«

Er nickt.

Ich sehe mich um, da mir mit einem Mal bewusst wird, dass Harry vielleicht nicht der einzige Fremde in meinem Haus ist. »Ist der Engel jetzt hier?«, frage ich im Flüsterton. »Ist noch jemand hier außer dir?«

»Nein, der Engel ist weg. Sie hat mir gesagt, ich soll was malen, weil du bald kommen wirst.«

Ein wenig entspanne ich mich, weil ich froh darüber bin, dass sich nicht noch jemand im Haus aufhält. Aber damit habe ich noch immer keine Erklärung dafür, wer dieser kleine Junge ist. »Wie bist du ins Haus gekommen?«, frage ich besorgt, weil ich fürchten muss, dass irgendein Fenster eingeschlagen wurde.

»Durch die Haustür, du Dummkopf«, antwortete er lächelnd und verdreht die Augen.

Durch die Haustür? Hatte ich die nicht abgeschlossen? Ich bin mir sicher, dass mir so was nicht passieren würde. Was ist hier los? Ich sollte irgendwen anrufen. Vielleicht die Polizei. Oder das Jugendamt. Jemand wird in diesem Moment nach dem Jungen suchen und krank vor Sorge um ihn sein.

»Möchtest du eine Tasse Kakao?«, frage ich und gebe mir Mühe, so ruhig wie möglich zu bleiben. »Ich wollte mir eine Tasse machen, deshalb ...«

»Machst du den Kakao mit Milch?«, unterbricht er mich. »Oder mit Wasser? Mit Milch schmeckt er viel besser.«

Ich muss mir ein Grinsen verkneifen. »Da hast du recht, Harry. Ich mache Kakao immer mit Milch.«

»Okay. Ja, bitte«, erwidert er. »Kakao würde mir gefallen.«

Mir geht ein Stich durchs Herz, als er so höflich redet.

»Soll ich mein Bild weiter bunt anmalen?«, will er wissen. »Oder soll ich dir helfen? Ich kann nämlich gut Kakao einrühren.«

»Na, da habe ich aber Glück«, sage ich. »Ich bin nämlich ganz schlecht darin, Kakao einzurühren. Da ist es ja gut, dass du hier bist, um mir zu helfen.«

Grinsend lässt er sich vom Hocker gleiten.

Was tue ich hier eigentlich? Ich muss sofort die Polizei anrufen. Dieses Kind gilt irgendwo als vermisst. O Gott, lass mich bitte noch zehn Minuten bei diesem süßen kleinen Jungen bleiben, der mich für seine Mutter hält. Nur noch diesen einen Augenblick, dann werde ich sofort das einzig Richtige machen.

Ich will seinen Kopf berühren, kann aber noch rechtzeitig meine Hand zurückziehen. Was denke ich mir da bloß? Der Junge muss zu seiner Mutter zurück, die vor Angst um ihn wie gelähmt sein wird.

Wieder lächelt er mich an, mein Herz zieht sich zusammen.

»Okay«, sage ich, atme tief durch und ersticke jeden Ansatz von Tränen im Keim. »Wir kümmern uns gleich um den Kakao. Ich muss nur noch kurz raus in den Flur und schnell einen Anruf erledigen, okay?«

»Oh. Okay.«

»Mal du doch noch ein bisschen weiter, ich bin gleich wieder da.« Er klettert zurück auf den Hocker und sucht sich einen dunkelgrünen Stift heraus; dann malt er wieder völlig konzentriert. Ich wende mich ab und verlasse die Küche. Im Flur hole ich das Handy aus der Tasche und wähle eine Nummer, aber nicht die der Polizei. Es klingelt zweimal.

»Tess«, kommt die knappe Antwort mit einem argwöhnischen Unterton.

»Hi, Scott. Du musst mal herkommen.«

»Was? Jetzt?«

»Ja. Bitte, es ist wichtig.«

»Tessa, ich bin total k.o., und draußen herrscht ekliges Wetter. Ich habe mich gerade mit eine Tasse Tee hingesetzt. Kann das nicht bis morgen warten?«

»Nein.« Vom Tisch aus kann ich Harry sehen. Die Locken seines Ponys hängen ihm über einem Auge. Träume ich nur, dass er da ist?

»Was ist los?«, fragt er so, wie er das immer fragt. Eigentlich soll es heißen: *Was ist jetzt schon wieder los?* Weil immer irgendwas los ist. Weil ich seine bescheuerte Ehefrau bin, die immer in irgendein Drama oder in eine ausgedachte Krise verstrickt ist. Aber diesmal kann er sehen, dass es real ist. Diesmal bilde ich mir nicht bloß was ein.

»Das kann ich dir am Telefon nicht sagen, es ist zu verrückt. Du musst herkommen, um es mit eigenen Augen zu sehen.«

Ein gedehntes, frustriertes Seufzen ist zu hören. »Gib mir zwanzig Minuten, okay?«

»Okay. Danke, Scott. Komm her, so schnell du kannst.«

Mein Herz rast, während ich zu verstehen versuche, was da gerade abgeht. Der kleine Junge sagt, dass ein Engel ihn hergebracht hat. Und er sagt, dass ich seine Mummy bin. Aber er ist nicht mein Sohn. Woher um alles in der Welt kommt er dann?

Wieder atme ich tief durch und gehe zurück in die Küche. Es ist warm, angenehm, gemütlich. Nicht diese sterile Atmosphäre, die hier sonst herrscht.

»Können wir jetzt den Kakao machen?« Harry sieht mich mit leuchtenden Augen an.

»Ja, natürlich. Ich hole die Becher und den Kakao. Du kannst mir schon mal aus dem Schrank da drüben den kleinsten Kochtopf heraussuchen, den du finden kannst.«

Bereitwillig kommt er meiner Aufforderung nach.

»Sag mal, Harry. Wo sind eigentlich deine Eltern? Deine Mummy und dein Daddy?«

Er starrt die Töpfe an.

»Harry?«, frage ich nach.

»Die sind nicht hier«, antwortet er schließlich. »Ist der klein genug?« Er holt den Edelstahltopf für Milch heraus und hält ihn hoch.

»Genau richtig«, sage ich und nehme ihm den Topf aus der Hand. »Kannst du mir sagen, wo du lebst?«

Keine Antwort.

»Bist du von zu Hause weggelaufen? Hast du dich verlaufen?«

»Nein.«

»Aber wo bist du zu Hause? Wo? Hier in Friern Barnet? In London? Irgendwo in der Nähe von diesem Haus?«

Mit finsterer Miene schaut er vor sich auf den Steinboden.

»Hast du einen Nachnamen?«, frage ich so behutsam, wie es nur geht.

Er sieht mich an und schiebt das Kinn vor. »Nein.«

Ich unternehme einen neuen Anlauf und gehe in die Hocke, um auf gleicher Höhe mit ihm zu sein. »Harry, Schatz. Wie heißt deine Mummy?«

»*Du* bist meine neue Mummy. Ich muss jetzt hierbleiben.« Seine Unterlippe beginnt zu beben.«

»Schon gut, Sweetie, mach dir keine Sorgen. Jetzt kümmern wir uns erst mal um den Kakao, richtig?«

Er nickt eifrig und schniefte.

Ich nehme seine Hand und drücke sie leicht, während ich mich wieder aufrichte. Es wäre mir lieber, ich hätte Scott nicht anrufen müssen. Aber ich brauche ihn hier, wenn ich die Polizei anrufe. Ich kann nicht auf mich allein gestellt mit der Polizei zurechtkommen, nicht nach dem, was zuvor geschehen ist. Ich habe Angst davor, wenn sie herkommen – die Fragen, die Seitenblicke, diese Andeutungen, ich könnte irgendwas verkehrt gemacht haben. Dabei habe ich gar nichts verkehrt gemacht, oder?

Und Harry ... ihn wird man mir wegnehmen. Was ist, wenn er von seinen Eltern geschlagen wurde? Was, wenn er zu einer Pflegefamilie muss? Tausend Gedanken gehen mir durch den Kopf, einer schlimmer als der andere. Aber ich habe nicht das Recht zu entscheiden, was mit ihm geschehen soll. Ich habe keinen Einfluss darauf, weil er nicht mein Kind ist.

Ich habe kein Kind. Nicht mehr.

2

Harry und ich werkeln gemeinsam in der Küche. Es ist so einfach, so natürlich. Als würden wir etwas tun, was wir schon immer so gemacht haben. So als wäre ich tatsächlich seine Mummy und er mein Sohn. So als wäre es ganz normal, dass wir uns an einem Sonntagnachmittag nach einem Spaziergang im Regen einen heißen Kakao machen. Wir werden den Kakao genießen, während wir uns einen Film ansehen, und dann werden wir seine Tasche packen, damit er für die Schule morgen bereit ist. Ich werde ihm ein Bad einlassen und ihm die Haare waschen, danach bringe ich ihn ins Bett und lese ihm noch eine Gutenachtgeschichte vor. Nein, halt! Aufhören! Sofort! Warum quäle ich mich mit diesen albernen Gedanken nur selbst? Meine Kehle ist wie zugeschnürt, und dann kommen mir die Tränen, gerade als die Milch zu kochen beginnt.

»Ist alles in Ordnung, Mummy?«

Mit dem Ärmel meines Sweatshirts wische ich die Tränen weg. »Ja, ja, alles ist bestens, Sweetie. Ich kann es kaum erwarten, einen großen Schluck zu trinken, wenn der Kakao endlich fertig ist.«

»Ich auch nicht.«

Harry kniet auf einem Hocker und ich beaufsichtige ihn, während er das Kakaopulver mit einem Holzlöffel in die Milch einrührt. Als er fertig ist, gieße ich den fertigen Kakao in zwei Becher, mit denen wir uns an den winzigen Küchentisch setzen. Mir bleiben nur noch ein paar Minuten, um diesen Schnappschuss zu genießen, der mein Leben zeigt, wie es hätte sein können.

Ich weiß, ich sollte intensiver versuchen herauszufinden, woher Harry kommt. Ich sollte ihn noch einmal fragen, wer seine Eltern sind, wo er lebt und all die anderen wichtigen Sachen. Aber darauf wollte er schon beim ersten Mal nicht antworten, und ich will ihn nicht aufregen. Diese Fragen sollen die Profis stellen.

Harry trinkt laut schlürfend einen Schluck und verzieht das Gesicht. »Der ist ja heiß.«

»Vorsicht, sonst verbrennst du dir noch die Zunge.«

»Magst *du* auch Züge?«, will er von mir wissen. Jetzt hat er einen Oberlippenbart aus Kakao, was mich zum Lächeln bringt.

»Ich *liebe* Züge«, erwidere ich. »Einmal bin ich mit einem Zug durch ganz Frankreich bis runter nach Spanien und Portugal gefahren.«

»Wow! Wie lange warst du da unterwegs?«

»Oh, viele Tage.«

»Und Nächte auch? Hast du im Zug geschlafen?«

»Ja, manchmal.« Ich muss an das beengte Abteil denken, das ich mir mit Scott geteilt habe, als wir das erste Mal ein Paar waren. Diese wunderschönen ersten Tage der Liebe, die wie hinter Dunst verborgen liegen.

»Können wir das auch mal machen?«, will Harry wissen und sieht mich erwartungsvoll an, während ihn der bloße Gedanke an ein solches Abenteuer große Augen machen lässt. »Können wir auch durch die ganzen Länder fahren und nachts im Schlafsack schlafen?«

Ich möchte ihm so gerne sagen, dass wir das auf jeden Fall

machen können. Ich möchte ihm sagen, dass wir gleich morgen die Fahrkarten kaufen werden, und dann werden wir gemeinsam in einer Dampflok um die ganze Welt fahren. Ich möchte ihm sagen, dass wir dann exotische Landschaften zu sehen bekommen und dass wir allen Leuten zuwinken, die an der Bahnlinie stehen. Wir werden mit interessanten Leuten reden und ein Abteil ganz für uns alleine haben. Ich werde ihm eine Lokführermütze kaufen, und der Schaffner wird ihn seine Trillerpfeife benutzen lassen. Wir werden den Spaß unseres Lebens haben.

»Ich bin mir sicher, wenn du älter bist, wirst du dazu in der Lage sein, Harry.«

»Genial«, sagt er und spricht dabei in den Becher hinein, was seine Stimme widerhallen lässt.

Es klingelt an der Tür, ich zucke leicht zusammen.

»Wer ist das?«, fragt Harry irritiert und stellt seinen Becher zurück auf den Tisch.

»Das wird Scott sein«, antworte ich und stehe auf. »Keine Sorge, du wirst ihn mögen. Er ist nett.«

»Okay.«

»Ich mach ihm die Tür auf«, sage ich. »Ich bin gleich wieder da. Bleib du nur da sitzen, okay?«

Harry nickt, schaut aber auf einmal sehr ernst drein.

Ich verlasse die Küche und ziehe die Tür hinter mir zu. Scott weigert sich beharrlich, mit seinem Schlüssel aufzuschließen. Obwohl wir uns getrennt haben und auch getrennt leben, habe ich ihm gesagt, er soll einen Satz Schlüssel behalten. Ich habe ihm auch gesagt, dass das hier immer auch sein Haus sein wird. Trotzdem schließt er nie auf, sondern klingelt nur.

Ich öffne die Tür, vor mir steht mein klatschnasser und finster dreinblickender Ehemann. »Hi, komm rein. Ich wusste nicht, dass es so schlimm regnet.« Ich mache einen Schritt zur Seite, damit er hereinkommen kann. »Soll ich dir den Mantel abnehmen?«

»Ich habe nicht vor zu bleiben, Tess. Um was geht es hier?« Seine tiefe Stimme schallt durch den schmalen Flur.

»Schhht, nicht so laut«, sage ich und deute auf die Küche.

»Was?«, fragte er und wird nur noch lauter. »Wieso? Ist jemand hier?«

»Scott, bitte.«

»Okay«, flüstert er übertrieben leise.

»Hör zu«, fange ich an. »Ich bin heute Nachmittag vom Friedhof zurückgekommen ...« Seine Miene wird noch finsterer. Er geht nie auf den Friedhof, weil ihn das zu sehr deprimiert. Er sagt, er will sie so in Erinnerung behalten, wie sie waren. »... und als ich nach Hause kam, war da auf einmal ein kleiner Junge in unserer Küche.«

Es dauert ein paar Sekunden, bis ihm klar wird, was ich gesagt habe.

»Ein kleiner Junge?« Er zieht die Augenbrauen zusammen. »Was redest du da? Was für ein kleiner Junge?«

»Das versuche ich dir ja gerade zu erklären«, sage ich, während mein Herz heftiger zu schlagen beginnt. »Er ist jetzt in der Küche. Sein Name ist Harry.«

Scott fasst mich an den Schultern und sieht mir ins Gesicht, als würde er nach irgendetwas suchen. »Tessa, was soll das? Ich will nicht hoffen, dass du irgendeine Dummheit begangen hast.«

Ich streife seine Hände ab und mache einen Schritt nach hinten. »Ich habe überhaupt nichts gemacht«, fauche ich ihn an. »Ich sage dir nur, was passiert ist. Ich bin nach Hause gekommen, und da war er in unserem Haus. Er saß am Küchentresen und malte ein Bild, und dann fragte er mich, ob ich seine Mummy bin.«

»Lieber Himmel, Tess. Was hast du nur angestellt?« Er drängt sich an mir vorbei und öffnet die Küchentür. Dann bleibt er abrupt stehen, als er Harry am Tisch sitzen sieht. Der ist damit beschäftigt, mit dem Zeigefinger den Milchschaum vom Boden des Bechers aufzuwischen.

Ich zwänge mich an Scott vorbei und stelle mich zu unserem kleinen Besucher. Schließlich will ich nicht, dass der Anblick eines wütenden Fremden ihm Angst macht. Aber Harry scheint sich nicht an ihm zu stören, denn er sieht eine Weile Scott an, ehe er sich zu mir umdreht.

»Harry«, sage ich mit aufgesetzter Fröhlichkeit. »Das ist Scott, von dem ich dir eben erzählt habe.«

Harry steht vom Stuhl auf und wischt sich die klebrigen Finger an seiner Jeans ab, dann geht er um den Tisch herum und streckt Scott die Hand entgegen. »Es freut mich dich kennenzulernen, Scott«, sagt er mit einer so engelsgleichen und selbstbewussten Stimme, dass ich ihn am liebsten an mich drücken möchte.

Scotts Wut auf mich ist verraucht. Er steht da und bekommt einen Moment lang den Mund nicht mehr zu, ehe er wie benommen Harrys Hand schüttelt.

»Hallo«, sagt er krächzend. »Tessa und ich müssen uns nur mal kurz im Flur unterhalten, okay? Wir sind gleich wieder da.«

»Heißt du Tessa?«, fragt mich Harry.

Ich nicke.

»Aber du bist doch meine Mummy, oder?«

Ich lächele schwach, da ich nicht mit einem Nein antworten möchte.

»Okay, Harry«, geht Scott dazwischen. »Nur ein paar Minuten, dann sind wir wieder bei dir.«

Dann fasst er mich am Oberarm und bugsiert mich aus der Küche. Er sieht mich mit zusammengekniffenen Augen an, die Lippen presst er fest aufeinander. Er macht die Tür hinter uns zu und dreht sich zu mir um. Seine Hände hält er wie Klauen.

»Warum hält er dich für seine Mum? Wo kommt er her, Tess? Wo hast du ihn her?«

Ich schüttele den Kopf. »Ich habe dir doch gesagt, dass ich nach Hause gekommen bin und da ...«

»Ja, du hast gesagt, er war da und saß am Tresen. Aber das ist unmöglich. Ein Kind kann nicht wie von Geisterhand in deiner Küche auftauchen. Wo hast du ihn tatsächlich aufgelesen? Sag es mir, und wir können es wieder in Ordnung bringen.«

Ich hätte wissen müssen, dass Scott mir nicht glauben würde. Nach allem, was wir durchgemacht haben, traut er mir nicht länger über den Weg. Er steht nicht mehr hinter mir, ich bin ganz auf mich allein gestellt.

Seine Stimme wird etwas sanfter. »Ich weiß, das ist schwer für dich. Ich weiß, durch alles, was passiert ist, wurde dir das Herz gebrochen. Aber du kannst solche Sachen hier nicht durchziehen. Du handelst dir großen Ärger ein. Dafür könntest du sogar ins Gefängnis wandern.«

»Ich habe ihn weder gefunden noch irgendwo mitgenommen, auch wenn du das zu glauben scheinst«, herrsche ich ihn an und balle die Fäuste. »Glaubst du ernsthaft, ich würde jemandem das Kind wegnehmen, nach allem, was uns widerfahren ist? Meinst du, ich würde eine andere Mutter diesem Schmerz aussetzen wollen? Ich sage dir die Wahrheit. Aber wenn es dir nicht möglich ist, mir zu glauben, dann ...«

»Es ist nicht so, als würde ich dir nicht glauben. Vielleicht kannst du dich ja tatsächlich nicht daran erinnern, was passiert ist. Oder vielleicht ... ach, ich habe keine Ahnung.« Scott lässt die breiten Schultern sinken und fährt sich mit einer Hand durch sein dunkles Haar. Mit einem Mal sieht er selbst aus wie ein kleiner, müder Junge.

»Wir müssen die Polizei anrufen, nicht wahr?«, frage ich.

»Ja, und die hättest du anrufen sollen, bevor du mich anrufst. Du hättest die Polizei anrufen sollen, *anstatt* mich anzurufen.«

»Ja, ich weiß.« Ich lasse den Kopf sinken und kaue auf meiner Unterlippe herum. Ich schäme mich. Ich habe meine eigenen Bedürfnisse über die des Jungen und über die seiner Eltern gestellt, und das war verkehrt. Was habe ich mir nur dabei gedacht? »Kannst du sie anrufen?«, frage ich Scott. »Bitte. Ich glaube nicht, dass ich dazu in der Lage bin.«

Er nickt und zieht sein Handy aus der Manteltasche. »Was soll ich ihnen sagen?«

»Sag ihnen die Wahrheit«, erwidere ich. »Dass ich nach Hause gekommen bin und ihn hier vorgefunden habe.«

»Das klingt sehr eigenartig, Tessa.«

»Besser als zu lügen.«

»Okay. Also, wenn du dir sicher bist.«

Ich nicke, obwohl ich mir weder in dieser noch in einer anderen Sache sicher bin. Ein Gefühl von Hilflosigkeit überkommt mich. Dieser kleine Junge, der von einem Angel hergebracht wurde, wird bald wieder aus meinem Leben verschwunden sein, so wie alles andere auch.

3

Es dauert nicht lange, bis sie eintreffen. Nicht mal zehn Minuten sind seit Scotts Anruf vergangen, da klingelt es an der Tür. Zwei Polizeibeamte – ein Mann und eine Frau, deren Namen ich mir nicht merken kann – unterhalten sich in der Küche mit Harry, während Scott und ich im Wohnzimmer warten. Betretene Stille beherrscht das kleine Zimmer. Ich habe meinen üblichen Platz auf dem Sofa eingenommen, Scott steht am Fenster und sieht in die von Regen gepeitschte Nacht. Ich lausche und hoffe, durch die Wand hindurch irgendetwas von dem mitzubekommen, was in der Küche gesprochen wird. Sie müssen allerdings sehr leise reden, denn ich nehme nur hin und wieder den tiefen Bass des Mannes wahr. Worte kann ich keine heraushören.

Was werden sie zu Harrys Geschichte sagen? Wird er ihnen das Gleiche erzählen, was er zu mir gesagt hat? Als die Polizisten eintrafen, habe ich ihnen geschildert, was sich zugetragen hatte, als ich am frühen Abend nach Hause gekommen war. Daraufhin wollten sie wissen, wo wir beide uns aufgehalten hatten. Scott hatte wie üblich Fußball gespielt, und ich war auf dem Friedhof gewesen – allein. Nachdem wir geantwortet hatten, stellten sie keine weiteren Fragen und kommentierten auch nichts. Sie notierten nur unsere Aussagen.

»Alles in Ordnung?«, frage ich Scott, der schrecklich schweigsam ist, seit die Polizisten zu Harry in die Küche gegangen sind.

»Hm?« Er dreht sich zu mir um.

»Ob mit dir alles in Ordnung ist, habe ich gefragt.«

»Oh. Ja, ich schätze schon. So hatte ich mir den heutigen Abend aber nicht vorgestellt.«

»Ich auch nicht.«

Er presst die Lippen zusammen und schüttelt den Kopf. Ich weiß, er denkt, dass alles meine Schuld ist. Dass ich ihn in eine Sache hineingezogen habe, mit der er nichts zu tun haben will. Vielleicht hätte ich ihn besser nicht angerufen. Ich habe keinen Anspruch darauf, dass mein Ehemann zu mir kommt. Wir haben uns getrennt, er schuldet mir nichts. Aber er war immer derjenige, an den ich mich wenden konnte. Wir waren immer füreinander da. Ist tut weh zu erkennen, dass es ihm zuwider ist, dass ich ihn brauche. Es tut weh, dass er jetzt wahrscheinlich lieber ganz woanders wäre als hier bei mir.

»Danke«, sage ich.

»Wofür?«

»Dass du hergekommen bist, als ich dich angerufen habe. Und dass du für mich die Polizei angerufen hast.«

Er lächelt mich betrübt an und fährt sich durch sein feuchtes braunes Haar. Seine große, breitschultrige Statur lässt ihn normalerweise selbstsicher wirken, an diesem Abend strahlt er nur Unsicherheit und Unbehagen aus. Er wirkt zu groß für den kleinen Raum. Es ist so, als würde er nicht mehr in dieses Haus passen.

»Was glaubst du, was sie mit ihm machen werden?«, frage ich und lege die Arme um meine Knie.

»Ganz bestimmt werden sie seine Eltern finden.«

»Ich hoffe, es sind nette Leute. Vielleicht ist er von zu Hause weggelaufen.«

»Ihm wird schon nichts passieren«, sagt Scott desinteressiert. »Die Polizei wird das schon klären.«

Ich nicke zwar, doch überzeugt bin ich davon nicht.

Scott reißt die Augen auf, als er hört, wie in der Küche Stühle über den Boden geschoben werden. Die Stimmen werden lauter, die Küchentür geht auf. Ich springe vom Sofa auf und folge Scott in den Flur, wo die beiden Polizisten mit Harry in ihrer Mitte stehen. Er wirkt verloren.

»Wir melden uns«, sagt die Polizistin.

Mein Magen verkrampft sich bei ihren Worten. Was genau soll das heißen?

»Okay«, entgegnet Scott nur.

»Bye-bye, Harry«, sage ich. »Es war schön dich kennenzulernen.«

Aber Harry sieht mich weder an, noch erwidert er etwas. Es kommt mir so vor, als hätte ich ihn enttäuscht. Mir fällt nichts ein, was ich sagen könnte, um ihn zu beruhigen. Gleich wird er weg sein, und dann ist alles zu spät.

»Werden Sie mir Bescheid geben, was als Nächstes passieren wird?«, frage ich die Polizisten aus Angst, dass ich den kleinen Jungen nie wiedersehen und nichts mehr von ihm hören werde. Und dass ich nie erfahren werde, was aus ihm geworden ist.

»Es tut mir leid, aber derartige Informationen dürfen wir nicht herausgeben«, antwortet der Polizist.

»Aber ...«

Scott legt warnend eine Hand auf meinen Arm, ich verstumme. Ich kann den Blick nicht von Harrys blassem, zu Boden gewandtem Gesicht und den dunklen Locken abwenden, die es umrahmen.

»Hast du daran gedacht, dein Bild mitzunehmen, Harry?«, frage ich. »Du willst das schöne Bild doch bestimmt nicht hier liegenlassen.«

Er reagiert nicht. Was ist aus dem gesprächigen kleinen Jungen geworden, der mich erst vor Kurzem noch Mummy genannt hat?

»Wir haben ihn gefragt, ob er das Bild mitnehmen möchte«, erwidert die Frau. »Aber er sagt, dass es für Sie ist, Mrs Markham. Das ist doch richtig, oder, Harry?«

Ich bin mir nicht sicher, aber ich meine, Harry hätte genickt.

»Ich werde es gut aufbewahren«, sage ich zu gut gelaunt. »Ich werde es am Kühlschrank festmachen, wo ich es jeden Tag sehen kann.«

Auch jetzt kommt von ihm keine Reaktion. Ich kann nur hoffen, dass er versteht, was ich ihm sage.

Der Polizist gibt mir und Scott je eine Visitenkarte. »Wir melden uns bei Ihnen, aber falls Sie uns anrufen wollen, ist das hier unsere Nummer. Wenn Ihnen noch etwas einfallen sollte, was uns weiterhelfen könnte.«

»Das werden wir machen«, antwortet Scott, dann sagt er: »Alles Gute, Harry. Pass gut auf dich auf.«

Die Polizisten verlassen das Haus und gehen hinaus in den Regen. Harry schlurfte neben der Frau her. Ihre schwarzen Finger legen sich um seine blasse Hand. Die Kapuze seiner Jacke ist noch runtergeschlagen, und er bekommt nasse Haare. Warum zieht ihm keiner die Kapuze über? Ich muss mich zurückhalten, doch dann kann ich erleichtert aufatmen, denn die Frau kümmert sich um seine Kapuze. Danach macht sie einen Schirm auf, während sie weiter zu ihrem Wagen gehen.

Ich möchte daran glauben, dass Harry zu einer liebevollen Familie zurückkehren wird, die ihn an sich drücken und mit Küssen überhäufen wird. Aber mein Herz fühlt sich schwer wie Blei an. Scott führt mich von der Haustür weg und macht sie hinter den Beamten zu.

Einen Moment lang stehen wir nur da und lauschen dem Regen, der auf das Dach der Veranda trommelt.

»Tja«, sagt Scott. »Dann mache ich mich besser mal auf den Weg.«

»Hast du schon gegessen?«, frage ich. »Ich kann für uns beide was kochen, wenn du ...«

»Ich gehe besser nach Hause, Tess. Zu Hause steht mein Abendessen, und besser wird dieses Wetter heute auch nicht mehr.«

»Ja, natürlich. Geh du ruhig.« Im Spiegel sehe ich mich kurz an. Mein Gesicht ist fleckig, ich habe dunkle Ringe unter den Augen, und mein Haar sieht aus wie ein blondes Krähennest mit angegrautem dunklem Ansatz. Nicht die moderne und angesagte Variante, sondern die, die von Müdigkeit und Mattigkeit zeugt und locker zehn Jahre älter macht. Kein Wunder, dass Scott die Flucht ergreifen will.

Er will nicht mal bleiben und über das reden, was heute hier passiert ist. Er will keine Vermutungen darüber anstellen, woher Harry kommt und wie er es in meine Küche geschafft hatte. Früher hätten wir eine Flasche Wein aufgemacht und bis spät in die Nacht über einen so bizarren Vorfall geredet. Jetzt tun wir das nicht mehr.

»Pass auf dich auf, Tess.« Er beugt sich vor und gibt mir einen obligatorischen Schmatzer auf die Wange. Der Geruch seines Aftershaves hüllt mich ein, und ich möchte meine Hände an sein Gesicht legen, damit seine Wange an meine gedrückt bleibt. Ich möchte weiter sein warmes Aroma einatmen. Doch er weicht längst vor mir zurück und macht die Haustür auf. Er flieht. Er lächelt mir noch einmal zu, nickt knapp und zieht die Tür hinter sich zu. Dann ist er weg.

Ich starre die Tür an und atme tief durch. Ich werde mich nicht von dem Ganzen nach unten ziehen lassen. Ich werde das Abendessen zubereiten, irgendetwas Köstliches, das mir Trost spenden kann. Dabei habe ich überhaupt keinen Hunger.

Die Küche ist verwaist und totenstill. Harrys Bild liegt auf dem Tresen. Ich nehme es hoch und sehe es mir an. Das sieht einer grünen Dampflok ziemlich ähnlich, muss ich sagen. Daneben stehen ein Junge mit dunklen Haaren und eine lächelnde Frau, die ein Kleid mit Blumenmuster trägt. Ich berühre meine Haare. Harry sagte, das Bild würde mich zeigen, aber diese Frau hat braune Haare, während meine blond sind. Ich öffne die oberste Schublade und betrachtete die Bleistifte. Da ist ein brauner, da ein gelber. Er hätte mich also mit der richtigen Haarfarbe malen können.

Aber warum mache ich mir darüber Gedanken? Offenbar ist er ein traumatisierter kleiner Junge. Irgendetwas ist ihm zugestoßen, und er hat so getan, dass ich seine Mum bin, damit er eine schwierige Zeit durchstehen kann. Vielleicht ist er ja auch farbenblind. Ich werde es wohl nie erfahren.

Gerade will ich das Bild in die Schublade legen, da halte ich inne. Ich habe Harry gesagt, ich würde es am Kühlschrank befestigen, damit ich es mir jeden Tag ansehen kann. Ich kann nicht mein Versprechen brechen. Am Kühlschrank ist schon ein Bild mit zwei Magneten festgemacht, das mich, Scott und Sam zeigt. Fröhliche Strichmännchen, die sich an den Händen halten. Ich nehme den unteren Magneten ab und verschiebe das Bild nach rechts. Dann benutze ich den Magneten, um Harrys Bild ebenfalls an den Kühlschrank zu hängen. Schließlich trete ich einen Schritt zurück, um mir beide Bilder anzusehen. Ich muss noch ein paar Magnete kaufen, damit die Blätter nicht so hin und her flattern.

Ich mache den Kühlschrank auf. Im mittleren Fach schimmeln ein Stück Käse und eine verschrumpelte Karotte vor sich hin. Sieht so aus, als müsste ich mich mit Toast und Bohnen als Belag begnügen. Nein. Mir fällt ein, dass das Brot aufgebraucht ist. Also Bohnen mit geriebenem Käse. Es geht nicht anders.

Plötzlich klingelt es an der Tür. Ich stehe sekundenlang wie erstarrt da. Hat Scott es sich vielleicht doch noch anders überlegt? Ist er zu der Einsicht gelangt, dass ich heute Nacht besser nicht allein sein sollte?

Wir werden irgendwo Essen bestellen müssen. Vergebens fahre ich mir durch die Haare und laufe zur Haustür. Als ich sie aufmache, lächle ich und mein Herz schlägt vor Freude schneller. Aber da steht nicht Scott vor der Tür, sondern meine Nachbarin Carly. Sie hat ihr kastanienbraunes Haar zu einem hoch oben auf dem Kopf ansetzenden Pferdeschwanz zusammengebunden. Gegen den Regen schützt sie sich mit einem schwarz-weiß karierten Schirm. Sie lächelt mich mit ihren strahlend weißen Zähnen an.

»Hi«, sage ich, während mich Enttäuschung überkommt. Ich hätte wissen müssen, dass das nicht Scott sein konnte.

Und Carly ist nun wirklich der letzte Mensch, mit dem ich mich in diesem Moment unterhalten möchte.

»Wie geht's dir, Tess?«, fragt sie mit diesem selbstbewussten Kratzen in der Stimme.

Ich versuche mich zusammenzureißen, während sie ihre makellos gezupften Augenbrauen hochzieht, da sie wohl auf eine Antwort von mir wartet. Ich frage mich, warum sie bei mir in der Tür steht. Als Scott und ich noch nicht getrennt waren, hat Carly und mich eine ganz gute Freundschaft verbunden. Sie lebt gegenüber und war ungefähr zur gleichen Zeit wie wir in diese Straße gezogen. Wir hielten ein Schwätzchen, wenn wir uns sahen, wir tranken zusammen Kaffee, wir grillten zusammen. Wir passten sogar jeder auf das Haus des anderen auf, wenn der eine Weile nicht da war. Dann wurden die Blumen gegossen, ihre Katze gefüttert und so weiter.

Aber dann auf einmal wurde sie etwas zu nett zu Scott. Wenn ich von der Arbeit kam, war sie schon auf einen Drink mit ihm rübergekommen. Bei anderen Gelegenheiten erzählte sie etwas über Scott, von dem ich gar nichts wusste. Zum Beispiel irgendwas Lustiges, was ihm widerfahren war, nur dass er noch keine Gelegenheit gefunden hatte, mir davon zu erzählen. Jede dieser Kleinigkeiten versetzte mir einen Stich. Sie stand unangemeldet bei uns vor der Tür, um sich Dinge zu borgen, die sie nie zurückbrachte oder ersetzte. Einmal gab Scott ihr sogar ein kleines Darlehen. Also beschloss ich, unsere Freundschaft ein wenig einschlafen zu lassen.

Aber Carly ist nicht allzu gut darin, subtile Andeutungen wahrzunehmen. Sie kam trotzdem bei jeder sich bietenden

Gelegenheit rüber und fand immer wieder Vorwände, um ins Haus zu gelangen. Bis zu dem Tag, an dem Scott auszog. Von da an bekam ich sie nicht mehr so oft zu sehen. Schon seltsam, nicht wahr?

»Was ist los, Carly?«, erwidere ich schließlich.

»Ich wollte nur mal nach dir sehen, ob alles in Ordnung ist«, sagt sie. »Ich habe den Streifenwagen vor dem Haus gesehen, und dann kamen die Polizisten mit einem kleinen Jungen aus deinem Haus ...«

»Oh. Ja, stimmt. Nein, nein, mir geht's gut. Danke der Nachfrage. Alles bestens. Er hatte sich verlaufen, weiter nichts.« Vielleicht bin ich ja nur eine Zynikerin, aber Carly ist nicht rübergekommen, um sich nach meinem Befinden zu erkundigen, schon gar nicht bei diesem Wetter.

»Verlaufen?«, wiederholt sie, wobei ihre Augen zu funkeln beginnen. »Dieser kleine Junge? Hast du ihn irgendwo gefunden?«

Ich hätte wissen müssen, dass sie sich für Harry interessiert. Carly hat für eine der Boulevardzeitungen gearbeitet, aber da die Verkaufszahlen wegen der vielen kostenlosen Nachrichtenseiten im Internet immer weiter gesunken sind, ist ihr Arbeitsplatz vor Kurzem überflüssig geworden. Jetzt ist sie freiberufliche Reporterin, und wie so viele ihrer Kollegen ist sie immer verzweifelt auf der Suche nach einer Story. Wie kann ich ihr höflich sagen, dass sie sich zum Teufel scheren soll? Ich habe einen langen und anstrengenden Tag hinter mir, und ich will nur mein Abendessen zubereiten, ein Buch lesen und für ein paar Stunden die Welt um mich herum vergessen.

»Tut mir leid, Carly«, sage ich. »Willst du irgendwas Bestimmtes? Ich habe im Moment nämlich einiges zu erledigen.«

»Oh, sicher. Ich dachte nur, wenn mit dem Jungen irgendwas ist, dann könnte ich daraus eine gute Story machen.«

Bingo! Hab ich's doch gewusst. »Mit dem Jungen ist nichts, und es gibt auch keine Story«, sage ich. Am liebsten würde ich ihr die Tür vor der Nase zuschlagen, aber ich bin einfach ein zu höflicher Mensch. Außerdem will ich keinen Streit zwischen uns, das Verhältnis ist auch so schon belastet. »Aber danke, dass du rübergekommen bist. Das war sehr aufmerksam von dir«, füge ich hinzu, auch wenn ich weiß, dass in diesem egozentrischen, durchtrainierten kleinen Körper nicht ein Gramm Mitgefühl für andere zu finden ist.

Sie macht einen Schritt nach vorn, sodass ihr Fuß der Tür im Weg ist. Listige dumme Kuh. »Und wer war der Junge?«, flüstert sie mir im verschwörerischen Tonfall zu, als wären wir die besten Freundinnen. »Ich kann da einen richtig schönen Artikel drüber schreiben. Ich kann dich interviewen, dir ein Umstyling verpassen, dein Foto in die Zeitung bringen – zumindest online.«

»Ich will kein Umstyling, ich will auch nicht mein Foto in der Zeitung sehen, und erst recht nicht im Internet. Wie gesagt, es gibt keine Story. Ehrlich, Carly, es tut mir leid, aber ich habe noch zu tun.« Ich drücke die Tür zu, sodass sie gezwungen ist zurückzuweichen. »Danke noch mal, dass du rübergekommen bist«, rufe ich ihr zu, damit sie mich nicht als unhöflich bezeichnen kann. Dann drücke ich die Tür ins Schloss, was von einem wohltuenden Klicken begleitet wird, und stehe da, während das Blut in meinen Adern brodelt. Was hat diese Frau doch für Nerven!

Ich lasse mich gegen die Tür sinken, und erst jetzt fällt mir auf, wie sehr meine Hände zittern. Aber ich weiß nicht, ob das an Carlys unerwünschtem Interesse oder an dem Schock liegt, dass da wie aus dem Nichts kommend ein kleiner Junge in meinem Haus aufgetaucht ist. Haben die Polizisten nicht davon geredet, dass sie sich noch bei mir melden wollen? Warum wollen sie noch mal mit mir reden? Ich habe ihnen gesagt, was passiert ist. Glauben sie mir etwa nicht? Mein Verstand fühlt sich an, als wäre er von einem dichten Nebel umgeben. Wieder versuche ich die Ereignisse dieses Abends zu sortieren. Ich bin vom Friedhof nach Hause gekommen, und da war ein kleiner Junge namens Harry in meiner Küche. Ja. So ist es gewesen. Oder nicht?

4

Ich hole die Leiter aus dem Lagerschuppen und bin froh darüber, an diesem Morgen wieder arbeiten gehen zu können. Die gestrigen Ereignisse rund um Harry kommen mir so surreal vor, als wären sie in Wirklichkeit jemand anderen widerfahren. Aber ich koche noch immer vor Wut über Carlys Besuch. Wenn ich daran zurückdenke, kann ich nur aufgebracht den Kopf schütteln. Von einem Scheppern begleitet lehne ich die Leiter gegen die Wand, dann schließe ich den Schuppen ab.

Ich arbeite im Villa Moretti Garden Centre, gerade mal eine Meile von meinem Haus entfernt. Meine wundervolle, aber erzwungene Karriere als Landschaftsarchitektin ging vor zweieinhalb Jahren genauso den Bach runter wie mein übriges Leben. Ich sollte mich glücklich schätzen, dass ich diesen Job hier bekommen habe, mit dem ich so eben über die Runden komme.

Moretti ist ein kleines, aber perfekt geformtes Stück Italien, das im englischen Vorstadtleben gut untergekommen ist. Der Winter ist für diese Branche nicht gerade die berauschendste Jahreszeit, aber die Arbeit sagt mir zu. Zwischen den Pflanzen kann ich mich verlieren und dabei den Totalschaden vergessen, den mein Leben erlitten hat. Ich kann mich darauf konzentrieren, Setzlinge zu hegen und zu pflegen. Es ist die körperliche Arbeit, die mich den Tag über so sehr fordert, dass ich jede Nacht tief und fest schlafen kann und am nächsten Morgen in der Lage bin, wieder das Haus zu verlassen.

Der Regen hat heute Morgen nachgelassen, die Temperatur liegt bei fast schon milden acht Grad, sodass das Eis zu tauen beginnt und die Luft nicht mehr so bitterkalt ist. Ich klemme mir die Leiter unter den Arm und begebe mich auf die Terrasse unseres Cafés. Tische und Stühle sind noch im Lager untergestellt, und vor dem nächsten Frühjahr werden wir sie sicher nicht rausholen. In der Zwischenzeit muss ich die frostfreie Phase nutzen, um die im Winterschlaf befindlichen Wistarien zu beschneiden, die die Pergola bedecken. Ich stelle die Leiter an einem der Trägerbalken ab, steige ein paar Sprossen hinauf und ziehe die Gartenschere aus der Tasche, um die Triebe zurückzuschneiden. Normalerweise lenkt mich diese Arbeit von allen anderen Gedanken ab, da ich in dieser Tätigkeit ganz aufgehe.

Aber heute ist das anders. Heute sehe ich überall nur Harry, wie er mit gebeugtem Kopf niedergeschlagen dasteht. In meinen Gedanken wird noch einmal abgespult, wie ich mit ihm über Lokomotiven und heißen Kakao geredet habe. Ich muss daran denken, wie natürlich wir in der kurzen gemeinsamen Zeit miteinander umgegangen sind. Wo mag er jetzt wohl sein? Ist er schon zu seiner Familie zurückgekehrt? Oder hat man ihn bei Pflegeeltern untergebracht, wo er sich allein und verlassen fühlt? Meine Kehle ist wie zugeschnürt, mein Magen verkrampft sich bei dem Gedanken, dass er bei irgendwelchen fremden Leuten sein könnte.

Obwohl ich für ihn ja genau genommen auch eine Fremde war.

Ich steige von der Leiter und schiebe sie an der Pergola entlang ein Stück weiter. Gerade will ich wieder hochklettern, da wird mir bewusst, dass ich nicht einfach so weitermachen kann, als wäre nichts passiert. Ich kann nicht wie bisher weiterleben und Harry vergessen. Er kam aus einem bestimmten Grund zu mir. Und er hat mich Mummy genannt. Ich muss zumindest herausfinden, was aus ihm geworden ist.

Ich ziehe die Handschuhe aus und lege sie auf eine Leitersprosse. Dann hole ich das Handy aus der Tasche, aber mir fällt ein, dass die Visitenkarte der Polizisten in meiner Handtasche ist, und die liegt im Personalzimmer. Ich muss nach drinnen gehen, um sie zu holen.

»Morgen, Tess.«

Ich drehe mich um und sehe Ben, der mit zwei Bechern Kaffee zu mir kommt.

»Ist einer davon für mich?«, frage ich.

»Für wen sonst?«, erwidert er grinsend und gibt mir einen Becher. »Einmal Americano und dazu ...« Er zieht eine Papiertüte aus der Jackentasche. »... ein Zimtteilchen aus dem Café.«

»Du bist ein wahrer Lebensretter«, sage ich, während mir klar wird, dass ich an diesem Morgen noch gar nichts gegessen habe. Der Kaffee duftet himmlisch.

»Ich muss doch aufpassen, dass meine Leute nicht während der Arbeit entkräftet zusammenbrechen. Schon gar nicht, wenn sie auf Leitern stehen und mit Schneidewerkzeugen hantieren.«

Ich muss lächeln. Ben Moretti dürfte der netteste Boss der Welt sein. Er hat den Familienbetrieb von seinen Eltern übernommen, die Ende der Sechzigerjahre aus Italien herkamen. Vor nicht allzu langer Zeit sind sie in den Ruhestand gegangen und in ihre Heimatstadt am Rand von Neapel zurückgekehrt.

Ben ist in London geboren und aufgewachsen. Er ist jetzt Anfang vierzig und könnte mit dem pechschwarzen Haar und den dunklen Augen für einen italienischen Filmstar durchgehen. Allerdings ist er ein richtiger Softie und hat gar nichts vom Klischee des italienischen Macho-Typen, für den ihn alle halten.

»Ich weiß nicht, ob es dir gefällt, das zu hören, aber du siehst aus wie gegen die Wand geklatscht«, sagt er, nachdem er mich einen Moment lang angesehen hat.

»Nett von dir.« Ich verziehe den Mund zu einem sarkastischen Lächeln, obwohl ich weiß, dass er recht hat. »Ich habe letzte Nacht nicht allzu viel Schlaf gekriegt.«

»Alles in Ordnung?«

»Das ist eine lange Geschichte«, erwidere ich. »Aber der Kaffee und das Teilchen werden mir den nötigen Schwung geben. Danke.«

»Falls du drüber reden will, ich hätte gerade Zeit.«

»Danke, aber ist eigentlich ohne Bedeutung«, weiche ich ihm aus. Mir fehlt die Kraft, um darüber zu reden, was passiert ist. Und schon gar nicht mit meinem Boss. Er soll ganz sicher nicht den Eindruck bekommen, dass ich Aufmerksamkeit heischen will und meine privaten Probleme zur Arbeit mitbringe. »Trotzdem danke für das Angebot«, füge ich hinzu.

»Kein Problem. Falls du doch mal jemanden zum Zuhören brauchst, sag mir einfach Bescheid.« Ich lächle ihn an. »Und vielen Dank für das hier.« Ich deute auf den Kaffee und das Teilchen.

Er erwidert mein Lächeln, dann dreht er sich um und geht zu seinem Büro.

Nachdem ich mein unerwartetes Frühstück runtergeschlungen habe, widme ich mich wieder den Wistarien. Eigentlich will ich ja bei der Polizei anrufen, aber es ist bereits zehn Uhr, und genau genommen habe ich an diesem Morgen noch nichts getan. Ich werde die Pergola fertig machen, dann die Baumgerüste und die Schnüre überprüfen, danach gehe ich um eins in die Mittagspause. Bislang waren nur ein paar Kunden im Laden gewesen, aber an einem Montag wie diesem kann man auch nichts anderes erwarten. In ein oder zwei Tagen wird es hier von Leuten wimmeln, die Weihnachtsdekorationen und Winterpflanzen kaufen werden, um ihr Zuhause zu verschönern, bevor Freunde und Verwandte zu Besuch kommen, um die Festtage mit ihnen zu verbringen. Ich versuche nicht an frühere Jahre zu denken, als ich selbst noch eine Kundin war, die außer sich vor Freude geriet und ganz aufgeregt war, auch ja alles schön zu dekorieren. Heute sehe ich mir nur noch an, wie das die Leute um mich herum immer noch machen. Ich stehe daneben und beobachte das Geschehen, als würde ich im Fernsehen eine Sendung verfolgen, in der es um eine fremdartige Gesellschaft geht, der ich nicht angehöre.

Ich sitze im Gewächshaus auf einem Hocker und warte darauf, mit einem der beiden Beamten verbunden zu werden, die Harry gestern Abend abgeholt haben. Die Scheiben sind hier alle beschlagen, dennoch kann ich zwei meiner Kollegen ausmachen, die auf einer Bank am anderen Ende der Baumschule sitzen und ihre Sandwiches essen. Es sind Jez, der Chefgärtner, und Carolyn, die den kleinen Shop führt. Beide sind eigentlich ganz nett, aber in den neun Monaten, die ich jetzt hier arbeite, hatte ich noch nie richtig Zeit, die beiden besser kennenzulernen. Ich schätze, ich habe mich einfach von den anderen ferngehalten, was mir auch lieber ist.

»Mrs Markham?«

Mein Herz macht einen Satz, als ich die kraftvolle Frauenstimme am anderen Ende der Leitung höre. »Ja«, sage ich. »Ich bin Tessa Markham.«

»Hallo, hier spricht Detective Sergeant Abi Chibuzo. Ich war gestern Abend bei Ihnen zu Hause, nachdem Sie uns angefordert hatten.«

»Ja, hi.«

»Haben Sie weitere Informationen für uns?«, fragt sie.

»Ähm ... nein ... eigentlich nicht. Ich wollte mich nur erkundigen, ob Harry zu seiner Familie zurückgebracht werden konnte. Ich will keine Details und keine Namen erfahren, ich möchte nur ...«

»Es tut mir sehr leid, aber wie wir Ihnen gestern bereits sagten, dürfen wir derzeit keine Informationen herausgeben, die Harry betreffen.«

Eigentlich war mir von vornherein klar gewesen, dass ich nichts Neues erfahren würde, und doch bin ich zutiefst enttäuscht.

»Aber«, fährt die Frau fort, »ich bin froh, dass Sie anrufen. Wir möchten Sie bitten, auf die Wache zu kommen, damit wir noch einmal das durchgehen können, was sich gestern Abend zugetragen hat. Ist das machbar, dass Sie herkommen? Wir haben noch ein paar Fragen.«

Mein Herz schlägt schneller, meine Stirn glüht. »Sie wollen, dass ich zu Ihnen auf die Wache komme? Wann?«

»Würde es Ihnen jetzt passen?«

Wenn ich schon mit der Polizei reden muss, dann möchte ich das lieber bald hinter mich bringen. Trotzdem macht mir der Gedanke Angst. »Jetzt? Ähm ... ja, okay. Ich mache gerade Mittagspause. Wie lange wird das dauern?«

»Das kann ich Ihnen nicht genau sagen. Unsere Adresse finden Sie auf der Visitenkarte, die wir Ihnen gegeben haben.«

Die Karte liegt auf meinem Oberschenkel, aber ich muss nicht noch erst nach der Adresse suchen. Ich weiß, wo die Wache ist. Bis dahin ist es nur ein kurzer Weg, und wenn ich zügig gehe, bin ich bald da.

Ich stehe von meinem Hocker auf. »Okay, ich könnte in zehn bis fünfzehn Minuten da sein.«

»Wunderbar. Fragen Sie am Empfang nach mir«, sagt sie. »DS Chibuzo.«

»Okay, danke. Dann bis gleich.«

Ich nehme meine Tasche, stecke das Handy ein und mache mich auf die Suche nach Ben.

Morettis Gartencenter wurde rund um zwei wunderschöne verklinkerte Reihenhäuser herum angelegt, die aus dem 17. Jahrhundert stammen. Ben wohnt in dem einen, von dem anderen aus führt er seinen Betrieb. Das Gebäude umfasst ein kleines Café und einen Shop im Erdgeschoss sowie Büro und Lagerräume im Obergeschoss. Auf dem Weg nach oben nehme ich zwei Stufen auf einmal, dann bin ich in seinem Büro, wo Ben an seinem Schreibtisch sitzt und trotz einer auf der Nasenspitze hängenden Lesebrille die Augen zusammenkneift, um das Blatt zu betrachten, das er vor sich hochhält.

»Ich brauche unbedingt eine Verordnung für neue Gläser«, sagt er, ohne in meine Richtung zu sehen. »Diese Zahlen sind alle ganz verschwommen.«

»Gute Ausrede, um Rechnungen nicht zu bezahlen«, scherze ich.

»Schön wär's.« Er lächelt mich an und legt das Blatt weg. »Alles okay?«

»Ich muss losgehen, um mir was zu essen zu holen«, antworte ich, da ich ihm nicht den wahren Grund sagen will. »Es kann nur sein, dass ich etwas später zurück bin. Die Zeit würde ich dann dranhängen. Ist das okay?«

»Klar, kein Problem. Momentan rennt man uns ja nicht gerade die Bude ein.«

»Danke.«

»Alles klar.« Lächelnd schickt er mich raus. »Geh schon. Geh essen. Vergnüg dich.«

Wenn er wüsste ...

Zwanzig Minuten später sitze ich in einem Vernehmungsraum, zusammen mit den beiden Polizisten, die abends zuvor bei mir zu Hause waren: Detective Sergeant Abi Chibuzo und Detective Constable Tim Marshall. Das Ganze ist sehr offiziell und förmlich, mit Tisch und Stühlen, mit einem Diktiergerät. Vor mir auf dem Tisch steht ein Plastikbecher mit Wasser. Meine Hände fühlen sich klamm an, der Puls pocht laut hinter meinem rechten Ohr.

»Tessa Markham«, beginnt Chibuzo. »Sie stehen nicht unter Arrest, aber Sie werden von uns befragt, weil der Verdacht der Kindesentführung besteht.«

»Wie bitte?«, rufe ich. »Kindesentführung? Sie haben gesagt, Sie wollen mir ein paar Fragen stellen und das durchsprechen, was gestern Abend passiert ist. Niemand hat ein Wort von Kindesentführung gesagt!« Träume ich das alles?

Bin ich in einen ganz entsetzlichen Albtraum geraten? Mein Verstand fühlt sich schwammig an. Beide reden sie auf mich ein, aber irgendwie nehme ich kein einziges Wort wahr,

»Ms Markham? Tessa? Geht es Ihnen gut?«, fragt Marshall.

Ich muss ein paar Mal tief durchatmen. »Werden Sie mich verhaften?«

»Nein«, antwortet Chibuzo. »Wie ich schon sagte, wollen wir Sie im Moment nur befragen.«

»Aber Sie haben von Kindesentführung gesprochen. Denken Sie etwa, ich hätte Harry entführt?«

»Wir versuchen herauszufinden, was geschehen ist«, sagt sie. »Sind Sie damit einverstanden, ein paar Fragen zu beantworten? Sie haben das Recht auf einen Anwalt, wenn Sie das wollen.«

»Nur ein paar Fragen, sagen Sie?«

»Ja«, bestätigt die Polizistin.

Ich überlege, ob ich einen Anwalt hinzuziehen soll. Aber wenn ich das mache, muss ich erst noch warten, bis der Anwalt hier eintrifft. Das wird ewig dauern, und ich muss zurück zur Arbeit. Wenn ich zu viel Zeit hier vertrödele, muss ich Ben meine Verspätung erklären. Ich habe nichts Verbotenes getan, also brauche ich auch keinen Anwalt. Ich komme auch so zurecht.

»Ich werde Ihre Fragen beantworten«, erwidere ich. »Ich brauche keinen Anwalt.«

»Ganz sicher?«, hakt Chibuzo nach.

»Ja.«

Sie stellen mir die gleichen Fragen wie gestern Abend. Sie wollen wissen, was passiert ist, als ich nach Hause kam, und worüber ich mit Harry geredet habe. Ich schildere alles noch einmal und durchlebe gleichzeitig wieder den gestrigen Abend. Ich hoffe, wir sind bald fertig, denn mir läuft die Zeit davon. Es ist bereits fast Viertel vor zwei.

»Im Jahr ...« Chibuzo sieht auf ihren Notizblock. »... im Jahr 2015, am Sonntag, dem 24. Oktober, traf man Sie im Friary Park an, während Sie einen Kinderwagen schoben, in dem der drei Monate alte Säugling Toby Draper lag. Seine Mutter Sandra Draper hatte ihn zwanzig Minuten zuvor als vermisst gemeldet.«

Diese Worte wirken wie ein Schlag in die Magengrube. Chibuzo sieht mich an, und auch ihr Kollege richtet den Blick auf mich. Ich spüre, wie meine Wangen zu glühen beginnen.

»Ja«, erwidere ich mit krächzender Stimme. »Ja, aber ich habe damals der Polizei bereits erklärt, dass ein Missverständnis vorgelegen hatte.«

»Möchten Sie uns noch einmal schildern, was damals passiert war?«, fragt Chibuzo.

Nein, das möchte ich verdammt noch mal nicht machen! Das Letzte, was ich jetzt möchte, ist in dieser schmerzhaften Vergangenheit zu wühlen.

»Was wissen Sie noch von diesem Vorfall?«, hakt Chibuzo nach.

Ich atme tief durch. »Ich spazierte durch den Park, und dabei fiel mir in der Nähe der Bäume ein Kinderwagen auf. Ich ging hin, warf einen Blick hinein, und entdeckte ein Baby, das im Wagen lag und schlief. Ich schaute mich um, aber es war niemand da, der zu dem Baby hätte gehören können. Deshalb hielt ich es für besser, das Baby zur Polizeiwache zu bringen. Ich war auf dem Weg dorthin, als plötzlich ein Streifenwagen neben mir anhielt.«

Ich höre auf zu reden; es schließt sich eine lange Pause an.

»Waren Sie zu der Zeit im Besitz eines Handys?«, fragt DC Marshall. Dass diese Frage kommen würde, war mir bereits klar, denn das wurde ich damals von den ermittelnden Polizisten auch schon gefragt.

»Ja«, sage ich. »Ich hatte mein Handy dabei, aber ich dachte, es geht schneller, wenn ich das Kind zur Wache bringe.«

»Und Ihnen kam nicht der Gedanke, dass es besser wäre, uns dennoch anzurufen? Es hätte ja sein können, dass sich bereits jemand gemeldet hatte, der das Kind vermisste.«

»Rückblickend muss ich zugeben, dass es sicher besser gewesen wäre. Aber ich war damals in keiner guten Verfassung und konnte nicht so klar denken.«

»Könnten Sie das etwas genauer erklären?«, fragt Chibuzo. »Warum konnten Sie nicht klar denken?«

Ich weiß genau, worauf die beiden hinauswollen. »Im August 2015 ist ...« Meine Stimme versagt, ich muss mich räuspern und neu anfangen. »Im August 2015 war mein Sohn ... er war an akuter lymphoblastischer Leukämie gestorben. Ich trauerte um ihn.« Sofort füge ich hinzu: »Ich trauere jetzt noch um ihn.«

»Ihr Verlust tut mir leid«, sagt Chibuzo und sieht mich mitfühlend an.

Aber ihr Mitgefühl reicht nicht aus, um mir das alles zu ersparen. Sie lässt mich den ganzen Schmerz noch einmal durchleben, während sie und ihr Kollege mir zusehen und zuhören. »Es war nicht mein erster Verlust«, erkläre ich. »Sams Zwillingsschwester Lily starb bei der Geburt. Ich habe meine beiden Kinder verloren.«

Sie nickt. Marshall schaut betreten zu Boden.

»Aber das wissen Sie ja alles«, rede ich weiter und sehe ihr eindringlich in ihre braunen Augen. »Es muss ja in Ihrer Akte stehen.«

Sie wirft einen Blick auf die Papiere auf dem Tisch. »Hier steht, dass Sie unter Depressionen litten. Trifft das zu?«

»Ja«, presse ich heraus. *Du hättest auch Depressionen, wenn du gerade eben zum zweiten Mal ein Kind verloren hättest.*

»Ich weiß, das alles ist nicht leicht für Sie«, sagt sie, »aber Mrs Draper behauptet, sie habe sich nur kurz nach ihrem älteren Kind umgedreht, weil das zwischen den Bäumen verschwunden war. Sie sagt, als sie sich wieder nach vorn gedreht hat, war der Kinderwagen weg, und sie habe gesehen, wie Sie zügig mit dem Kinderwagen weggingen. Sie habe laut nach Ihnen gerufen, aber Sie hätten nicht reagiert. Sie sagte, Sie hätten sie auf jeden Fall hören müssen, es sei denn, Sie wären taub. Sie konnte nicht hinter Ihnen herlaufen, weil ihr älteres Kind sich weigerte, zwischen den Bäumen hervorzukommen. Deshalb hat sie die Polizei angerufen. Hatten Sie gehört, dass Mrs Draper nach Ihnen rief?«

»Nein! Ich habe das zig Mal mit Ihren Kollegen durchgekaut. Hätte ich jemanden rufen gehört, wäre ich auf der Stelle umgekehrt. Mir wurde damals kein Verbrechen zur Last gelegt, also warum fangen Sie jetzt wieder mit dieser Sache an?«

»Mrs Markham«, wirft Marshall in ernstem Tonfall ein. »Haben Sie Harry gestern mit nach Hause genommen?«

»Mit nach Hause genommen? Von wo? Ich habe Ihnen doch erklärt, dass er sich bereits im Haus befand, als ich heimkam.« Die Luft ist stickig, meine Augen brennen, mir ist heiß. Zu spät wird mir klar, dass ich auf einen Anwalt hätte warten sollen. »Werfen Sie mir irgendetwas vor?« Ich trinke einen Schluck Wasser, aber es schmeckt abgestanden und ändert nichts daran, dass meine Kehle wie zugeschnürt ist.

»Nein«, sagt Chibuzo. »Wir versuchen nur die Fakten zusammenzutragen. Wir versuchen herauszufinden, wie Harry gestern Abend in Ihr Haus gelangt ist.«

»Ich habe Ihnen das alles schon gesagt. Ich lüge nicht, falls es das ist, was Sie glauben. Warum sollte ich den Jungen irgendwo mitnehmen und Sie dann anrufen, damit Sie zu mir kommen? Und außerdem: Was ist eigentlich mit Harrys Eltern? Fragen Sie die doch mal, wie das passieren konnte? Wieso haben die ihren Sohn einfach aus den Augen gelassen? Und wie kann er in meinem Haus sein, wenn ich heimkomme? Hier spielt sich irgendwas Merkwürdiges ab, das nichts mit mir zu tun hat!«

»Regen Sie sich bitte nicht auf, Mrs Markham ... Tessa«, sagt Chibuzo. »Wir reden mit allen Personen, die damit in irgendeiner Weise zu tun haben.«

»Was ist mit meinem Mann? Reden Sie auch mit Scott? Oder haben Sie nur mit mir ein Problem?«

»Wir haben kein Problem mit Ihnen, wir wollen nur herausfinden, ob Sie uns noch irgendetwas sagen können, das uns bei unseren Ermittlungen weiterhelfen könnte. Und ja, wir haben heute Morgen mit Scott Markham gesprochen.«

Meine Beine und Hände zittern, mein Atem geht zu flach. Ich glaube, ich stehe kurz vor einer Panikattacke. Ich muss mir vor Augen halten, was mein Arzt gesagt hat: Tief einatmen, Luft fünf Sekunden lang anhalten, dann langsam ausatmen.

Ihnen wird nichts passieren, hat er mir gesagt. *Ganz gleich, wie elend Sie sich auch fühlen, an einer Panikattacke stirbt man nicht.* Im Moment kommt es mir aber so vor, als hätte er sich geirrt.

»Geht es Ihnen nicht gut, Tessa?«, fragt Chibuzo. Ihre besorgte Stimme klingt beängstigend weit entfernt.

Ich nehme meine Hand hoch, damit die Frau aufhört zu reden. Ich wünschte, die beiden würden weggehen, damit ich mich in Ruhe wieder unter Kontrolle bringen kann. »Es geht gleich wieder ... Panikattacke ...«

»Gespräch unterbrochen um ... vierzehn Uhr zehn.«

5

Ich wäre wohl besser nicht ins Geschäft zurückgegangen, aber ich wollte nicht, dass Ben denkt, ich würde seine Gutmütigkeit ausnutzen. Abgesehen davon – was sollte ich zu Hause machen, außer dasitzen und nachdenken? Gerade jetzt, wo ich über nichts nachdenken will. Ich richte den Schlauch auf den Blumentopf und sehe zu, wie das Wasser umherspritzt und nach und nach allen Dreck löst.

Zum Glück habe ich mich auf der Wache nicht von dieser Panikattacke mitreißen lassen. Meine Atmung hatte ich schnell wieder unter Kontrolle, und insgesamt hatte ich mich kurz darauf wieder zusammenreißen können. Chibuzo beendete die Befragung, und Marshall brachte mir Tee und Kekse. Sie waren nett zu mir, sie sagten, ich solle nach Hause gehen und mich ausruhen. Sie sagten, ich würde wieder auf freien Fuß gesetzt, auch wenn weiter ermittelt würde. Sie wollten sich bei mir melden, falls sie weitere Fragen an mich hätten.

Der ganze Schrecken der damaligen Zeit ist durch diese Befragung wieder an die Oberfläche gekommen, aber ich habe das Brodeln meiner Erinnerung auf ein leises Köcheln zurückdrängen können. Ich kann wieder durchatmen. So gerade eben.

Ich drehe den Schlauch zu und werfe einen Blick in den Blumentopf. Der ist jetzt sauber genug, aber es warten noch fünfzig weitere auf diese Behandlung.

»War das Krabbensandwich heute Mittag nicht in Ordnung?«

Ich sehe auf und entdecke Ben, der mich besorgt mustert.
»Was?«

»Du siehst ein bisschen grün um die Nase herum aus.«

»Du schäumst heute vor Komplimenten über«, gebe ich zurück

»Sorry. Ich bin nur ein besorgter Arbeitgeber, der gesunde und einsatzbereite Angestellte braucht.« Sein Blick nimmt einen sanfteren Zug an, er legt den Kopf ein wenig schief.

Das Letzte, was ich jetzt gebrauchen kann, ist noch mehr Mitgefühl. »Danke, alles in Ordnung.«

Nicht mal ich kaufe mir das ab.

»Wenn du das sagst. Hör mal, Tess, ich muss mit dir reden.« O Gott, ich hoffe, er wird mich nicht feuern. Er wirkt zwar nicht sauer, aber man kann ja nie wissen. »Schau nicht so erschrocken drein«, sagt er prompt. »Es ist nur ein geschäftliches Angebot.«

Ich sehe ihn an, als wäre ich nicht ganz bei Verstand. Ich habe keine Ahnung, was ich jetzt erwidern soll.

»Hast du nach Feierabend Zeit?«, redet er weiter. »Um auf einen Drink mitzukommen? Keine krummen Dinger, das verspreche ich dir. Bloß eine Sache, über die ich gern mit dir reden würde.«

»Ja, okay. Direkt nach der Arbeit?«

»Ja. Ich habe mir überlegt, dass wir ins Royal Oak gehen könnten, gleich um die Ecke. Wenn du willst, spendiere ich dir auf Geschäftskosten auch ein Essen.«

»Oh, das wäre großartig.« Prompt knurrt mein Magen. Durch die Sache mit der Polizei habe ich völlig vergessen, mittags etwas zu essen. »Um was geht es bei diesem geschäftlichen Angebot?«

»Das würde ich lieber nicht hier mit dir besprechen, wenn das okay ist.«

»Oh. Ja, sicher.« Trotzdem frage ich mich, was er mir Geschäftliches zu sagen hat, wenn er es nicht hier im Geschäft sagen kann. Ich werde wohl oder übel warten müssen, bis ich es erfahre.

Der restliche Nachmittag zieht an mir vorüber, ohne dass ich etwas davon mitkriege. Mir fällt nicht mal auf, dass es inzwischen sechs Uhr ist. Ben muss erst noch zu mir kommen, um mir zu sagen, dass es Zeit wird, Feierabend zu machen. Ich muss ziemlich schlimm aussehen, und einerseits wünschte ich, ich könnte erst noch nach Hause gehen, duschen und mich umziehen, aber andererseits ist es ja nur Ben, und der ist es gewöhnt, mich jeden Tag so zu sehen, als wäre ich durch die Mangel gedreht worden.

Ich gehe zur Toilette, um wenigstens Hände und Gesicht zu waschen, dann schnappe ich mir meine Tasche und warte, bis er abgeschlossen hat.

»Bereit?«, fragt er, während er den Schlüsselbund einsteckt.

Ich nicke und frage mich insgeheim, wie peinlich dieser Abend wohl werden wird. Emotional bin ich heute völlig verbraucht, und Smalltalk war noch nie meine Stärke. Ich kann nur hoffen, dass er von mir keine geistreiche Konversation erwartet.

»Kennst du das Royal Oak?«, fragt er, als wir die Straße entlanggehen.

»Ich war ein paar Mal da. Ganz netter Laden.« Ich kann mich daran erinnern, dass ich vor Jahren mal mit Scott da war, um ein paar Freunde zu treffen und um auf einen Geburtstag anzustoßen.

»Die haben gute Lasagne«, sagt Ben. »Und das Lob will was heißen, das kommt schließlich von einem Italiener.«

Ich muss lächeln. Wir unterhalten uns ungezwungen, während wir weitergehen. Am Pub angekommen, hält er mir die Tür auf. Drinnen ist es laut, aber die Atmosphäre hat etwas Gemütliches und Freundliches. Die Wände sind mit dunklem Holz vertäfelt, warmes Licht sorgt für ein Gefühl von Behaglichkeit. Es riecht nach guter Küche, Bier und Möbelpolitur. Eben ein typisch englischer Pub.

Ben führt mich an der Theke vorbei, wo er sich eine Speisekarte nimmt und dem Barkeeper zunickt, der ihn mit Namen begrüßt. Wir setzen uns an einen Tisch am Fenster, Ben gibt mir die Speisekarte.

»Du hattest mir doch die Lasagne empfohlen, richtig?«, frage ich, ohne die Karte aufzuschlagen. »Die nehme ich.«

»Gute Wahl. Ich gehe bestellen. Was möchtest du trinken?«

»Orangensaft wäre gut. Danke.«

»Kein Problem. Bin gleich wieder da.«

Während er zur Theke geht, sehe ich mich um und betrachte das bunt gemischte Publikum. Da sind Anzugträger in eine Unterhaltung vertieft, eine Gruppe Frauen lacht ausgelassen, hier und da sitzt ein Pärchen, auch Familien mit kleinen Kindern sind hier. Sie essen Burger oder Fish'n'Chips mit jeder Menge Ketchup drauf. Ich muss gleich wieder wegsehen, da ich sofort einen Kloß im Hals spüre. Andererseits bin ich heute Abend lieber hier als zu Hause, wo ich ganz allein dasitzen und über mein Leben nachdenken würde.

Ben kommt zurück, wir stoßen an und trinken jeder einen Schluck.

»Das Essen ist in ungefähr zwanzig Minuten fertig«, sagt er.

»Wunderbar. Ich komme bald um vor Hunger.«

»Geht mir nicht anders.« Aus den Boxen ist Musik aus den Achtzigern zu hören, aber leise genug, um sich unterhalten zu können.

»Also, was willst du mit mir bereden?«, frage ich.

»Ah, ja. Genau. Hör zu, ich habe noch mit niemandem darüber geredet, und das muss vorläufig auch unter uns bleiben. Ist das für dich okay?«

»Auf jeden Fall«, antworte ich fasziniert.

»Gut. Es ist so, dass mir die Bank grünes Licht gegeben hat. Das heißt, ich kann den Reifenhandel und den Autohändler hinter dem Moretti's kaufen. Ich brauche die Fläche, um zu expandieren. Ich werde um ein richtiges Restaurant und ein Café mit einem hauseigenen Deli erweitern. Außerdem wird der Gartenbereich vergrößert.«

»Wow«, kann ich nur sagen. »Das klingt unglaublich.«

»Ehrlich gesagt macht es mir Heidenangst«, sagt er und lächelt so, dass sich Fältchen an den Augenwinkeln bilden. »Aber ich glaube, ich kann das zum Erfolg führen.« Er nippt an seinem Pint.

Ich nicke. »Davon bin ich mehr als überzeugt.«

»Wollen wir's hoffen. Du weißt, du bist eine meiner besten Angestellten«, fügt er hinzu. »Morgens bist du fast immer die Erste, und abends gehst du als Letzte. Du leistest weitaus mehr, als von dir erwartet wird. Ich habe immer das Gefühl, dass du für den Job zu gut bist. Ich kann von Glück reden, dass ich dich habe, Tess.«

»Danke«, sage ich. Wohlige Wärme macht sich in mir breit. Ich bin froh darüber, dass sich das ganz und gar nicht nach einer Einleitung zur Kündigung anhört. »Es ist schön, wenn das, was man tut, auch geschätzt wird. Der Job ist für mich wie geschaffen. Ich mag meine Arbeit.« Ich sage kein Wort davon, dass ich mich so in die Arbeit stürze, um nicht dauernd mit dieser zermürbenden Einsamkeit klarkommen zu müssen. Würde ich nicht jeden Tag bis zur beinahe völligen Erschöpfung arbeiten, dann hätte ich viel zu viel Zeit, um über mein Leben nachzudenken.

»Womit wir bei meinem Vorschlag wären, den ich dir machen möchte«, sagt Ben. »Genau genommen sind es zwei Vorschläge.«

Ich ziehe verdutzt die Augenbrauen hoch und warte, dass er mehr dazu sagt.

»Ich weiß aus deinem Lebenslauf, dass du Landschaftsarchitektin warst.«

»Ja, aber das ist schon lange her.«

»Nur zweieinhalb Jahre«, widerspricht er. »Ich bin mir sicher, dass du davon noch nichts vergessen hast.« Dabei tippt er an seine Schläfe.

Ich kaue auf meiner Unterlippe herum. Das war eine andere Zeit, über die ich lieber nicht nachdenken möchte. Damals war ich noch ein ganz anderer Mensch.

»Die Sache ist die«, redet er weiter, »dass ich meine Pläne gerne mit dir durchsprechen würde, weil du Erfahrung auf dem Gebiet hast. Natürlich bezahle ich dir dafür auch deinen üblichen Stundensatz, würde aber deine professionelle Meinung wirklich sehr schätzen.«

Ich nicke verstehend. Theoretisch sollte mir das Spaß machen. Etwas, das ich im Schlaf beherrsche. Ich möchte Ben auch gern nach Kräften helfen, das Beste aus seinem Vorhaben herauszuholen. Ich hatte schon etliche Ideen für das Gelände, das er jetzt hat. Aber diese Ideen habe ich alle für mich behalten, weil es nicht Sache einer Gärtnereiassistentin ist, dem Chef zu sagen, wie er ihrer Meinung nach bessere Geschäfte machen kann. Aber jetzt fragt er mich nach meiner professionellen Meinung, und ich bin mir nicht sicher, ob ich mit der damit verbundenen Verantwortung klarkomme. Denn in der Praxis ist mein Verstand sehr empfindlich. Alles, was sich außerhalb meiner sorgfältig festgelegten Routine bewegt, kann mich außer Kontrolle geraten lassen. So ganz traue ich mir eine solche Veränderung meiner Routine nicht zu. Ich weiß nicht mal, ob ich je dazu in der Lage sein werde. »Du hast von zwei Vorschlägen gesprochen«, sage ich, um erst einmal einen Bogen um eine Antwort zu machen. »Was ist der andere?«

»Richtig«, sagt er, während seine dunklen Augen vor Begeisterung funkeln. »Wenn ich diesen Plan erst mal in Angriff nehme, wird es fast ein Jahr in Anspruch nehmen, um das ganze Projekt zu managen. Das heißt, ich kann mich nicht um die Dinge kümmern, die Tag für Tag im Betrieb anfallen, um das Geschäft am Laufen zu halten. Ich brauche jemanden, der für mich das Centre managt.« Dabei sieht er sehr direkt mich an.

»Ich? Du willst, dass ich Moretti's manage?«

Er nickt. »Ich kann dein Gehalt erhöhen. Nicht ganz auf das Doppelte, aber dicht dran. Ich kann auch ...«

»Sekunde, Ben, nicht so schnell«, unterbreche ich ihn und muss erst mal nach Luft schnappen. Mit einer Hand streiche ich über meine Stirn. »Ich fühle mich geschmeichelt, ganz ehrlich. Aber ich ...«

»Sag nicht direkt Nein. Denk erst mal in Ruhe darüber nach. Bitte.«

»Was ist mit Carolyn?«, will ich wissen, da ich an meine 41 Jahre alte Kollegin denken muss, die bereits den Shop leitet. »Wird sie nicht darüber verärgert sein, dass sie übergangen wird, wenn ich auf einmal die Managerin bin? Du solltest viel besser sie fragen. Und Jez würde es auch nicht gern sehen, wenn ich ihm auf einmal sage, was er tun oder lassen soll.«

»Jez wird das nicht kümmern, solange er freie Hand bei der Versorgung seiner Pflanzen hat. Und unter uns gesagt: Carolyn ist ja lieb und nett, aber sie ist auch zerstreut und unsicher. Fast jeden Tag kommt sie zu spät, ihre Mittagszeit dauert fast zwei Stunden, und bei ihr zu Hause spielt sich fast immer irgendeine Familienkrise ab. Ich könnte ihr niemals die Leitung übertragen, wenn ich in die Planungen eingebunden bin und für nichts anderes mehr Zeit habe. Ich mag sie, sie kann wunderbar mit den Kunden umgehen, aber ich glaube nicht, dass sie den Anforderungen gewachsen wäre. Ich glaube, sie würde ihn auch gar nicht haben wollen.«

Ich sehe nach rechts und entdecke eine hübsche dunkelhaarige Kellnerin, die neben unserem Tisch steht.

»Zweimal Lasagne«, sagt sie gut gelaunt und stellt die Teller hin. »Wie geht's dir, Ben?«

»Gut. Danke Molly. Und dir?«

»Na, du weißt schon. Das Übliche halt.«

»Das ist Tess. Tess, das ist Molly.«

Molly mustert mich von Kopf bis Fuß. Dann sagt sie: »Hi.« Das Lächeln auf ihren Lippen spiegelt sich nicht in ihren Augen wider.

»Hallo«, erwidere ich nur.

»Mit deiner Mum und deinem Dad alles in Ordnung?«, fragte sie an Ben gerichtet. »Die beiden fehlen mir richtig.«

»Denen geht's gut«, versichert er ihr. »Sie genießen es, wieder in Italien zu sein. Ich werde sie von dir grüßen, wenn wir das nächste Mal telefonieren.«

»Ja, tu das. Wünsch ihnen alles Gute von mir.« Einen Moment lang steht Molly da, und es sieht ganz so aus, als wollte sie noch weiterreden, ohne aber eine Ahnung zu haben, was sie als Nächstes sagen sollte.

»Okay«, sagt Ben schließlich und setzt der betretenen Stille ein Ende. »War schön dich wieder mal zu sehen. Pass auf dich auf.«

»Du auch.« Ihre Finger spielen unschlüssig mit der Schürze vor ihrem Bauch, dann trottet sie auf ihren zehn Zentimeter hohen Absätzen in Richtung Theke.

»Leitet sie den Ben-Moretti-Fanclub?«, frage ich unwillkürlich.

»Ha, ha, ha. Sehr lustig.«

»Exfreundin?«

»Nein. Ich war bloß mit meinen Eltern oft hier, und sie ist einfach nur höflich.«

»Na, ich denke, du hast bei ihr aber gute Chancen.«

»Und ich denke, ich werde jetzt das Thema wechseln«, sagt er, während seine Wangen vor Verlegenheit rot anlaufen. »Lass uns essen.«

»Das schmeckt fantastisch«, stelle ich nach der ersten Gabel fest.

»Sag ich ja.«

»Spendier mir einmal in der Woche so was zu essen, und du könntest mich dazu bringen, dass ich Moretti's für dich manage.«

»Ehrlich?« Seine Augen leuchten auf.

Mir wird bewusst, dass ich diesen Scherz besser nicht gemacht hätte. Jetzt glaubt er, dass ich ernsthaft darüber nachdenke. »Hör mal, Ben, so sehr ich mich auch geschmeichelt fühle ...«

Das Leuchten erlischt prompt wieder.

»In meinem Privatleben spielt sich im Augenblick einiges ab«, erkläre ich vage. »Deshalb glaube ich nicht, dass ich eine solche Verantwortung tatsächlich übernehmen kann.«

»Tess, ich ... ich habe gehört, was du durchgemacht hast. Mit deinen Kindern. Ich möchte dir sagen, dass mir das wirklich sehr leidtut.«

Ich lege die Gabel hin, mein Hunger ist mit einem Mal vergessen. »Woher weißt du das?«

»Carolyn hat es vor einiger Zeit mal erwähnt.«

Na, wunderbar. Woher weiß sie das denn? Offenbar hört sie sich jeden Tratsch an und hat kein Problem damit, das Gehörte sofort weiterzuerzählen. Ich fühle mich tief getroffen. Ich dachte immer, Carolyn und ich würden gut miteinander auskommen. Aber dann stelle ich mir vor, wie sie in ihrem Shop arbeitet und wie sie mit ihren Kunden bis zum Gehtnichtmehr redet. Ich will zu einem Kommentar über tratschwütige Kollegen ansetzen, da redet Ben weiter.

»Es war von ihr nur gut gemeint, Tess.«

»Woher weiß sie das überhaupt?«

»Offenbar kennt sie deine Schwiegermutter ganz gut.«

Ich bin mir ziemlich sicher, dass meine Schwiegermutter glaubt, ich hätte einen Gendefekt. Amanda Markham mit ihren vier erwachsenen, kerngesunden Kindern. Scott ist der Jüngste und nach drei älteren Schwestern der lang ersehnte Sohn.

»Carolyn meinte, wir sollten wissen, was du durchgemacht hast, damit keinem von uns mal eine unpassende Bemerkung rausrutscht.«

Es gefällt mir überhaupt nicht, dass alle über mich Bescheid wissen. Aber zumindest erspare ich mir damit, es irgendwem erklären zu müssen.

»Weißt du«, sagt er, »ich will nur, dass dir klar ist, dass ich über deine Situation Bescheid weiß und dass ich Verständnis dafür habe, wenn du mal ... wie soll ich sagen ... in einer schwierigen Phase steckst.«

»Danke«, murmele ich.

»Ich kann mir nicht mal annähernd vorstellen, wie es sein muss, das durchzumachen, was du durchgemacht hast, Tess. Allein der Gedanke daran ist entsetzlich. Ich finde nur, dass es dir guttun könnte, dich in eine solche Aufgabe reinzuknien.«

Ich bin gerührt. Die meisten Leute können gar nicht erst mit mir über dieses Thema reden. Aber er scheut nicht davor zurück, und er hält mich für stark genug, mit größerer Verantwortung zurechtzukommen.

»Ich war heute bei der Polizei«, platzt es ohne nachzudenken aus mir heraus.

Er will eben von seinem Bier trinken, hält aber inne und stellt das Glas wieder auf den Tisch.

»Deswegen war ich so lange in der Pause«, füge ich an.

»Und warum warst du da, wenn ich fragen darf? Ich meine, du musst es mir nicht sagen, aber ...«

»Nein, nein, ist schon okay. Es ist eine etwas verrückte Geschichte.« Ich lasse ein nervöses Lachen folgen.

»Erzähl.« Jetzt trinkt er einen Schluck Bier, und ich greife nach meinem Glas. Mit einem Mal wünschte ich, ich hätte etwas Stärkeres als nur Orangensaft.

Ich erzähle ihm vom gestrigen Abend und von Harry. Es bricht einfach aus mir heraus. Nicht so präzise formuliert wie bei der Polizei, die jedes Wort auf die Goldwaage legt, sondern so, wie es mir in den Sinn kommt. Ich sehe Bens Miene an, wie überrascht und mitfühlend und verständnisvoll er ist. Er verurteilt mich nicht, er hegt keinen Verdacht gegen mich.

»Wow, Tess. Das ist ja ...«

»Ich weiß. Es ist völlig verrückt.«

»Du kannst doch gar nicht mehr wissen, wo vorn und hinten ist. Und dann komme ich an und finde keinen besseren Zeitpunkt, um dir meine Vorschläge aufzuhalsen.« Er verdreht die Augen.

»Das konntest du ja nicht wissen. Außerdem hast du ja vielleicht sogar recht. Möglicherweise brauche ich eine solche Aufgabe, um auf andere Gedanken zu kommen. Aber ... wenn es geht, musst du mir etwas Zeit geben, damit ich darüber nachdenken kann.«

»Ja, natürlich. Nimm dir so viel Zeit, wie du brauchst. Na ja, vielleicht nicht ganz so viel Zeit, denn bis Anfang des Jahres müsste ich das nach Möglichkeit schon wissen.«

Ich nicke und verspüre gewaltige Erleichterung.

»Und jetzt iss«, sagt er.

»Jawohl, Boss.«

Gut eine Stunde sitzen wir noch im Pub, essen und unterhalten uns über beiläufigere Dinge wie die Bücher, die wir gelesen haben, schräge Kunden im Gartencenter und unsere schlimmsten Angewohnheiten. Ben ist ein überraschend angenehmer Gesprächspartner, mit dem man wunderbar reden kann. Mich wundert, dass mir das bislang noch nie aufgefallen ist.

Doch nach einer Weile holen mich die Ereignisse der letzten vierundzwanzig Stunden wieder ein. Ich bin völlig erschöpft – so sehr, dass Ben darauf besteht, dass ich den nächsten Tag freinehme. Ich protestiere, aber er will kein Widerwort von mir hören. Also lenke ich schließlich ein. Ich hoffe, dass ich den ganzen Tag schlafend verbringen kann.

Es ist noch nicht mal neun Uhr, als ich endlich zu Hause bin und das Gefühl habe, im Stehen einschlafen zu müssen. Es kommt mir vor, als wäre es viel später. Ich sollte mich eigentlich sofort ins Bett legen, aber ich muss noch eine Sache erledigen.

Ich nehme das Handy mit ins Wohnzimmer und rolle mich in einer Ecke des Sofas zusammen. Ich rufe Scott an, weil ich wissen will, wie es ihm heute Morgen auf der Polizeiwache ergangen ist. Ich weiß, ich werde kein Auge zubekommen, solange ich nicht mit ihm gesprochen habe. Vielleicht ist ja ein Wunder geschehen und er hat erfahren, was mit Harry geschehen ist.

Es klingelt dreimal, aber dann denke ich, dass ich mich

verwählt haben muss, weil sich eine Frau meldet. Ich bin so verdutzt, dass ich nicht sofort antworte.

»Hallo?«, ruft sie. »Hallo?«

»Hi«, erwidere ich. »Ich glaube, ich habe die falsche Nummer gewählt. Ich wollte Scott anrufen. Wer ist da?«

Es folgt Stille am anderen Ende der Leitung.

»Hallo? Ist da niemand mehr?« Ich will schon auflegen und neu wählen, doch dann fragt die Frau: »Tessa?«

»Ja. Wer ist da? Ist das Scotts Nummer?«

»Ja«, kommt die zögerliche Antwort, als sei sich die Frau nicht sicher, ob das nun seine Nummer ist oder nicht.

»Können Sie ihn dann bitte ans Telefon holen?«

»Er ... er ist im Moment nicht abkömmlich.« Mir fällt auf, dass ihre Stimme jung klingt.

»Nicht abkömmlich? Wie meinen Sie das? Ist er noch bei der Arbeit? Oder in einem Meeting?«

»Er steht unter der Dusche.«

Ihre Worte dringen nur langsam zu mir durch. Eine Frau hat meinen Anruf entgegengenommen, weil Scott unter der Dusche steht. Ich sitze wie versteinert da und spüre, wie das Blut aus meinem Gesicht weicht.

»Tut mir leid«, sagt sie in einem Tonfall, der nicht so klingt, als würde es ihr leidtun. »Ich weiß, das kommt jetzt überraschend für Sie, aber ich bin Scotts Freundin. Er hätte es Ihnen längst sagen sollen.«

Scott hat eine Freundin. Ich habe immer noch den Geschmack von Lasagne und Orangensaft im Mund. Ich weiß nicht, was ich sagen soll.

»Tessa? Sind Sie noch da?«

»Ja, ist schon okay. Ich rede ein andermal mit ihm.«

»Die Sache ist die ...«

Ich will gar nicht wissen, was *die Sache* ist. Ich beende das Telefonat mit einem Tastendruck, dann mache ich das Handy aus.

6

Ich war am Abend mit der Absicht nach Hause gekommen, mich sofort ins Bett zu legen und in einen traumlosen Schlaf zu fallen. Aber dann hatte ich *sie* am Telefon.

Scott hat eine Freundin. *Eine Freundin.* Mein Scott. Der Vater unserer toten Kinder.

Die ganze Nacht habe ich wach gelegen, die Augen zugekniffen, mich zum Schlafen gezwungen, um zu vergessen. Aber mein Verstand wollte keine Ruhe geben, sondern zeigte mir Bilder von den beiden als Paar. Ich fragte mich, wie sie wohl so ist. Wie alt? Ist sie hübsch? Wie haben sie sich kennengelernt? Und wo? Und wann? Warum hat er mir nicht von ihr erzählt? Ich habe sie nicht mal nach ihrem Namen gefragt. Ist sie wirklich seine Freundin oder ist das nur eine kurze Affäre? Lachen sie gemeinsam? Ich überlege, wann ich das letzte Mal mit Scott zusammen über etwas gelacht habe. Es ist kein gutes Zeichen, dass ich so angestrengt nachdenken muss. Aber ich kann mich an keine Gelegenheit in den letzten Jahren erinnern. Ich weiß, früher haben wir gelacht. Wir haben so schallend gelacht, dass wir beide keine Luft mehr bekamen und ich ihn anflehen musste aufzuhören, weil ich mir sonst in die Hose gemacht hätte.

Wie konnte er mir so etwas antun? Ich weiß, wir leben nicht mehr zusammen. Wir haben uns getrennt. Aber er ist *Scott.* Mein Scott. Ich war immer davon ausgegangen, dass wir uns wieder zusammentun würden. Wir waren seit so langer Zeit ein Paar, dass ich mich kaum noch an mein Leben vor ihm erinnern kann. Und so lag ich im Bett, mal auf der einen, mal auf der anderen Seite, während ich versuchte ruhiger zu atmen und meinen Verstand von allen Gedanken zu befreien. Ich stellte mir Bilder vor, die einen wolkenlosen Himmel über einem strahlend blauen See zeigen. Ich denke an glückliche, ruhige Momente in meinem Leben zurück. Doch das sind alles gute Momente, in denen er an meiner Seite war. Und die sind nun alle besudelt, weil ich von *ihr* weiß.

Immer wieder machte ich das Licht an und sah nach der Uhrzeit. 1:00 Uhr. 2:20 Uhr. Dann 2:35 Uhr. Ich versuchte ein Buch zu lesen. Ich trank warme Milch. 3:00 Uhr. Ich hörte den beruhigenden Stimmen auf Radio 4 zu. Aber jetzt ist es verdammte halb acht, und ich bin immer noch hellwach. Mein Gehirn rotiert unaufhörlich wie ein Karussell, das sich nicht anhalten lässt.

Was soll ich tun? Was kann ich überhaupt tun? Kein Wunder, dass er so sauer war, als ich ihn am Sonntagabend angerufen habe. Ich habe ihn von seinem Betthäschen weggeholt. Betthäschen? Sagt man das überhaupt noch? Das klingt so nach Siebzigerjahren. Aber ich bringe es nicht fertig, sie als seine Freundin zu bezeichnen. Und *Schlampe* klingt so, als wäre ich verbittert.

Was bin ich jetzt? Keine Ehefrau mehr? Keine Mutter mehr? Ich habe keinen Ehrgeiz und kein Ziel. Ich kneife die Augen fester zu und verziehe mich noch tiefer unter die Decke.

Das Problem ist, dass nach Sams Tod auch unsere Ehe gestorben ist. Scott hat noch versucht, etwas zu retten, aber meine Trauer hatte mich so fest im Griff gehabt, dass ich nicht hatte einsehen wollen, dass er auch trauerte. Als er dann nicht mal ein Jahr nach Sams Tod sagte, er werde mich verlassen, da konnte ich das einfach nicht glauben. Ich dachte, das ist nur vorübergehend. Offiziell haben wir uns ohnehin nie getrennt, und selbst jetzt, eineinhalb Jahre später, glaube ich immer noch daran, dass er zu mir zurückkommen wird. Irre ich mich? Ist es tatsächlich vorbei?

Das trübe Licht des neuen Morgens dringt durch die Vorhänge ins Haus. Draußen werden Wagentüren zugeschlagen. Kinderstimmen sind zu hören, Schüler, die in kleinen Gruppen auf dem Weg zum Unterricht sind. Ich schlage die Decke zur Seite und gebe die Hoffnung auf, jetzt noch Schlaf zu finden. Ich habe den Tag frei, ich sollte irgendetwas tun.

Auf Autopilot geschaltet erledige ich meine morgendlichen Rituale, ziehe meinen Jogginganzug an, gebe Cornflakes und Milch in eine Schale und nehme sie mit ins Wohnzimmer. Ich hasse das Geräusch, das andere Leute beim Kauen machen. Es geht mir durch und durch und löst einen Würgereiz aus. Ich glaube, es gibt dafür sogar einen Namen. Irgendeine Phobie oder so. Deshalb achte ich immer darauf, dass ich selbst möglichst leise esse.

Aber jetzt hier im Wohnzimmer auf dem Sofa kaue ich meine Cornflakes so laut, wie es nur geht. Ein trotziges Krachen und Knirschen, das die Frage aufwirft, ob ich womöglich den Verstand verliere.

Das Telefon klingelt und stört mich bei meinem rebellischen Frühstück. Es ist ein Anruf auf dem Festnetz, das ich üblicherweise ignoriere. Aber was, wenn es Scott ist? Oder die Polizei? Ich stelle die Schale auf den Wohnzimmertisch und laufe in den Flur. Ein Blick aufs Display zeigt mir, dass die Rufnummer des Anrufers unterdrückt wird. Trotzdem nehme ich den Hörer ab, bereit, gleich wieder aufzulegen, wenn mir jemand doch nur etwas verkaufen will.

»Hallo? Ist da Tessa Markham?«, antwortet eine Frauenstimme, als ich mich melde. Sie klingt zögerlich und hat einen ausländischen Akzent. Vielleicht Spanisch.

Ich bin im Begriff wieder aufzulegen. Diese Frau könnte meinen Namen wer weiß wo gefunden haben.

»Hallo«, gebe ich energisch zurück. »Ja, hier ist Tessa.«

»Es tut mir leid«, sagt die Frau. »Tut mir leid, ich hätte nicht anrufen sollen.«

Und dann ist die Leitung tot. Sie hat einfach aufgelegt.

Das klang nicht nach einem Werbeanruf. Verkäufer entschuldigen sich nicht und legen auch nicht auf. Obwohl die Rufnummer nicht angezeigt wurde, tippe ich 1471 ein, um zu sehen, ob es nicht doch irgendwo klingelt. Nichts passiert. *Verdammt.* Was, wenn diese Frau etwas mit Harry zu tun hat? Vielleicht ruft sie ja noch einmal an. Ich hätte nicht so schroff sein dürfen. Ich starre das Telefon an und will es zum Klingeln zwingen, doch es weigert sich und bleibt stumm.

Ich kehre ins Wohnzimmer zu meinem Frühstück zurück, nehme aber für alle Fälle das Telefon mit. Nicht mal eine Minute später klingelt es erneut. Ich nehme ab und melde mich mit einem freundlichen: »Hallo?«

»Tess? Wieso gehst du nicht ans Handy?«

Es ist Scott. Mir fällt ein, dass ich mein Handy heute Morgen nicht wieder eingeschaltet habe. Mein Herz hämmert in meiner Brust. Weiß er, dass ich gestern Abend mit seinem Betthäschen gesprochen habe? Hat die Frau ihm etwas von unserer kurzen Unterhaltung gesagt?

»Hi, Scott.«

»Tut mir leid, wenn ich so früh anrufe, aber hast du heute Abend Zeit?«

Natürlich. Ich habe doch an jedem verdammten Abend Zeit. »Ähm, ja. Ich glaube schon.«

»Gut. Können wir uns treffen? Gegen sieben in diesem Tapas-Lokal bei meinem Büro um die Ecke?«

»Okay. Und warum willst du ...?«

»Sorry, ich bin spät dran. Wir reden später, okay?«

»Ja, okay. Bis später.«

Das ist ja mal ganz was Neues. Scott hat mich seit einer Ewigkeit nicht mehr angerufen. Er will mit mir reden. Über was? Über sie? Nein. Sein Betthäschen kann keine so ernste Sache sein, sonst hätte er mir bereits früher von ihr erzählt. Ich muss was unternehmen. Ich muss mich in Ordnung bringen. Ich gehe in den Flur und betrachte mich im Spiegel. Ich sehe verheerend aus. Ich meine, ich bin gerade mal sechsunddreißig Jahre alt, aber jetzt gerade würde ich mich auf das Doppelte schätzen.

Wenn ich mich heute Abend mit Scott treffe, dann muss ich ihn an mein altes Ich erinnern, an mein wirkliches Ich. Ich bin doch noch irgendwie in diesem Körper, oder? Ich habe mich doch nicht in Luft aufgelöst. Jedenfalls noch nicht.

Scott und ich lernten uns auf einer Party bei einem Freund eines Freundes kennen. Später sagte er mir, dass ich ihm sofort aufgefallen war und dass er sich an diesem Abend mit keiner anderen Frau unterhalten wollte. Aber er brauchte eine Ewigkeit, bis er den Mut aufgebracht hatte, mich anzusprechen. Nachdem wir dann ins Gespräch gekommen waren, verstanden wir uns auf Anhieb. Ich erinnere mich nicht mehr genau daran, über was wir gesprochen hatten, aber ich weiß noch, dass wir viel gelacht haben. Im Garten eines verfallenen Sommerhauses fand er für uns ein ruhiges Fleckchen. Wir saßen auf Kissen von den Sonnenliegen auf dem Boden, tranken Bier und aßen Erdnüsse. Die junge Frau, die zur Party eingeladen hatte, musste uns in den frühen Morgenstunden rausschmeißen, weil wir da sonst noch ewig gesessen hätten. Scott begleitete mich nach Hause, und zum Abschied küssten wir uns. Von da an waren wir unzertrennlich. Unsere Freunde nannten uns das perfekte Paar.

Wenn ich ihn nur dazu bringen könnte, sich an das zu erinnern, was uns mal verbunden hat. Wenn er erkennen könnte, dass ich bemüht war, unsere Tragödie hinter mir zu lassen ... natürlich, ohne sie zu vergessen. Vergessen würde ich sie niemals, aber vielleicht einfach ... akzeptieren, anstatt den Rest meines Lebens mit Trauer zu verbringen.

Jawohl, ich werde Max anrufen.

Drei Stunden später sitze ich in einem bequemen Drehsessel, vor mir befindet sich ein großer, blitzblanker Spiegel, der unerbittlich jede Falte und jeden Augenring, jede graue Haarwurzel und jede gespaltene Haarspitze zeigt. Es ist kein schöner Anblick.

»Ich will ja nicht unhöflich sein, Honey«, sagt Max, der die Hände auf seine knochigen Hüften stützt. »Aber deine Haare sehen aus, als hätten sie sich ein Duell mit einer Handvoll Stahlwolle geliefert. Fünf Zentimeter müssen auf jeden Fall runter, lieber noch etwas mehr. Was hältst du von einem Bob?«

»Ich bin Gärtnerin, Max. Ein Bob taugt nichts. Ich muss meine Haare im Nacken zusammenbinden können.«

»Mein Gott!« Er nimmt meine linke Hand und sieht sie voller Entsetzen an. Ich sehe, was er sieht. Gerötete Stellen, raue Haut, eingerissene Nägel.

»Was hast du denn gemacht?«, ruft er fassungslos.

»Sagte ich doch, ich bin Gärtnerin«, erwidere ich. »Für meine Hände kommt jede Rettung zu spät. Konzentrier dich bitte nur auf meine Haare, wenn es geht. Du hast mir gefehlt, Maxie«, füge ich hinzu. Seit Monaten habe ich mir mit niemandem mehr solche Wortgefechte geliefert.

»Das glaube ich dir aufs Wort. Du *brauchst* mich in deinem Leben, Tess. Das da ist ein einziges Katastrophengebiet. Wärst du nur ein paar Tage später hergekommen, hätte ich ein Notfallteam einfliegen lassen müssen.« Einem seiner Angestellten ruft er zu: »Bring Ms Markham ein Glas Prosecco.«

»Was?«, rufe ich erschrocken. »Nein, Max, es ist erst halb elf. Das ist viel zu früh am Tag.«

»Pah. Normalerweise würde ich dir ja zustimmen, aber in deinem Fall ist ein Gläschen genau das, was du brauchst.«

»Na, meinetwegen. Aber mit Orangensaft drin.«

»Vitamin C. Eine gute Idee.«

Einige Stunden später verlasse ich den Salon mit schimmernden, honigblonden Haaren, die leicht gewellt gerade eben bis auf die Schultern reichen. Ich spüre, dass mir bewundernde Blicke folgen, als ich auf dem Gehweg unterwegs bin, und das ist gar kein so schlimmes Gefühl. Eine Frau mit dunkelbraunen Haaren sieht mich an, ich lächele ihr zu. Sofort senkt sie den Blick und eilt davon. Mit einem Schulterzucken gehe ich weiter in Richtung U-Bahn. Ich fahre in die Stadt, um mir ein neues Outfit für heute Abend zu gönnen. Von meiner vorhandenen Kleidung passt mir nichts mehr. Bei Monsoon nehme ich einen Rock in Größe 38 von der Kleiderstange. Im letzten Jahr habe ich einige Kilo abgenommen, und alle meine Sachen hängen wie ein Kartoffelsack am mir. Es ist ein schwarzer Bleistiftrock mit aufgestickten Blumen. Zusammen mit schwarzen Stiefeln und einem Rollkragenpullover wird er mir großartig stehen. Als ich ihn anziehe, erweist er sich als viel zu weit. Ich überprüfe das Etikett. Ja, das ist eindeutig Größe 38. Ich bitte eine Verkäuferin, mir den gleichen Rock in Größe 36 zu bringen, aber sie mustert mich und schlägt stattdessen Größe 34 vor. Die Größe habe ich nicht mehr tragen können, seit ich zwanzig war. Aber sie passt wie angegossen, was bedeutet, dass ich drei Nummern abgenommen habe. Meine Ängste, der fehlende Appetit, die ausgelassenen Mahlzeiten, das alles hat mich mehr Kilos abnehmen lassen als gedacht.

Während ich an der Kasse anstehe, spüre ich ein seltsames Kribbeln auf meinem Rücken. Ich drehe mich um und entdecke eine Frau, die mich eindringlich anstarrt. Ich sehe sie auf die gleiche Weise an, dann wird mir bewusst, dass es sich um die dunkelhaarige Frau handelt, die mir vor dem Friseursalon entgegengekommen war. Sie könnte mein Alter haben, vielleicht ein paar Jahre älter. Ist sie mir hierher gefolgt?

»Entschuldigung, sind Sie jetzt an der Reihe?«, fragt eine Stimme hinter mir. Es ist die Kassiererin, die mich abwartend ansieht.

»Oh, tut mir leid, einen Moment bitte.« Ich lege den Rock auf die Theke und will wieder nach der Frau sehen, aber die ist verschwunden. Ich suche das Geschäft ab, kann sie aber nirgends entdecken. »Ich bin in fünf Minuten wieder da«, rufe ich der Verkäuferin zu, dann eile ich von einem Gang zum nächsten. Die Frau war ziemlich klein, sie könnte sich mühelos hinter einem der Kleiderständer verstecken. An der Tür angekommen, gehe ich nach draußen und sehe nach links und rechts, während mein Herz rast. Das ist völlig aussichtslos. Der Gehweg ist so voller Menschen, dass ich sie unmöglich noch irgendwo entdecken könnte.

Aber wer ist sie? Ich bin mir sicher, dass sie etwas mit Harry zu tun hat. Sie könnte sogar heute Morgen angerufen und wieder aufgelegt haben. Ich bete, dass sie sich noch mal bei mir meldet. Und falls sie wieder irgendwo auftauchen sollte, werde ich sie so lange nicht gehen lassen, bis sie mir erklärt hat, wer sie ist und warum sie ein solches Interesse an mir hat.

7

Pünktlich erreiche ich die Tapas-Bar, streiche meinen neuen Rock glatt und ziehe die Tür auf. Von drinnen strömen mir warme Luft, sanftes Licht und das Gemurmel zahlreicher Unterhaltungen entgegen. Das ist der zweite Abend in Folge, an dem ich nach der Arbeit noch ausgehe. Gar nicht meine Art.

Ich suche die besetzten Tische ab, aber Scott kann ich nirgends entdecken.

Ein Kellner Anfang zwanzig in schwarzem T-Shirt und dunkler Jeans kommt zu mir. »Möchten Sie einen Tisch haben? Momentan beträgt die Wartezeit eine Stunde. Sie können sich auch an die Bar setzen, wenn Sie möchten ...«

»Ich bin verabredet«, sage ich. »Der Tisch müsste auf den Namen Markham reserviert sein.«

Er sieht auf sein Klemmbrett. »Für sieben Uhr?«

»Ja.«

»Hier entlang.« Er führt mich zu einem Tisch weiter hinten. Mir stockt der Atem. Scott ist schon da, er sitzt mit dem Rücken zu mir. Vor ihm auf dem Tisch steht eine Flasche Bier.

»Darf ich Ihnen etwas zu trinken bringen?«, fragt der Kellner.

»Zitronenlimo bitte.« Lieber würde ich einen richtigen Drink bestellen, aber ich will einen klaren Kopf bewahren. Dieser Abend ist zu wichtig, als dass ich irgendein Risiko eingehe. Ich atme aus und tief ein. Ich schaffe das schon. Ich kann meinen Ehemann zurückgewinnen. Ich weiß, dass ich das kann. Ich sehe uns beide, wie wir Hand in Hand zu unserem Haus zurückkehren. Sein Betthäschen ist längst vergessen. Wir sinken zusammen aufs Bett, wir lachen, wir weinen. Wir sind einfach nur glücklich darüber, dass wir wieder da sind, wo wir hingehören.

»Tess.« Scott steht auf und stutzt. »Wow, du siehst unglaublich aus.«

Ich versuche mir nicht anmerken zu lassen, wie sehr es mich freut, dass er mein Styling bemerkt hat.

»Ich meine ... also ehrlich, Tess. Du siehst wunderschön aus.« Er beugt sich herunter und küsst mich auf die Wange. Ich erwidere den Kuss und genieße den Moment, dann nehme ich ihm gegenüber Platz.

»Hier bin ich schon ewig nicht mehr gewesen«, sage ich. »Gibt es immer noch diese Knoblauch-Champignons?«

»O ja. Und auch diese kleinen gewürzten Kartoffeln, die du so gern magst.«

»Herrlich. Die nehme ich heute auf jeden Fall.« Ich will nichts beschreiben, aber es fühlt sich schon jetzt so an wie früher. Der Kellner bringt mir meine Zitronenlimo. »Sagen Sie, könnte ich dazu noch einen trockenen Weißwein bekommen?« Mit einem Mal ist mir nach Feiern zumute.

»Natürlich«, sagt der Kellner, stellt das Glas ab und nimmt die Essensbestellung auf, die Scott aufgibt, da er ja bereits weiß, was ich haben will. Der Mann geht, und wir sind allein an unserem Tisch. Daheim habe ich mir überlegt, was ich sagen will. Ich will weder Harry noch die Sache mit der Polizei erwähnen, denn heute Abend geht es nur um uns zwei.

Aber jetzt sitze ich hier und bin so schüchtern, dass ich nicht weiß, wie ich das Thema ansprechen soll.

»Was macht die Arbeit?«, fragt Scott. »Kommst du zurecht?«

»Das läuft gut. Mein Boss hat mir sogar eine Beförderung angeboten.«

»Großartig, Tess.« Er lächelt mich an. »Ehrlich gesagt hat mich der Gedanke nervös gemacht, mich heute mit dir zu verabreden.«

»Nervös?« Mein Herz schlägt einen Purzelbaum. Hat er sich genauso wie ich auf dieses Treffen gefreut?

»Ja, ich war mir nicht sicher, in welcher Verfassung du sein würdest«, erklärt er. »Aber jetzt sehe ich, dass du dich nach dem letzten Sonntag wieder in den Griff bekommen hast. Es ist ganz so, als wärst du wieder die Tess von früher. Ich freue mich wirklich für dich.«

Mir geht das Herz auf, als ich das höre.

Der Kellner bringt den Weißwein, ich trinke einen großen Schluck und genieße es, wie er in der Kehle brennt und mir sofort zu Kopf steigt.

»Und? Wirst du die Beförderung annehmen?«, will er wissen.

»Ich bin mir noch nicht sicher.« Ich nehme eine Olive aus der Terrakottaschale in der Tischmitte und stecke sie mir in den Mund.

»Was gehört denn dazu? Ich will doch hoffen, dass mehr Gehalt dabei herausspringt«, merkt er grinsend an.

»Ben will, dass ich das Moretti's manage, während er sich auf seine Expansionspläne konzentriert. Außerdem hat er mich gebeten, ihn bei der Gestaltung des Geländes zu beraten.«

»Das ist ja fantastisch«, meint Scott kopfschüttelnd. »Da gibt es doch gar keine Frage. Das musst du einfach machen.«

»Findest du? Das bedeutet auch sehr viel mehr Verantwortung. Es macht mich nervös, wenn ich daran denke, dass ich Ja sage und dann irgendwelchen Mist baue.«

»Du wirst gar keinen Mist bauen. So was kannst du sogar im Schlaf erledigen. Außerdem wirst du es ohnehin nie wissen, ob du es kannst, wenn du es nicht wenigstens versucht hast. Weißt du, Tessa, nach allem, was du durchgemacht hast, verdienst du etwas Gutes.«

»Du auch«, sage ich. »Du verdienst auch etwas Gutes.«

»Danke.« Wieder lächelte er mich an. »Übrigens ist das auch sozusagen der Grund dafür, wieso ich dich gebeten hatte, heute Abend herzukommen.«

Ich halte gebannt den Atem an, kann meine Hoffnung kaum noch bändigen. Es kostet mich Mühe, nicht wie eine liebestolle Idiotin zu grinsen.

»Ellie hat mir gesagt, dass sie mit dir gesprochen hat«, fährt er fort. »Sie sagte, dass du gestern Abend angerufen hast, als ich gerade unter der Dusche war.« Er schüttelt den Kopf. »Ich wollte nicht, dass du auf diese Weise davon erfährst. Tut mir wirklich leid. Ich habe ihr klargemacht, dass es nicht ihre Sache ist, mit dir zu reden. Ich war nicht sehr erfreut darüber, dass sie dir so einen Schock bereitet hat.«

Ellie heißt das Betthäschen also. »Mach dir deshalb keine Sorgen«, sage ich in einem Tonfall, der ihm klarmachen soll, dass ich ihm nicht böse bin. »Es ist schon okay. Mir ist egal, was gewesen ist. Ob du dich mit jemandem getroffen hast oder nicht. Wir haben uns getrennt. Ich war nicht ich selbst, ich war nicht in der Verfassung, unserer Beziehung die notwendige Aufmerksamkeit zu widmen. Wir können das alles hinter uns lassen, und du musst keine Rechenschaft ablegen.«

»Du kannst dir gar nicht vorstellen, wie gut es tut, das zu hören«, sagt Scott und lehnt sich sichtlich entspannt zurück. »Um ehrlich zu sein, hatte ich ein bisschen Angst davor, herzukommen und dir das von Ellie zu sagen. Was wir füreinander empfinden und so weiter. Ich bin wirklich froh, dass du das verstehen kannst. Ich hoffe wirklich, dass wir Freunde bleiben können.«

»Freunde?«, wiederhole ich etwas schwerfällig, während mich ein Schock durchfährt, als ich verstehe, was er da redet. »Du meinst mich und dich?«

»Ja, natürlich«, bestätigt Scott und lächelt etwas irritiert. »Es wäre doch eine Schande, wenn wir nach all dem, was wir durchgemacht haben, auf einmal völlig getrennte Wege gehen würden. Du wirst Ellie mögen, das kann ich dir versprechen. Mich würde es nicht wundern, wenn ihr beide richtig gute Freundinnen werdet.«

Seine Stimme nehme ich mal mehr, mal weniger deutlich wahr, da ich zu begreifen versuche, was er mir sagen will. Diese Ellie ist nicht bloß eine Affäre, sie ist viel mehr als das. Ich soll in Scotts Vergangenheit abgeschoben werden. Ich soll die Ex sein. Und er will, dass wir das alles ganz locker nehmen. Er glaubt, ich bin hergekommen, um ihm meinen Segen zu geben. Um mich damit einverstanden zu erklären, dass wir gute Freunde bleiben werden.

»Du und sie?«, flüstere ich. »Ihr zwei seid wirklich zusammen? Und es ist was Ernstes?« Ich lächele auf eine Weise ungläubig, die schnell ins Zynische abgleiten kann.

Scott beißt sich auf die Lippe und rutscht auf seinem Platz hin und her. Die Kellnerin kommt vorbei, er gibt ihr ein Zeichen, dass sie ihm noch ein Bier bringen soll. »Ja. Ich dachte, das wäre dir klar und du würdest Ellie und mir alles Gute wünschen.«

Ich bekomme den Mund nicht mehr zu. Auf meiner Brust lastet vor Enttäuschung ein solches Gewicht, dass ich kaum atmen kann.

»Ich wollte es dir nicht früher sagen«, redet er weiter, »weil ich dir nicht wehtun wollte. Aber nachdem Ellie gestern Abend deinen Anruf angenommen hatte ... na ja, da dachte ich, ich erkläre es dir besser. Außerdem wirkst du so gefasst und beherrscht, dass ich dachte, das ist kein Problem für dich.«

Ich bin so vor den Kopf gestoßen, dass ich kein Wort rausbringe. Mein Verstand und mein Körper fühlen sich wie betäubt an. Es ist so, als hätte mir jemand ein Mittel verabreicht, das von Kopf bis Fuß lähmt.

»Wir haben uns vor einem Jahr kennengelernt, auf der Weihnachtsfeier im Büro«, fährt er zögerlich fort. »Es war zuerst nichts Ernstes, aber ... Tessa, es tut mir leid, aber es ist etwas Ernstes daraus geworden. Wir lieben uns.«

Ich glaube, er deutet mein Schweigen als Aufforderung zum Weiterreden. Dabei wäre es mir lieber, wenn er aufhören und die Klappe halten würde. Ich will nichts über ihn und Ellie hören. Über ihre wunderbare Beziehung, über die Liebe, die sie füreinander empfinden. Ich trinke einen großen Schluck Wein und genieße den verheerenden Effekt, den er auf meine ohnehin schon angezählten Gefühle hat.

»Ich bin hergekommen, weil ich gehofft hatte, wir würden wieder zusammenkommen«, bringe ich heraus, aber mit so leiser Stimme, dass Scott sich vorbeugen muss, um etwas verstehen zu können. »Ich wollte dich bitten, unserer Ehe eine zweite Chance zu geben. Ich liebe dich immer noch, Scott. Ist dir das nicht klar?«

Er schüttelt den Kopf, als könnte er damit auch meine Worte abschütteln, weil er sie nicht hören will. »Da ist noch etwas«, sagt er, während er versucht, meinem Blick standzuhalten. Schließlich muss er aber doch woanders hinsehen. »Tessa, es tut mir leid, aber Ellie ... sie ist schwanger.«

Ich zucke auf meinem Platz zusammen, als hätte jemand auf mich eingestochen.

»Es tut mir leid«, wiederholt er und sieht mich jetzt wieder an. »Es tut mir so leid. Wir hatten das nicht geplant.«

Du hattest das vielleicht nicht geplant, geht es mir zynisch durch den Kopf. Er sitzt mir gegenüber, keinen halben Meter von mir entfernt, und dennoch entfernt er sich mit jedem Wort weiter und weiter von dem Mann, den ich kenne. Nein, den ich *kannte*.

»Ist alles okay, Tess?«

»Nein«, sage ich. »Nein, Scott. Es ist überhaupt nichts okay. Merkst du das nicht?«

Mit offenem Mund sitzt er da und sieht mich an. Sein Gesicht, das mir mal so vertraut war, kommt mir jetzt wie das eines Fremden vor. Seine vollen Lippen, die markante Nase, die hellbraunen Augen, die früher so gütig dreinschauten. Augen, die mich voller Liebe und Verlangen ansahen. Jetzt gilt ihr Verlangen einer anderen Frau. Für mich empfindet er ... was? Mitleid? Verärgerung? Ich bin eine Unannehmlichkeit, etwas, unter das ein Schlussstrich gezogen werden muss. Aus und vorbei. Ins Archiv gepackt und vergessen.

Wir hatten es versucht, Scott und ich. Wir hatten versucht, noch ein Kind zu bekommen. Er hatte es gewollt, während es mir wie ein Verrat vorgekommen war. So als würde ich die Erinnerung an unsere toten Kinder ausradieren und durch neue Erinnerungen ersetzen. Scott sagte, es würde uns bei unserem Heilungsprozess helfen, weil dann unsere ganze Liebe in unsere neue Familie strömen würde. Neue Erinnerungen, um die alten Wunden zu schließen. Aber ganz gleich, was der wahre Grund auch sein mochte, es kam nichts dabei heraus, und dann blieb er nicht mehr lange genug bei mir, um es noch einmal zu versuchen.

Ich bekomme keine Luft. Ich kann hier nicht bleiben, hier ist es zu laut und zu fröhlich. Überall ausgelassenes Gelächter und grinsende Gesichter. Am schlimmsten aber ist Scotts unerbittliches Mitleid. Ich stehe auf und suche nach dem Ausgang. Einen Moment lang fehlt mir die Orientierung. Eine andere Frau bekommt von Scott ein Kind. Eine andere, die er liebt. Ich werde von ihm im Stich gelassen.

Jetzt ist mir klar, dass ich für ihn nichts mehr tauge. Wie albern von mir zu glauben, ich könnte ihn mit einer neuen Frisur und einem neuen Rock zurückgewinnen. Ich habe einen Defekt, ich bin nutzlos geworden. Das ist kein Selbstmitleid, sondern die Realität. Die Wahrheit. Wie kann ich ihm daraus einen Vorwurf machen? Ich kann nicht anders als laut zu schluchzen, dann drehe ich mich weg und ergreife die Flucht.

»Tessa, warte! Wir müssen darüber reden!«

Aber ich kann ihn nicht länger in meiner Nähe ertragen, ich muss hier raus. Ich ziehe am Kragen meines Pullovers, der mich zu erdrosseln scheint. Er ist heiß, er löst einen Juckreiz aus. Vor meinem geistigen Auge entstehen Bilder, die ihn mit der Frau zeigen. Ich habe keine Ahnung, wie sie aussieht, aber ich möchte wetten, dass sie sehr hübsch ist, die Ellie. Ich hasse sie schon jetzt. Ich hasse sie allein dafür, dass sie das Leben führen darf, das meines hätte sein sollen.

Ich verlasse das Lokal. Scott wird mir erst folgen, wenn er bezahlt hat. Dafür ist er viel zu gewissenhaft. Das macht mich so wütend, dass ich laut schreien könnte. Aber ich werde ohnehin nicht hier warten, bis er rauskommt, um sich zu entschuldigen. Ich werde ihm nicht die Gelegenheit geben sein Gewissen zu erleichtern. Ich laufe die Straße entlang und suche die Straße nach einem freien Taxi ab. Nur Sekunden später sehe ich eines der orangefarbenen Lichter. Ich strecke die Hand aus und werfe dem Fahrer einen flehenden Blick zu. Das Taxi hält an, und ich bin tatsächlich in der Lage, ihm meine Adresse zu nennen. »14, Weybridge Road, N11.«

Er nickt, ich steige ein.

»Tessa!«, ruft Scott mir aus einiger Entfernung hinterher.

Ich drehe mich nicht um. »Fahren Sie bitte sofort los«, flehe ich den Fahrer an. »Er kommt hinter mir her, und ich will nicht ...«

Der Fahrer tritt das Gaspedal durch und fährt los. Ich hoffe nicht, dass er das Bedürfnis verspürt, mit mir zu reden.

»Alles okay?«, ruft er mir über die Schulter zu.

Ich sehe im Rückspiegel seine Augen, nicke ihm zu und schaue dann zur Seite. Zum Glück stellt er keine weiteren Fragen.

Scott und Ellie. Ellie und Scott. Scott und Ellie Markham. Die beiden werden heiraten, nicht wahr? Ja, natürlich werden sie das. Er wird sich von mir scheiden lassen, ich werde meinen Mädchennamen annehmen müssen. Es ist so, als hätte es uns vier nie gegeben. Ich werde einfach aus seinem Leben ausradiert. Die beiden werden heiraten, und dann werden sie eine Familie sein. Alle werden sich für Scott freuen, dass er nach allem, was er durchmachen musste, doch noch eine Chance auf das Glück bekommen hat. Dann werden sie tuscheln, wie schlimm das mit seiner Ex doch ist ... wie hieß sie noch? Ja, genau. Tessa. Schreckliche Sache. Sie lebt immer noch allein, sie ist nie darüber hinweggekommen. Über so was kommt man ja auch nicht hinweg, oder?

Ich darf jetzt nicht die Fassung verlieren. Nicht in der Gegenwart dieses Taxifahrers, über den ich nichts weiß. Ich halte mir die Hand vor den Mund. Ich muss mich zusammenreißen, bis ich zu Hause bin. Guck aus dem Fenster. Sieh dir die Geschäfte an, die Bars, die Restaurants, all die fröhlichen Leute. Denk nicht nach. Denk nicht über Scott nach. Auch nicht über Scott und Ellie und das Baby, das sie bald haben werden.

Die Fahrt mit dem Taxi dauert zwanzig Minuten. Ich kann mir das eigentlich nicht leisten, schon gar nicht, nachdem ich so irrsinnig viel Geld für meine Frisur und den Rock ausgegeben habe. Aber ich hätte nicht in einem Bus voll mit anderen Fahrgästen die Fahrt nach Hause überstehen können. Und zu Fuß hätte ich mindestens zwei Stunden gebraucht.

Ich versuche alle Gedanken abzuschalten, um diese niederschmetternde Enttäuschung abzufedern. Diesen Verrat, diese Demütigung. Mein Verstand kommt nicht zur Ruhe, ich kann nicht die rationale Seite zum Verstummen bringen, die mir vor Augen hält, dass wir uns vor über einem Jahr getrennt haben. Scott fühlt sich nicht länger verpflichtet, auf mich aufzupassen. Aber warum hat er mir Ellie so lange Zeit verschwiegen? Immer wenn ich ihn angerufen und mit ihm geredet habe – in der Annahme, wir wären immer noch zusammen –, da zog er sich bereits von mir zurück und beließ mich in dem falschen Glauben, wir wären noch ein Paar.

Arme, dumme, lästige Tessa.

»Wir sind fast da. Weybridge Road, richtig?«

»Ja, bitte«, rufe ich ihm zu. Meine Stimme klingt so, als wäre es nicht meine. Er biegt von der Hauptstraße ab, gleichzeitig verlässt mich mein Mut noch etwas mehr, auch wenn ich nicht weiß, ob das überhaupt noch möglich ist. Ich wünschte, ich könnte weglaufen. Ich will nicht hier sein, weil ich mit meinen Gedanken nicht allein sein möchte.

»Was ist denn da los?«, fragt der Taxifahrer und wird langsamer. Wir sind noch nicht ganz an meinem Haus angekommen.

»Wir müssen noch etwas weiter fahren«, sage ich.

»Ja, ich weiß, Schatz, aber sehen Sie sich das mal an. Tritt bei Ihnen im Haus zufällig One Direction auf, oder was? Oder will die Queen Sie besuchen?«

Ich beuge mich vor und sehe durch die Windschutzscheibe, dass sich vor uns eine Menschenmenge versammelt hat, Leute, die zum Teil auf der Fahrbahn stehen, weil der Platz auf dem Gehweg nicht ausreicht. »Was ist da los?«, frage ich.

»Keine Ahnung.«

Im Schneckentempo fahren wir weiter, bis ich erkennen kann, dass sich mindestens dreißig Leute vor meinem Haus versammelt haben. Ich habe bei dem Anblick kein gutes Gefühl, und als wir langsam immer näher kommen, drehen sich die Leute zu dem Taxi um. Ich sehe Scheinwerfer, Kameras, Mikrofone.

»Journalisten«, sagt der Taxifahrer. »Sie haben nicht zufällig jemanden umgebracht, oder?«

»Shit«, murmele ich.

»Sind die Ihretwegen hier?«

Wir haben jetzt vor meinem Haus angehalten, die Reporter werden vom Taxi wie magnetisch angezogen. Gesichter starren mich an, Kameras sind auf mich gerichtet, während ich versuche, mit der Handtasche mein verheultes Gesicht abzuschirmen.

»Können Sie woanders hin?«, fragt der Fahrer. »Aussteigen würde ich Ihnen nicht empfehlen.«

Gedämpfte Stimmen dringen ins Taxi.

»Tessa, was können Sie uns über den Jungen sagen?«

»Haben Sie ihn entführt?«

»Tessa, wollen Sie uns nicht Ihre Version der Geschichte erzählen?«

Sie müssen Harry meinen. Aber woher wissen sie von ihm? Warum sind sie hier? Woanders kann ich nicht hin. Zu Scott kann ich ganz bestimmt nicht, das steht schon mal fest. Ins Geschäft komme ich nicht, da ist abgeschlossen. Außerdem kann ich Ben nicht damit belasten. Meine Eltern sind vor Jahren gestorben, ich habe keine Geschwister, keine engen Freunde. Nach Sams Tod bin ich zu ihnen allen auf Abstand gegangen. Ich kann jetzt unmöglich bei ihnen klingeln, wenn ich noch mehr Probleme habe als zuvor.

»Wie viel bekommen Sie?«, fragte ich den Taxifahrer.

»Siebenundzwanzig Pfund.«

Ich versuche mir nicht anmerken zu lassen, wie sehr mich dieser Preis erschreckt, und gebe dem Fahrer einen Zwanziger und einen Zehner. »Behalten Sie den Rest«, sage ich, weil mir drei Pfund Wechselgeld im Moment auch schon egal sind.

»Danke. Trotzdem finde ich, Sie sollten hier nicht aussteigen. Die Typen gucken Sie an wie ein hungriges Wolfsrudel.«

»Das kriege ich schon hin«, sage ich, ohne mir selbst ein Wort zu glauben.

»Wie Sie wollen. Ich werde aber hier warten, bis ich sehe, dass Sie es ins Haus geschafft haben.«

»Danke.« Ich straffe die Schultern und mache die Tür auf. Aber ich bin nicht auf diese von allen Seiten auf mich einstürmende Menge gefasst. Der Lärm, die Lichter ... das ist zu viel für mich, und ich kann nur mit Mühe verhindern, dass meine Beine unter mir wegknicken. Diese Leute sind so nah, dass ich ihren Atem auf meiner Haut spüren kann, während ich alles tue, um jeden Blickkontakt zu vermeiden. Ich gehe schnurgerade auf mein Grundstück zu und öffne mit zitternden Fingern das Gartentor. Glücklicherweise folgen sie mir nicht in den Vorgarten. Stattdessen rufen sie mir ihre Fragen hinterher und fotografieren mich von hinten, wie ich zum Haus eile.

Ich hätte schon im Taxi den Schlüsselbund heraussuchen sollen. Jetzt stehe ich vor der Haustür und wühle in meiner Handtasche, während diese Meute mir weiter alles Mögliche zuruft. Nach einer scheinbaren Ewigkeit, die vermutlich nur ein paar Sekunden gedauert hat, finde ich den Schlüsselbund, schließe auf und stolpere vor Eile fast ins Haus. Ich werfe die Tür hinter mir zu, mein Herz rast vor Angst und Verwirrung.

Was zum Teufel ist das gerade gewesen?

8

Mein Verstand ringt noch immer mit der Bombe, die Scott hat platzen lassen. Aber wie soll ich das Ganze auch nur im Ansatz verarbeiten, wenn vor meiner Haustür ein Menschenauflauf steht? Mein Gehirn kann nicht alles in sich aufnehmen, was ihm von zig Seiten gleichzeitig hingeworfen wird. Diese jüngste Krise lässt meinen Puls davongaloppieren und sorgt dafür, dass sich mein Magen dauerhaft verkrampft. Ich wage es nicht, auch nur irgendeine Lampe anzumachen, weil ich fürchte, dass die Reporter dann einen Blick nach drinnen werfen können.

Am Anrufbeantworter blinkt unablässig die rote Birne, als wollte sie mich vor irgendetwas warnen. Ich tippe auf die Taste neben dem blinkenden Licht und erfahre, dass einundvierzig Nachrichten draufgesprochen wurden. Einundvierzig! Ich atme ein paar Mal tief durch, dann betätige ich die Wiedergabetaste. Die erste Nachricht stammt von einer Reporterin einer landesweit erscheinenden Tageszeitung. Sie bittet um Rückruf. Die zweite Nachricht kommt von einer anderen Zeitung. Dann folgt die Nachrichtenredaktion des lokalen TV-Senders. Es folgen noch zwei Nachrichten gleichen Inhalts, dann drücke ich die Stopptaste. Das rote Licht blinkt immer noch, ich halte meinen Finger drauf, um es nicht sehen zu müssen. Allein das Wissen um all diese Anrufe und damit um all diese Leute, die mich zu einem Interview drängen wollen, sorgt dafür, dass sich alles um mich dreht. Die meisten von denen, die mich angerufen haben, stehen jetzt vermutlich da draußen vor meinem Haus. Wie lange werden sie bleiben? Die ganze Nacht? Das doch bestimmt nicht.

Das Festnetztelefon klingelt, ich gehe nicht ran. Dann kommt mir eine Idee. Ich hocke mich hin und rutsche bis zur hinteren Kante des Beistelltischs im Flur, bis ich das Telefonkabel finde. Ich ziehe einmal kräftig daran, der Stecker fliegt aus der Wand. Sofort verstummt das Klingeln. Gut so.

Ich richte mich wieder auf und versuche nicht an diese Leute zu denken, die da draußen auf mich warten, die mir auflauern, weil sie sich auf mich stürzen wollen. Sogar hier drin fühle ich mich bloßgestellt, verwundbar und nicht länger sicher aufgehoben. Ich raffe meinen Rock, dann gehe ich auf die Knie und robbe ins Wohnzimmer und dort in Richtung Fenster. Von der Straßenlaterne scheint gerade genug Licht ins Zimmer, damit ich sehen kann, wohin ich mich bewege. Ich ziehe an den Schnüren, um die Jalousien so dicht zu schließen, wie es nur geht. Von dort krieche ich weiter ins Esszimmer, das auch als Büro dient. Die Luft in diesem Zimmer ist abgestanden und muffig, da ich diesen Raum gar nicht mehr benutze. Nachdem auch da die Jalousien geschlossen sind, kann ich aufstehen und in die Küche gehen, um dort das Gleiche zu machen. Damit ist das Erdgeschoss jetzt weitestgehend blickdicht, aber hier und da gibt es dennoch kleine Ritzen und Lücken, und mehr denn je wünschte ich, ich hätte dicke schwere Vorhänge. Selbst jetzt, nachdem die Jalousien alle zu sind, fühle ich mich immer noch nicht sicher genug, um eine der Lampen anmachen zu können.

In der Dunkelheit lasse ich mich auf den Stuhl am Küchentisch sinken, da ich mich davor fürchte, mich ins Wohnzimmer zu setzen, weil sich das auf der Vorderseite des Hauses befindet. Sollte ich vielleicht die Polizei rufen? Würde die überhaupt irgendetwas unternehmen? Alles ist ruhig. Ich höre nur das Summen des Kühlschranks und meinen rasselnden Atem. Ich sitze auf einem Stuhl und fühle mich wie ein Fuchs, den man in eine Ecke getrieben hat und der nun nur noch darauf warten kann, von den Hunden in Fetzen gerissen zu werden. Wenigstens können sie nicht auch noch zu mir herein.

Mit zitternden Fingern greife ich nach meinem Smartphone. Mir wird bewusst, dass mein erster Reflex darin besteht, Scott anrufen zu wollen. Aber das kann ich nicht machen. Nicht nach dem, was er mir heute Abend gesagt hat. Heute Abend? Es kommt mir vor, als wäre das schon Tage her. Nein, ich muss jetzt erst einmal herausfinden, was die Medien überhaupt über mich verbreiten. Sie müssen das von Harry herausgefunden haben, aber warum machen sie so einen Wirbel darum? Was hat man den Reportern erzählt? Und *wer* hat es ihnen erzählt?

Ich öffne Google auf meinem Smartphone und gebe meinen Namen ein. Als die Suchergebnisse angezeigt werden, wird mir mit einem Mal eiskalt. Mein Name erscheint in jeder Schlagzeile auf dem Bildschirm. Sie haben sogar ein Foto von mir veröffentlicht, zwar noch mit meiner alten Frisur, aber auf jeden Fall jüngeren Datums. Es muss gestern entstanden sein, weil ich schon meine neue Arbeitsjacke trage. Das ist unmöglich. Ich kann nicht glauben, dass ich in allen Zeitungen zu finden bin. Ich tippe auf den ersten Treffer in der langen Liste und warte, dass die Seite geöffnet wird.

Ich überfliege den Text. Es wird behauptet, ich hätte einen fünfjährigen Jungen entführt. Zugegeben, das ist nicht exakt das, was da steht. Genau genommen fragen sie: »Hat Tessa Markham einen fünf Jahre alten Jungen entführt?«

Nein, verdammt noch mal! Das habe ich nicht getan.

Wieder frage ich mich, wie sie das mit Harry herausfinden konnten. Hat jemand auf der Polizeiwache den Medien etwas erzählt? Nein ... aber natürlich ... das ist es! Es ist so offensichtlich! Mit einem Mal wird mir klar, wessen Werk das ist.

Carly.

Meine neugierige Nachbarin. Sie muss es gewesen sein. Wer sonst hat Harry zu Gesicht bekommen? Niemand. Aber von wem hat sie den Rest erfahren? Na ja, ich kann ja nur für sie hoffen, dass sie auf meine Kosten ein ordentliches Honorar erhalten hat. Dieses Miststück.

Ich klicke auf ein anderes Bild, das eine Reporterin mit Mikrofon in der Hand zeigt. Das Video wird abgespielt. Die Frau steht in meiner Straße, sie zeigt auf mein Haus und stellt die Frage, ob die Frau, die dort lebt, eine Serienkindesentführerin ist. O Gott, sie bezieht sich auf den Vorfall mit dem Baby im Kinderwagen. Und sie interviewen auch noch die Mutter des Kindes. Sie steht mit der Reporterin vor meinem Haus und zieht über mich her. Sie beklagt sich darüber, dass man mich seinerzeit nicht für schuldig befunden hat. Sie stellen mich so hin, als hätte ich mich schrecklicher Verbrechen schuldig gemacht. Aber das habe ich nicht. Nein, das habe ich nicht. Oder?

Zwei Tage sind inzwischen vergangen, und das Kind ist noch nicht wieder bei seiner Familie. Niemand weiß, woher das Kind kam und wie es zu Tessa Markham gelangt ist. Vielleicht müssen noch mehr Fragen gestellt werden, um dieser Sache auf den Grund zu gehen.

Ich klicke das nächste Bild an, das den Nachrichtensprecher eines lokalen Senders im Studio zeigt. Er redet über meine Vergangenheit, über meine toten Kinder. Er sagt, dass ich kurz nach Sams Tod der Kindesentführung verdächtigt wurde, es aber nie zu einer Anklage kam. Warum weist keiner von ihnen darauf hin, dass ich und Scott am Sonntag die Polizei gerufen haben? Hätte ich die Behörden informiert, wenn ich Harry entführt und die Absicht gehabt hätte, ihn zu behalten?

Ich ertrage das nicht länger. Alles wird wieder hervorgeholt, und jeder tut seine Spekulationen zur schlimmsten Sache kund, die einer Mutter widerfahren kann. Warum werde ich ungefragt wieder damit konfrontiert? Warum kann man nicht meine Vergangenheit ruhen lassen?

Mein Smartphone vibriert in meiner Hand. Vor Schreck lasse ich es beinahe fallen. O nein, die Medien werden doch nicht etwa auch noch meine Handynummer herausbekommen haben. Aber dann erkenne ich die Nummer. Es ist der Anschluss von Moretti's. Ben hat vermutlich die Nachrichten gesehen und ruft jetzt an, um mich rauszuschmeißen. Ich schätze, das war es dann mit der Beförderung, ganz gleich, ob ich hätte annehmen wollen oder nicht. Ich ertrage nicht den Gedanken, mit ihm reden zu müssen. Nicht jetzt.

Zehn Sekunden später erklingt der Ton, der den Eingang einer Sprachnachricht meldet. Seufzend spiele ich sie ab.

Dann weiß ich wenigstens, ob ich morgen überhaupt noch einen Job habe.

»Tessa hier ist Ben. Ruf mich bitte an, wenn du diese Nachricht hörst. Ich habe die Nachrichten gesehen und bin in Sorge um dich. Diese Reporter sind alles nur Idioten. Versuch sie nach Möglichkeit zu ignorieren. Wenn du moralische Unterstützung brauchst, kann ich auch zu dir rüberkommen.«

Meine Kehle ist wie zugeschnürt, als ich diese netten Worte höre. Ich kann es nicht fassen, dass er diesen ganzen Mist gesehen hat und trotzdem immer noch glaubt, ich wäre ein anständiger Mensch. Wieder klingelt mein Telefon. Es ist Ben, der es noch einmal versucht. Diesmal gehe ich ran.

»Hallo«, sagte ich mit leiser, jämmerlicher Stimme.

»Tessa, ich habe dir gerade eben eine Nachricht auf Band gesprochen. Geht es dir gut?«

»Eigentlich eher nicht.«

»Soll ich zu dir rüberkommen?«

»Lieber nicht.« Ich bringe ein mürrisches Lachen über die Lippen. »Ich habe hier die halbe Fleet Street am Hals.«

»Shit. Ich kann zu dir kommen. Diese Truppe interessiert mich nicht.«

»Ich weiß deinen Anruf sehr zu schätzen, Ben. Ich kann dir gar nicht sagen, wie sehr ich den zu schätzen weiß. Ich ...« Meine Stimme versagt, und ich muss erst einmal durchatmen. »Das hättest du nicht tun müssen.«

»Natürlich musste ich das tun. Ich wollte schließlich wissen, wie es dir geht. Außerdem sollst du wissen, dass ich auf deiner Seite bin, okay?«

Das war's jetzt. Ich wünschte, er würde damit aufhören, so nett zu mir zu sein. Ich glaube nicht, dass ich ihm noch irgendeine Antwort geben kann, ohne dabei in Tränen auszubrechen.

»Tess? Bist du noch da?«

»Ja«, krächze ich.

»Jetzt reicht's. Ich komme rüber!«

»Nein!« Ich atme tief durch. »Nein, nein, es geht mir gut, ganz ehrlich. Ich sollte mich einfach schlafen legen und darauf hoffen, dass sie bis morgen früh jegliches Interesse verloren haben.«

»Du musst morgen nicht zur Arbeit kommen. Nimm dir so viel Zeit, wie du brauchst.«

»Danke, aber im Moment ist meine Arbeit alles, was ich habe.« Es kommt mir so verbittert über die Lippen, dass ich einfach ein aufgesetztes Lachen hinterherschicken muss. »Ich komme zur Arbeit, wenn du nichts dagegen hast.«

»Natürlich kannst du das machen. Aber nur, wenn du dir wirklich sicher bist.«

»Hundertprozentig«, erwidere ich, während mir heiße Tränen über die Wangen laufen.

»Okay, dann sehen wir uns morgen. Aber ruf mich an, wenn du irgendwas brauchst. Das ist mein Ernst.«

»Das werde ich machen. Danke, Ben. Es bedeutet mir wirklich viel ... zu wissen, dass da jemand auf meiner Seite ist. Die haben alles verdreht, musst du wissen.«

»Kann ich mir gut vorstellen«, entgegnet er leise.

»Okay, dann bis morgen, Ben.«

»Bye, Tess.«

Nur widerwillig lege ich auf. Für den Augenblick empfinde ich nicht diese völlige Hilflosigkeit. Aber auch wenn ich von Ben noch so tröstende Worte zu hören bekommen habe, bin ich letztlich doch völlig auf mich allein gestellt. Ich fürchte mich vor der Nacht, die vor mir liegt. Ich schlurfe zur Spüle, gieße mir ein Glas Wasser ein und gehe nach oben.

Wird dieser Albtraum jemals ein Ende haben?

9

Ich bin wach, bevor der Wecker losgehen kann. Irgendwie ist es mir gelungen, die Nacht durchzuschlafen. Wie, dafür habe ich keine Erklärung. Ich habe von weinenden Babys und von brüllenden Journalisten geträumt, seltsamerweise auch von Leuten mit Haigesicht. Aber wenigstens konnte ich schlafen. Dafür stürzt jetzt die Erinnerung an den gestrigen Tag auf mich ein. Scott, Ellie, das Baby der beiden, die Reporter. Wird die Polizei mich noch einmal befragen wollen? Nach allem, was die Presse über mich verbreitet, wird man sich da wohl gezwungen sehen, mit mehr Einsatz Harrys Vorgeschichte und Herkunft zu erforschen. Und vor allem wird man alles daransetzen, eine Erklärung dafür zu finden, wie er aus dem Nichts kommend in meiner Küche aufgetaucht sein soll.

Der Wecker springt an und bringt mich von meinen Gedanken ab. Vermutlich ist das auch besser so, weil anhaltendes Spekulieren ohnehin zu nichts führen kann. Das Beste für mich wird sein, wenn ich aufstehe, mich anziehe und nicht zu viel nachzudenken versuche. Ich weiß, das ist Wunschdenken, aber ich kann es zumindest versuchen.

Wenigstens ist Ben auf meiner Seite. Ich frage mich, ob Scott die Nachrichten gesehen hat und ob bei ihm vor der Tür auch Reporter campiert haben. Es war schön, dass Ben angerufen und sich nach meinem Befinden erkundigt hat.

Ich verlasse mein Bett und gehe auf Zehenspitzen zum Fenster, schiebe an einer Ecke die Gardine zur Seite und werfe einen Blick nach draußen auf den nassen, düsteren Morgen. Unwillkürlich zucke ich vor Schreck zusammen, als ich sehe, dass die Reporter immer noch da sind und sich angeregt unterhalten. Keinen Gedanken verschwenden sie auf die Frage, was ihre Sensationslust für mein Leben bedeutet. Waren sie die ganze Nacht da, oder sind sie erst heute Morgen wieder zusammengekommen?

Mir dreht sich der Magen um, wenn ich daran denke, dass ich aus dem Haus gehen und ich mich dieser Meute stellen muss. Ich habe nichts verkehrt gemacht, warum also sollte ich mich von ihnen einschüchtern lassen? Aber es geht ja eigentlich nicht nur um diese Leute da unten, sondern auch um jedes Bild und jede Zeile, die sie über mich in ihren Zeitungen verbreiten. Alles nur, damit jeder im ganzen Land meine Vergangenheit kennt und seine eigenen Schlussfolgerungen ziehen kann, was ich verbrochen oder nicht verbrochen habe. Alte Freunde und Kollegen werden den Kopf schütteln. Einige werden mich bemitleiden, während andere mich für das hassen werden, was ihrer Meinung nach aus mir geworden ist. Alle werden sie mich für schuldig halten, lange bevor ich eine Gelegenheit bekomme, meine Unschuld zu beweisen.

Ich dusche und ziehe mich an, dann gehe ich nach unten. Mein Herz pocht wie wild. Ich habe zwar keinen Hunger, aber ich schütte trotzdem ein paar Cornflakes in eine Schale. Die Milch ist aufgebraucht, also stehe ich vor der Wahl, die Cornflakes trocken oder mit Wasser zu essen. Ich entscheide mich für Wasser und stelle fest, dass es gar nicht so übel ist. Es schmeckt nicht besonders gut, aber auch nicht zu eklig. Ich kaue und schlucke, kaue und schlucke, ohne etwas zu schmecken. Ich gestatte mir noch immer nicht über Scott nachzudenken. Wenn ich das tue, schaffe ich es nicht mehr bis zu meinem Arbeitsplatz. Stattdessen werde ich auf dem Bett liegen und mich ganz meiner Traurigkeit hingeben. Ich sehe mich schon, wie ich daliege, heule und schluchze, Dinge gegen die Wand werfe. Tatsache ist jedoch, dass ich hier sitze und äußerlich ruhig mein Frühstück zu mir nehme, womit ich meiner täglichen Routine folge.

Ich spüle die Schale aus, ziehe Jacke, Mütze und Handschuhe an, dann nehme ich mein Smartphone und meine Handtasche. Wenn es doch bloß einen Hinterausgang gäbe, den ich benutzen könnte. Aber die kleinen Reihenhäuser stehen dicht an dicht, die Gärten sind durch hohe Zäune und dichte Hecken voneinander getrennt. Da gibt es keinen Weg nach draußen, es sei denn, ich würde per Stabhochsprung zwanzig Zäune überwinden. Die einzige Route führt durch die Haustür zur Straße.

Ich atme tief durch. Diese Leute können mir nichts tun, sie werden mich nicht anfassen. Ich muss sie einfach nur ignorieren. Zielstrebig zwischen ihnen hindurch und weg. Auf nichts reagieren, keine Schwäche zeigen. Aber wieso bekomme ich jetzt weiche Knie? Und warum fühlen sich meine Hände so klamm an?

Hör auf zu denken, geh einfach los.

Ich nehme den Kopf runter und mache die Haustür auf. Sofort geht ein Blitzlichtgewitter los, die Kameras klicken unablässig. Die Reporter scharen sich vor dem Gartentor und rufen meinen Namen. Sie werfen mir provozierende Fragen an den Kopf, die ich ignorieren will, aber nicht kann.

Ein Wagen fährt vorbei und hupt. Vielleicht gilt das Hupen mir, vielleicht den Journalisten. Ich weiß es nicht.

Langsam gehe ich den Weg entlang und öffne das Gartentor.

»Reden Sie mit uns, Tessa! Sagen Sie uns, warum Sie den Jungen mitgenommen haben!«

Nachdem ich das Tor hinter mir geschlossen habe, drehe ich mich nach links, aber die Meute steht mir im Weg. Ich versuche, auf der Fahrbahn um sie herumzugehen, aber sie reagieren wie ein Mann und schieben sich mir wieder in den Weg. Es hilft nichts. Wenn ich an ihnen vorbeikommen will, muss ich mir einen Weg durch die Menge bahnen. Ich zwänge mich an zwei jüngeren Typen in Jeans und Parka vorbei, die sich angrinsen, als wäre das Ganze nur ein grandioses Spiel. Dann schiebe ich mich durch den Rest der Menge und kann endlich zügig weitergehen.

»Würden Sie einmal in die Kamera schauen, Tessa? Damit wir ein gutes Foto von Ihnen bekommen, okay?«

Ich halte den Kopf nach unten gebeugt und gehe weiter, indem ich konzentriert einen Fuß vor den anderen setze. Ich darf nicht an die Nachbarn denken. Wer weiß, was die jetzt von mir halten. Ich atme tief durch. Ich darf diese Meute nicht sehen lassen, dass ich panische Angst habe.

»Woher ist der Junge?«

»Haben Sie ihn entführt?«

Als ich diese Fragen höre, kommt mir Harrys hübsches Gesicht ins Gedächtnis. Völlig unerwartet läuft mir eine Träne über die Wange. Aber die will ich nicht wegwischen, weil diese Leute nicht sehen sollen, dass sie mich zum Weinen bringen können. Im Moment bin ich aber mehr wütend als traurig. Ich möchte diese Typen anbrüllen, dass sie sich zum Teufel scheren sollen, aber darauf warten sie vermutlich nur. Also gehe ich stur weiter.

Die Reporter bleiben stur bei mir und müssen immer wieder anderen Passanten ausweichen, die ihnen im Weg stehen und die sich wundern dürften, was denn hier los ist. Außer natürlich, mein Gesicht ist ihnen bereits aus den Nachrichten bekannt.

Will dieser Zirkus mir etwa bis zur Arbeit folgen?

Na gut, denke ich mir. *Na gut, dann lauft hinter mir her. Ihr werdet ja merken, ob es mir etwas ausmacht oder nicht.* Ich straffe die Schultern, wische mir über die Wange und gehe zu einem Lauftempo über.

»Vor der Wahrheit können Sie nicht davonlaufen, Tessa!«, ruft einer der Journalisten.

»Sie würden ja nicht mal wissen, was Wahrheit bedeutet, wenn die Ihnen einen Tritt in den Hintern verpasst!«, kontere ich lautstark, beiße mir aber sofort auf die Lippe. So viel also zu meinem Vorsatz, meine Würde zu wahren und den Mund zu halten. Meine Reaktion löst einen Schwall neuer Fragen aus.

»Dann erzählen Sie uns Ihre Sicht der Dinge!«

»Sagen Sie uns, was geschehen ist, Tessa!«

»Haben Sie den Jungen entführt?«

»Wie ist er in Ihr Haus gelangt?«

»Hatten Sie Komplizen?«

Haltet eure Klappe! Haltet eure Klappe! Haltet eure Klappe!

Ein Motorrad nähert sich von hinten. Noch mehr verdammte Reporter, die mir eine Antwort entlocken wollen. Das Motorrad fährt auf meiner Höhe neben mir her, der

Mitfahrer macht während der Fahrt Fotos, ruft meinen Namen und wirft mir die gleichen Fragen an den Kopf. Ich bleibe stehen, das Motorrad fährt ein Stück weiter, und ich wechsele schnell auf die andere Straßenseite. Ich will zu der Meute auf Abstand gehen, aber das ändert nichts, denn selbst wenn sie auf ihrer Seite bleiben würden, könnten sie mich mit ihren Teleobjektiven immer noch fotografieren. Aber natürlich wechselt die Truppe mit mir zusammen die Straßenseite, um mich weiter mit Fragen zu bombardieren.

Ich bin das Joggen nicht mehr gewöhnt. Seit Monaten bin ich nicht mehr so schnell gelaufen, und ich merke, in welch schlechter Form ich bin. Ich bin nass geschwitzt, ich schnappe angestrengt nach Luft. Mein erhöhtes Tempo hat diese Reporter nicht hinter mir zurückfallen lassen. Vielmehr sieht es so aus, als würde es ihnen Spaß machen, mein Unbehagen weiter zu steigern. Ich habe bislang nicht mal die Hälfte des Weges bis zur Arbeit zurückgelegt. Wie soll ich das Tempo durchhalten? Ich werde etwas langsamer, bis ich immer noch zügig gehe, aber mir läuft der Schweiß den Rücken hinunter, eine zentnerschwere Last drückt auf meine Brust und nimmt mir den Atem, Stiche gehen durch meine Unterschenkel. Ich wäre wirklich besser zu Hause geblieben. Wie konnte ich bloß glauben, dass ich die geistige und die körperliche Ausdauer besitze, um so was längere Zeit durchzuhalten.

Bleib nicht stehen. Fang nicht an zu weinen.

Ein glänzend sauberer Transporter hält ein paar Meter von mir entfernt am Straßenrand an. Bestimmt noch mehr Reporter, die mir das Leben zur Hölle machen wollen. Die Beifahrertür geht auf und versperrt mir den Weg, jemand ruft meinen Namen. Ich muss um diese offene Tür herumgehen, wenn ich weiterkommen will.

Dann stutze ich. Den Transporter kenne ich doch.

»Steig ein, Tessa!«

O Gott, das ist Ben!

Ich laufe zum Wagen und springe auf den Beifahrersitz, dann ziehe ich die Tür zu und mache mich ganz flach.

Ben fährt sofort los, und im Seitenspiegel sehe ich die Reportermeute so ratlos dastehen wie eine Touristengruppe, der soeben ihre Maschine nach Hause vor der Nase weggeflogen ist.

»Danke!«, sage ich keuchend, während mein Herz wie verrückt rast. Ich bekomme schon Angst, dass es diesen Stress nicht aushalten kann.

»Vor Moretti's lauern sie auch«, sagt er und zieht eine finstere Miene.

»Es tut mir so leid, Ben.«

»Du musst dich nicht entschuldigen. Ich will nur vermeiden, dass du auf dem Weg ins Geschäft mit ihnen konfrontiert wirst. Aber wie ich sehe, wurdest du ja bereits bestürmt.«

»Ich weiß wirklich nicht, wozu ich fähig gewesen wäre, wenn du nicht ...« Ich traue mir selbst nicht über den Weg, darum verstumme ich, bevor ich Gefahr laufe, völlig die Beherrschung zu verlieren.

»Na, komm, jetzt ist doch alles gut. Hier drin bist du vor den Typen sicher. Einfach nur ein Haufen Drecksäcke.«

Ich atme tief durch. »Ins Gartencenter können sie nicht kommen, richtig?«

»Nur, wenn sie wegen Hausfriedensbruch angezeigt werden wollen. Ich habe ihnen gesagt, dass es ihnen nicht gestattet ist, das Gelände zu betreten. Ein paar von denen wollten mir Geld geben, damit ich sie reinlasse, aber ich habe ihnen erklärt, was sie mit ihrem Geld machen sollen.«

»Ich danke dir.« Ich muss den Kopf schütteln, da ich immer noch nicht fassen kann, wie eine solche Situation entstehen konnte.

»Ein paar von denen wollte mich dazu bringen, über dich zu reden. Sie wollten wissen, wie du so bist ... na ja, und ob ich glaube, dass du den Jungen entführt hast. Aber keine Sorge, ich habe nichts dazu gesagt.«

»Ben, das tut mir alles so leid. Ich will nicht hoffen, dass das auch noch Auswirkungen auf dein Geschäft hat. Ich habe volles Verständnis, wenn du sagst, dass du mich vorläufig nicht im Laden sehen willst.«

»Machst du Witze? Das ist kostenlose Werbung für mich«, widerspricht er mir. Doch sein Lächeln scheint nicht echt zu sein, und mir entgehen auch nicht die Sorgenfalten, die sich an seinen Augen abzeichnen. Er macht gute Miene zum bösen Spiel, denn es zum Image keines Geschäfts, wenn es in einem Atemzug mit einer mutmaßlichen Kinderentführerin genannt wird. Ich weiß nicht, wie lange er das durchziehen kann, bis ihm gar keine andere Wahl bleibt, als mich zu entlassen. Ich könnte es ihm nicht mal verübeln.

Innerhalb weniger Minuten erreichen wir das Gartencenter, und mein Herz beginnt wieder wild zu schlagen, als ich die Menschenmenge vor der Zufahrt sehe. Journalisten und Schaulustige sehen in unsere Richtung, sie gieren nach weiteren schmutzigen Details, mit denen sie ihre Lügengeflechte ausschmücken können.

»An deiner Stelle würde ich mich ducken«, rät mir Ben. »Biete ihnen nicht die Gelegenheit für noch mehr Fotos.«

Das lasse ich mir nicht zweimal sagen, sondern löse den Sicherheitsgurt und rutsche nach unten in den Fußraum. Gebannt halte ich den Atem an, als wir in die Einfahrt einbiegen. Meine Haut kribbelt, als die Wartenden gegen die Seitenscheiben schlagen und meinen Namen rufen. Ich kann ihre Blicke spüren, die auf meinen Kopf gerichtet sind.

»Meine Güte«, murmelt Ben. »Alles in Ordnung, Tessa, wir sind drin. Ich werde um die Ecke parken, damit keiner sehen kann, wie du aussteigst.«

Als ich zehn Minuten später den Vorratsschuppen aufschließe, kommt Jez zu mir rüber.

»Morgen«, sagt er. Sein gerötetes Gesicht verrät nicht, was er denkt.

»Morgen«, erwidere ich und frage mich, was er von dem Getümmel vor der Einfahrt hält. Ob er die Nachrichten gesehen hat? Ob er etwas sagen wird.

»Das Saatgut für Bohnen, Blumenkohl und Tomaten ist gestern eingetroffen«, sagt er schniefend. »Wäre gut, wenn du heute Morgen damit anfangen könntest, das in die Töpfe einzusetzen.«

»Ja, klar. Ist das alles hier?«, frage ich und deute auf den Schuppen.

»Ganz hinten im Gewächshaus. Alles, was du brauchst, findest du da.«

»Gut«, sage ich und spüre den Arbeitseifer, der mich erfasst hat.

Jez räuspert sich. »Ich hoffe, es geht dir gut«, sagt er und starrt dabei auf seine Stiefel.

»Alles in Ordnung«, antworte ich. »Danke.«

»Gut.« So wie ich nickt auch er, dann begibt er sich in den hinteren Bereich des Schuppens.

Mir fällt das Atmen etwas leichter, ich mache mich auf den Weg zu den Gewächshäusern und freue mich schon auf die Aufgabe, die vor mir liegt. Doch unterwegs beginnt sich mein Magen auf einmal zu verkrampfen, da sich ein Gefühl der Angst regt. Ich bin hier bei der Arbeit, hier bin ich sicher aufgehoben. Aber was geschieht, wenn ich heute Abend nach Hause gehe? Vielleicht sollte ich zu den Reportern gehen und mit ihnen reden, vielleicht sollte ich ihnen meine Version der Ereignisse schildern. Aber der bloße Gedanke, vor diese Leute zu treten und ... was ist, wenn sie mir anschließend meine Worte im Mund herumdrehen?

Seit ich heute Morgen aus dem Haus gegangen bin, ist der graue Himmel nur geringfügig heller geworden. Während ich zwischen den Pflanzenreihen hin und her schlurfe, frage ich mich, ob es nicht besser wäre, das Haus zu verkaufen und irgendwohin umzuziehen, um da ganz neu anzufangen. Nichts hält mich hier noch. Scott hat einen Schlussstrich unter unsere gemeinsame Vergangenheit gezogen, ich habe keine echten Freunde mehr, auch keine Familie. Ich könnte dorthin umziehen, wo es warm ist, und dort ein neues Leben beginnen. Dann jedoch muss ich an Sam und Lily denken, deren Gräber nach kurzer Zeit zugewuchert sein würden. Wie könnte ich sie jemals hier zurücklassen? Wie sollte ich anderswo mein neues Leben genießen, wenn ich wüsste, dass sich niemand um ihre Gräber kümmern würde?

Ich gehe an den Gewächshäusern vorbei, in denen die Jungpflanzen in Reih und Glied stehen und vor dem beißenden britischen Frost und allen gefräßigen Insekten geschützt sind. Dann habe ich das andere Ende des Bauwerks erreicht, öffne die Tür und trete ein. Feuchte, erdige Luft schlägt mir entgegen. Ich entdecke die Kiste, die Jez mir hingestellt hat, und mache mich an die Arbeit.

Stunden vergehen, in denen ich ein winziges Saatkorn nach dem anderen in dunkle, nährstoffreiche Erde einsetze, ein Etikett auf den jeweiligen Topf klebe und die Töpfe fein säuberlich in Reihen aufstelle. Ein Gefühl tiefer Befriedigung erfasst mich, als ich sehe, wie aus einer Reihe zwei und schließlich sogar drei werden. Während ich arbeite, sehe ich aus dem Augenwinkel die Schemen der Kunden, die im Gartencenter unterwegs sind. Hier hinten bin ich für die Leute unsichtbar.

Ich bin so in diese Arbeit vertieft, dass ich nicht weiß, wie spät es ist, als auf einmal Carolyn ins Gewächshaus gestürmt kommt. Ihre Augen leuchten, ihre Wangen sind rosig. Sofort denke ich, dass irgendetwas Schlimmes passiert ist. Dass die Polizei gekommen ist, um mich abzuholen. Oder dass die Reporter sich trotzdem ins Gartencenter gewagt haben. »Kannst du mir im Shop helfen?«, fragt sie außer Atem und zerstört damit die wohltuend ruhige Atmosphäre meiner momentanen Umgebung. »Ich muss Janet im Café helfen. Ben springt im Augenblick für mich ein, aber da draußen ist die Hölle los. Offenbar sind alle Leute gleichzeitig auf die Idee gekommen, heute ihre Weihnachtseinkäufe zu erledigen.«

»Klar«, erwidere ich, ziehe die Handschuhe aus und wische die Hände an meiner Jeans ab. »Wieso ist denn so viel los?«

»Weiß ich auch nicht. Aber wir müssen uns sputen. Vor der Tür hat sich schon eine Schlange gebildet, und Janet kommt kaum noch nach.«

Ich eile Carolyn hinterher, deren drahtiger Körper pure Panik angesichts der Tatsache ausstrahlt, dass es auf einmal von Kunden wimmelt. Ich muss daran denken, was Ben darüber gesagt hat, wieso er sie nicht zur Managerin des Moretti's machen will, und jetzt kann ich ihn auch verstehen. Wenn sie schon beim Anblick von mehr Kunden als üblich zu rotieren beginnt, dann kann Ben kein Gefühl dabei haben, wenn sie den ganzen Betrieb führen würde. Aber bin ich tatsächlich so viel besser dafür qualifiziert?

Ben hält eine Hand hoch, als ich mir an der Warteschlange vorbei meinen Weg zu ihm bahne. Carolyn ist bereits zum Café weitergelaufen.

»Das sind dann fünf Pfund zwanzig zurück«, sagt er zu einer älteren Dame, die ein Paar Gartenhandschuhe und ein Päckchen mit Weihnachtskarten an sich gedrückt hält. »Möchten Sie auch eine Tüte haben?«

»Nein, danke, das passt in meine Handtasche.«

Ben dreht sich zu mir um. »Kommst du hier zurecht? Ich müsste Wechselgeld holen, das wird nämlich allmählich knapp.«

»Natürlich, geh ruhig.«

Leiser und von den Kunden abgewandt fügt er dann noch hinzu: »Ich denke, du solltest wissen, dass die Reporter immer noch draußen lauern. Es wäre vermutlich keine gute Idee, in der Pause rauszugehen.«

Ich spüre, wie mir das Blut aus dem Gesicht weicht. Es ist mir so peinlich, dass sich dieser verdammte Rummel auch noch auf meine Arbeit auswirkt. »Tut mir leid«, flüstere ich.

»Hey, du musst dich nicht entschuldigen«, entgegnet er leise. »Ich will dich nur vorwarnen.«

Die nächste Kundin in der Schlange räuspert sich demonstrativ. Ben geht, ich fange an zu kassieren, bin aber mit den Gedanken kaum bei der Sache, da mir die Reporter nicht aus dem Kopf gehen wollen.

»Ich habe Ihnen einen Zwanziger gegeben«, sagt der Kunde, der gerade an der Reihe ist, und verschränkt die Arme vor der Brust.

»Ähm.« Ich sehe auf die Kasse, die mir den Betrag anzeigt, den ich auf zehn Pfund herauszugeben habe. »Ich bin mir sicher, dass Sie mir einen Zehner gegeben haben.«

»Wollen Sie mich etwa als Lügner bezeichnen?«

Meine Wangen beginnen zu glühen. »Nein, natürlich nicht.«

»Hey, Sie kenne ich doch irgendwoher«, sagt eine Frau mittleren Alters, die hinter Mr Zwanzig Pfund steht und mich mit zusammengekniffenen Augen ansieht.

»Nicht dass ich wüsste.«

»Doch. Doch, ich kenne Sie. Sie sind die Frau aus den Nachrichten. Sie haben das Kind entführt.«

Den Kunden hinter ihr ist anzusehen, dass sie auch so nach und nach dahinterkommen, wieso ihnen mein Gesicht bekannt vorkommt.

»Was ist jetzt mit meinem Wechselgeld?«, herrscht der Mann mich an.

»Ich ... ich bin mir nicht sicher ...«

»Ich habe Ihnen zwanzig Pfund gegeben, also bekomme

ich zu dem Wechselgeld, das Sie mir gegeben haben, noch zehn Pfund zurück.«

Ich nehme einen Zehner aus der Kasse, obwohl ich davon überzeugt bin, dass dieser Kunde mich übers Ohr haut. Ich weiß, ich bin heute nicht ganz bei der Sache, aber ich könnte schwören, dass ich von ihm einen Zehner bekommen habe. Mir fehlt allerdings die Kraft, um mit ihm zu diskutieren. Wenn am Abend Geld in der Kasse fehlt, werde ich das aus eigener Tasche dazutun. »Hier, bitte«, knurre ich und halte ihm den Schein hin.

»Wusste ich's doch«, faucht er mich an. »Sie dachten wohl, Sie können's ja mal versuchen.«

Aber ich reagiere nicht darauf, weil ich nicht mal wüsste, was ich überhaupt sagen sollte. Alle in der Schlange starren mich auf einmal an, als hätte ich zwei Köpfe. Der Mann steckt eben den Zehner ein und will gehen, da meldet sich die Frau hinter ihm erneut zu Wort.

»Diese Journalisten da draußen«, sagt sie, »die warten doch auf *Sie*, nicht wahr?« Dann dreht sie sich um und verkündet lautstark: »Sie ist die Frau! Die aus den Nachrichten, die das Kind entführt hat. Ein hilfloses kleines Kind hat sie geraubt!«

Fassungslos starre ich sie an, mir fehlen die Worte. Was soll ich machen? Egal, was ich sage, ich werde immer so klingen, als wäre ich schuldig. Ich hätte nicht herkommen sollen. Auf so etwas bin ich nicht gefasst. Ich weiß nicht, was ich tun soll.

Wie konnte mein Leben eine solche Wendung vollziehen?

10

»Ist hier alles in Ordnung?«, fragt Ben, der soeben in den Shop zurückkommt. Ich bin heilfroh, ihn zu sehen. »Tessa? Geht es dir gut?«

»Tessa Markham, so heißt die Frau!«, ruft die Kundin, streckt mir ihr Handy entgegen und macht unversehens ein Foto von mir.

Mir stockt der Atem.

»Entschuldigung, aber ich muss Sie bitten, mein Geschäft zu verlassen«, wendet sich Ben an sie.

»Wie bitte?« Die Frau bekommt vor Empörung einen roten Kopf.

»Jetzt sofort, wenn ich bitten darf«, sagt er mit Nachdruck und zeigt auf die Tür.

»Sie machen wohl gemeinsame Sache mit ihr«, faucht sie ihn an. »Ich wollte eigentlich zwei Tannenbäume kaufen, aber das können Sie jetzt vergessen.« Dabei zeigt sie auf ihren Einkaufswagen.

»Wenn ich diese Bäume in Ihre Obhut gebe, Madam, werden sie wahrscheinlich nach ein paar Tagen verkümmert und tot sein.«

»Ich ... was haben Sie da gerade gesagt?«

»Ach, bevor Sie gehen ...«, redet Ben ungerührt weiter, nimmt ihr das Smartphone aus der Hand und tippt darauf herum. »So. Ich habe das Foto meiner Kollegin gelöscht. Wir können alle gern darauf verzichten, dass noch ein Aasgeier sich am Leiden eines Mitmenschen ergötzt und das auch noch im Internet mit der ganzen Welt teilt.«

Zu meinem Erstaunen reagieren die anderen in der Schlange mit Kopfnicken und Applaus. Ich möchte ihm am liebsten auch applaudieren.

»Leben Sie wohl«, sagt er in ruhigem Tonfall zu der Frau, als er ihr das Handy zurückgibt. »Und passen Sie auf dem Weg nach draußen auf, dass Ihnen die Tür nicht auf den Arsch knallt.«

Die Frau bekommt den Mund nicht mehr zu, während sie sich wegdreht. »Eines sage ich Ihnen. Hierher werde ich nicht noch mal kommen.«

»Das höre ich doch gern«, gibt Ben zurück.

Ich stehe wie angewurzelt da und zittere am ganzen Leib. Alle starren mich an, als wäre ich irgendein exotisches Tier, das im Zoo zur Schau gestellt wird. Als ich den Leuten ins Gesicht sehe, bemerke ich aber bei einigen von ihnen so etwas wie ein aufmunterndes oder tröstendes Lächeln.

»Tess, komm mit«, sagt Ben und nimmt meine Hand.

»Aber ... was ist mit deinen Kunden?«

»Die müssen sich noch einen Moment gedulden«, antwortet er in sanftem Tonfall. »Ich werde Carolyn sagen, dass sie sich weiter um den Shop kümmern soll. Aber erst mal ...« Er führt mich vorbei an den ungläubig dreinschauenden Kunden nach draußen und dann um das Gebäude herum zu einem Tor, durch das wir in einen privaten Garten gelangen, der von einer hohen Mauer umgeben ist.

In meinem Kopf dreht sich immer noch alles, weil ich nicht fassen kann, was sich da gerade eben abgespielt hat. Dennoch nehme ich diesen bemerkenswerten Garten wahr, den ich noch nie zuvor gesehen habe. Obwohl Winter ist und nichts blüht, sieht er einfach perfekt aus. Eine Pergola mit Steinbögen erstreckt sich vor dem Haus, darunter stehen ein verwitterter Holztisch und ein paar Stühle. Verzierte Terrakottatöpfe quellen vor Immergrün und Stechpalmen über. Niedrige Mauern und Hecken säumen den zum Teil mit Kies, zum Teil mit Steinplatten bedeckten Weg, sodass das Auge ihnen unwillkürlich in Richtung Horizont folgt.

»Ist das dein Garten?«, frage ich und vergesse einen Moment lang alles andere.

»Ja. Aber er ist noch nicht fertig«, sagt er. »Ich arbeite immer stückweise an der Fertigstellung.«

»Für mich sieht er aber sehr danach aus, dass er fertig ist.« Im gleichen Augenblick muss ich an meinen völlig verwilderten Vorgarten denken. Ich darf Ben auf keinen Fall zu mir nach Hause einladen, solange ich nicht zumindest versucht habe, ihn wieder einigermaßen herzurichten.

Mir wird bewusst, dass er noch immer meine Hand hält. Seine Finger fühlen sich auf meiner Haut kühl an. Als er mich zum Haus führt, gehen wir an einem aufgeplusterten Rotkehlchen vorbei, das auf einer Futterstelle aus Stein sitzt und auf irgendeinem Saatkorn herumpickt. Ben öffnet die Glastür, wir betreten eine warme, freundliche Küche im Landhausstil, in der sympathische Unordnung herrscht. Er zeigt auf einen knorrigen Eichentisch, an dem ich wie benommen auf einer langen, niedrigen Bank Platz nehme.

»Bleib da«, sagt er und öffnet den altmodischen cremefarbenen Kühlschrank. Er nimmt einen Kochtopf heraus und stellt ihn auf den dunkelgrünen Herd. Dann holt er ein Ciabatta aus dem Brotkasten und schneidet zwei große Ecken ab. »Die Suppe ist in fünf Minuten warm«, fährt er fort. »Iss auf, was noch im Topf ist. Butter ist im Kühlschrank, falls du das Brot nicht trocken essen willst. Ich bin erst mal wieder im Shop.«

»Aber ich kann dich doch nicht ...«

»Wir haben jetzt halb zwei«, unterbricht er mich. »Vor halb drei will ich dich nicht wieder bei der Arbeit sehen.« Mit diesen Worten wendet er sich ab und geht.

Ich sehe mich in der gemütlichen Küche um, während mein Herz immer noch wegen dieser unverschämten Kundin rast. Zu gern würde ich mich ja in Bens Haus umsehen, weil es so warm und so einladend wirkt. Aber ich werde seine Privatsphäre respektieren und in der Küche bleiben.

Nachdem ich eine Portion selbst gemachte, dampfende Minestrone gegessen habe, fühle ich mich schon etwas besser und wesentlich ruhiger. Ich bin bereit, wieder meiner Arbeit nachzugehen.

Am Nachmittag geht es im Gartencenter ruhiger zu, und ich kann ins Gewächshaus zurückkehren und mich wieder der wohltuenden Beschäftigung widmen, das Saatgut einzusetzen. Als nach einer Weile Jez vorbeikommt, um sich zu erkundigen, wie weit ich bin, bestätigt er, dass draußen an der Einfahrt immer noch ein paar Journalisten rumlungern. Ich wünschte, ich könnte einfach für immer an diesem friedlichen Ort bleiben. Gegen vier Uhr setzt die Dämmerung ein, und ich muss die Halogenlampe einschalten, um noch sehen zu können, was ich da eigentlich mache. Viel zu schnell ist der Ladenschluss erreicht, was für mich bedeutet, dass ich zurück nach Hause muss.

Mein Puls beschleunigt sich bei dem Gedanken an den Heimweg. Ich sollte vielleicht ein Taxi rufen, aber eigentlich habe ich dafür gar kein Geld. Ich kann auch nicht Ben bitten, mich nach Hause zu fahren. Er hat schon jetzt so viel für mich getan, dass ich das Gefühl bekomme, ihm allmählich zur Last zu fallen. Aber all meine Überlegungen erweisen sich als überflüssig, denn als ich mich auf den Heimweg machen will, sehe ich Ben, wie er gegen seinen Transporter gelehnt dasteht. Als er mich bemerkt, winkt er mich zu sich.

»Steig ein, ich fahre dich nach Hause.«

Eigentlich möchte ich als höflicher Mensch dankend ablehnen, doch der verängstigte Mensch in mir atmet erleichtert auf. Also steige ich in den Transporter ein. »Vielen Dank, Ben«, sage ich, während ich den Gurt anlege.

»Als ob ich dich dieser Meute überlassen würde.«

»Die sind immer noch da, richtig? Ich habe keinen Blick wagen wollen.«

»Leider ja.« Er lässt den Wagen an, schaltet das Licht ein und fährt in Richtung Tor.

»Das dürfte bedeuten, dass sie mir vor meinem Haus wohl auch noch immer auflauern.«

»Ich kann dich bis nach drinnen begleiten«, bietet er mir an.

»Nein, nein, das geht schon. Wenn du mich vor der Tür rauslässt, wäre das schon mehr als großartig.«

»Lass uns das entscheiden, wenn wir da sind. Nur so ein Gedanke: Es wäre vielleicht nicht schlecht, den Gurt wieder zu lösen und dich zu ducken.«

»Gute Idee.« Ich tue, was er gesagt hat, und mache mich darauf gefasst, dass wieder gegen die Scheiben geschlagen wird.

»Halt dich bereit«, warnt er mich.

Der Motor grollt laut, als Ben Gas gibt und vom Grundstück auf die Straße fährt. Die Reifen quietschen, und ich muss mich mit beiden Händen abstützen, um nicht in den Fußraum zu rutschen. Von draußen sind Rufe zu hören, Blitzlicht erhellt das Wageninnere.

»Na, das hat doch wenigstens Spaß gemacht«, sagt Ben. »So bin ich nicht mehr gefahren, seit ich siebzehn war und versucht habe, Marie Philips zu beeindrucken. Du kannst jetzt wieder raufkommen.«

Ich richte mich auf und drücke mich in den Beifahrersitz. »Marie Philips?«

»Ein Mädchen bei mir auf der Schule.«

»Und hat es funktioniert? War sie beeindruckt?«

»Überhaupt nicht. Stattdessen verliebte sie sich in einen Automechaniker aus Finchley. Der war zweiundzwanzig. Ich hatte nicht den Hauch einer Chance.

Den Rest der Fahrt verbringen wir in einvernehmlichem Schweigen. Immer wieder sehe ich in den Außenspiegel, um festzustellen, ob uns jemand verfolgt. Aber der Verkehr ist schon so dicht, dass ich nicht erkennen kann, ob sich irgendein Wagen an unsere Fersen geheftet hat.

Als wir in meine Straße einbiegen, sitze ich völlig verkrampft da. Wie erwartet lauert immer noch ein Rudel Reporter vor dem Haus auf meine Rückkehr. Ich weiß nicht, was diese Leute von mir erwarten. Ich werde so oder so nicht mit ihnen reden, also könnten sie alle doch sofort nach Hause gehen.

Ben nimmt Gas weg, der Transporter wird langsamer. »Du kannst auch bei mir übernachten, wenn du willst. Das Gästebett ist wirklich bequem.«

»Das wird schon klappen«, sage ich. »Trotzdem danke für dein Angebot.«

»Es ist nur so, dass ich dich morgen nicht abholen kann, weil ich früh am Morgen einen Termin bei der Bank habe.«

»Das ist nicht schlimm, Ben. Ich erwarte doch gar nicht, von dir hin und her gefahren zu werden. Du warst heute ein absolutes Geschenk des Himmels, aber ich habe die ja bereits seit gestern am Hals. Ganz bestimmt werde ich morgen in der Lage sein, mit ihnen fertig zu werden.« Das ist eine glatte Lüge. Allein die Vorstellung, morgen früh zu Fuß zur Arbeit zu gehen, lässt mich fast in Panik ausbrechen.

»Falls du mit denen nicht fertig wirst, dann bleibst du zu Hause. Wir kommen schon zurecht.« Er sieht mir dabei in die Augen, damit ich weiß, dass er es so meint, wie er es sagt.

»Danke, aber ich will ja arbeiten.« Wir haben vor meinem Haus angehalten, sofort scharen sich die Reporter um Bens Wagen, als wären sie eine Meute Zombies, die Fleisch gewittert hat. »Es ist so weit«, sage ich und klinge viel mutiger, als ich mich fühle. Ich atme einmal tief durch, um mich zu wappnen.

»Viel Glück, Tess.«

»Danke, Ben. Ich bin dir wirklich dankbar, dass du so nett zu mir warst. Und dir wünsche ich viel Glück bei deinem Termin morgen früh.« Ich öffne die Wagentür und schiebe mich durch die Menge.

»Wer ist das in dem Wagen da, Tessa? Ist das Ihr Boss?«

»Sind Sie beide ein Paar, Tessa?«

»Ist er Ihr Freund?«

»Hat er Ihnen bei der Entführung geholfen?«

Dann bin ich endlich an der Haustür. Ich bin zu Hause. Ich sollte wohl mal was essen, aber ich habe es noch immer nicht geschafft Lebensmittel einzukaufen. Ich gehe die Treppe hoch, ziehe den Schlafanzug an und sinke aufs Bett. Ich bin einfach zu müde, um mich noch mit irgendwelchem Mist zu befassen. Ich bin zu müde, um zu denken. Meine Augen fallen ganz von allein zu.

Ich muss sofort fest eingeschlafen sein. Aber jetzt bin ich hellwach und starre mit aufgerissenen Augen zu den Vorhängen. Das Geräusch von berstendem Glas hallt in meinen Ohren nach. Von meinem Bein strahlt ein dumpfer Schmerz aus. Was ist passiert? Ich höre Schritte, die sich hastig entfernen. Ohne darüber nachzudenken, dass von draußen jemand hereinsehen könnte, mache ich die Nachttischlampe an.

Auf der Decke neben meinem Bein liegt etwas Rötliches. Ein Ziegelstein.

Ein Ziegelstein! Mit einem Satz bin ich aus dem Bett und schreie laut auf, als ein brutaler Stich durch meinen Fuß jagt. Ich sehe nach unten. Glas! Alles ist mit Scherben übersät. Allmählich habe ich meine Sinne beisammen, und ich beginne zu verstehen, dass jemand mein Schlafzimmerfenster mit einem Ziegelstein eingeworfen hat.

Ein Blick auf den Wecker zeigt mir, dass es fast vier Uhr ist. Ohne mich um das Glas auf dem Teppich zu kümmern gehe ich zum Fenster und schaue durch das wild gezackte Loch nach draußen. Eisiger Wind schlägt mir entgegen, der mir die Luft zum Atmen raubt und mir eine Gänsehaut über den Rücken laufen lässt. Die Reporter stehen immer noch da, sie sehen zu mir nach oben. Ein paar von ihnen zeigen die Straße entlang. Haben sie gesehen, wer das getan hat? Sie müssen es gesehen haben. Aber ich traue mich nicht, aus dem Haus zu gehen und sie zu fragen.

Gegenüber im Haus geht das Licht an. Verschlafene Gesichter tauchen am Fenster auf. Sie müssen gehört haben, wie die Scheibe zu Bruch ging. Ich frage mich, ob irgendein Nachbar herkommen wird, um sich danach zu erkundigen, wie es mir geht. Ich möchte es bezweifeln.

Ich sehe auf meinen linken Fuß. Da ist Blut auf dem Teppich. Ich zittere am ganzen Leib und klappere mit den Zähnen. Es liegt bloß an der Kälte, sage ich mir. Es liegt bloß an der kalten Luft, die durch die eingeworfene Scheibe ins Zimmer strömt. Dann tue ich etwas, von dem ich weiß, dass ich es nicht tun sollte. Aber ich schiebe es auf den Schock und auf die Tatsache, dass ich noch nicht richtig wach bin: Ich nehme mein Handy und rufe Scott an.

»Tessa?«, fragt er verschlafen.

»Jemand hat einen Ziegelstein durchs Fenster geworfen«, sage ich. »Kannst du bitte rüberkommen?«

»Wer hat das getan? Einen Ziegelstein? Bestimmt irgendein Idiot, der die Nachrichten gesehen hat«, sagt er. »Derjenige ist sowieso längst über alle Berge. Du musst die Polizei anrufen.«

»Kannst du *bitte* rüberkommen, Scott?«, flehe ich ihn an. »Unser Schlafzimmerfenster wurde eingeworfen. Hier ist alles voller Glas, und es ist eisig kalt.« Ich kann nicht verhindern, dass meine Stimme zittert. »Ich weiß nicht, was ich tun soll.«

»Ruf einfach die Polizei an, Tessa. Die wird dir helfen. Tut mir leid, aber Ellie braucht mich hier. Unser Haus wird schon den ganzen Tag von der Presse belagert. Der Stress tut ihr und dem Baby nicht gut. Es war so schlimm, dass ich heute nicht arbeiten gehen konnte.«

Kopfschüttelnd lege ich wortlos auf. Mit einem Mal bin ich wirklich hellwach. Mir wird klar, dass Scott tatsächlich nicht mehr für mich da ist. Ich hätte ihn gar nicht erst anrufen sollen.

Aus meiner anfänglichen Angst und Verwirrung entwickelt sich etwas völlig anderes, während ich die 999 wähle.

11

Während ich auf die Polizei warte, sitze ich in der Küche und ziehe mit einer Pinzette Glas aus meiner Fußsohle. Nachdem ich mir sicher bin, dass kein Splitter mehr drinsteckt, wasche und verbinde ich den Fuß, wobei ich die Schmerzen nur beiläufig wahrnehme. Immerhin hält mich diese Beschäftigung für eine Weile vom Nachdenken ab.

Warum wirft jemand einen Ziegelstein in mein Schlafzimmer? Warum muss dieser ganze Mist mir passieren? Ich weiß warum. Weil das eine Hexenjagd durch die Medien ist. Die haben mich schuldig gesprochen, ohne mir wenigstens eine Chance zu geben, meine Unschuld zu beweisen. Für die Allgemeinheit gelte ich als Kindesentführerin, ob ich nun was getan habe oder nicht.

Es klingelt an der Tür. Bilde ich mir das ein, oder ist die Klingel lauter als üblich? Der Widerhall des Gongs schwingt in meinem Körper nach. Ich humpele durch den Flur zur Haustür, wo ich auf einmal zögerlich werde. Was, wenn das gar nicht die Polizei ist?

»Hallo?«, ruft eine Männerstimme. »Tessa Markham? Hier ist die Polizei. Sie hatten uns gerufen.«

Ich öffne die Tür, vor mir stehen zwei Polizisten. Ich dachte, man würde Chibuzo und Marshall herschicken. Diese beiden Männer kenne ich nicht. Sie sind jung. Jünger als ich. Hinter ihnen sehe ich die Reporter auf dem Gehweg vor meinem Haus, die sich ungewöhnlich zivilisiert verhalten, als sie mich sehen. Mitten in der Nacht – oder besser gesagt:

am frühen Morgen sind es nicht ganz so viele Reporter. Kein Gedränge, keine Rufe, jetzt, da die Polizei anwesend ist. Ein paar Blitze von den Kameras, und das war's auch schon.

»Danke, dass Sie gekommen sind«, sage ich zu den Polizisten und ziehe meinen Morgenmantel noch etwas fester zu. »Kommen Sie doch rein.«

Sie betreten das Haus und folgen mir in die Küche, wo sie meine Aussage aufnehmen. Nachdem sie gehört haben, was vorgefallen ist, möchten sie das Schlafzimmerfenster sehen, also gehen wir gemeinsam nach oben.

»Diese Reporter da draußen«, sage ich. »Haben die irgendwas gesehen?«

Der dunkelhaarige Beamte erwidert: »Laut deren Aussage kam eine Person auf einem Motorrad angefahren, wurde langsamer und schleuderte den Ziegelstein aufs Haus, und dann hat sie auch gleich wieder beschleunigt und ist davongefahren.«

»Haben die das Kennzeichen notieren können?«

Er schüttelt den Kopf. »Offenbar war das Kennzeichen mit Dreck beschmiert, um es unleserlich zu machen. Ein paar Fotografen haben zwar noch auf den Auslöser gedrückt, aber die Bilder sind alle unscharf geworden. Die waren alle zu sehr damit beschäftigt, Ihr Haus zu beobachten.«

»Typisch. Eine Horde Presseleute verbringt die Nacht vor meinem Haus, um eine unschuldige Frau behelligen zu können, aber wenn tatsächlich ein Verbrechen verübt wird, sind sie all zu träge, um zu reagieren.«

»Wir haben eine Suchmeldung für das Motorrad rausgegeben«, fährt der Polizist fort. »Außerdem werden wir, wenn wir hier fertig sind, von jedem Reporter eine Aussage aufnehmen.«

Als wir das kalte Schlafzimmer mit seinen im Wind flatternden Vorhängen betreten, in dem der Boden mit Splittern übersät ist, und als mein Blick auf den Ziegelstein auf dem Bett fällt, da fühle ich mich noch stärker verletzt als in dem Moment, als es tatsächlich geschah. Vielleicht, weil ich mich da noch im Halbschlaf befand, vielleicht aber auch, weil genug Zeit vergangen ist, um wirklich zu begreifen, was mir angetan worden ist.

»Haben Sie eine Vermutung, wer das getan haben könnte?«, fragt der blonde Polizist.

»Nein.«

»Hatten Sie in letzter Zeit mit irgendjemandem Streit? Oder gibt es jemanden, dessen Zorn Sie sich zugezogen haben könnten?«

Sein Kollege stößt ihn mit dem Ellbogen an, doch der blonde Mann scheint wirklich nicht zu wissen, wer ich bin. Vielleicht schaut er sich ja nie irgendwelche Nachrichten an.

»Die Medien sind zu dem Urteil gekommen, dass ich eine Kindesentführerin bin«, sage ich. »Der Steinewerfer teilt offenbar diese Meinung.«

Daraufhin bekommt der blonde Polizist einen roten Kopf. »Oh. Ja, natürlich. Entschuldigen Sie.«

Dann weiß er ja doch, wer ich bin. »Das Ganze ist nur ein Haufen frei erfundener Unsinn«, fahre ich fort. »Ihre Leute scheinen mich nicht für schuldig zu halten, aber wen interessiert schon die Wahrheit, wenn man eine Story verkaufen will?«

»Sie sollten das Fenster zunageln«, sagte der andere Polizist. »Leben Sie hier allein?«

Ich nicke und beiße mir auf die Lippe. »Ja, ich lebe allein.«

»Haben Sie irgendwo Sperrholzplatten?«, will er wissen.

»Ich ... äh ... ich habe keine Ahnung. Wenn ja, dann müssten sie im Schuppen draußen im Garten sein.«

»Okay, kommen Sie. Zeigen Sie mir den Schuppen. Bestimmt finden wir da etwas Brauchbares, dann nagele ich Ihnen das Fenster zu. Dauert nur ein paar Minuten. Mein alter Herr ist Zimmermann, von ihm habe ich das gelernt.« Er zwinkert mir zu, und ich bin ihm auf eine fast schon bemitleidenswerte Art dankbar. »Übrigens, ich bin PC Dave Cavendish. Und dieses nutzlose Etwas da ist PC James Lewis.«

PC Lewis bekommt schon wieder einen roten Kopf, daraufhin lächele ich ihn an, um ihn zu beruhigen.

Zurück im Erdgeschoss ziehe ich ein Paar alte Crocs an, dann gehen Dave und ich nach draußen, während der Kollege in der Küche wartet. Wir überqueren den nassen Rasen, ich schließe den Schuppen auf. Der Polizist benötigt gerade mal zwanzig Sekunden, dann wird er fündig: ein alter Küchenschrank mit einer Rückwand aus Pressholz und ein Tacker.

Zehn Minuten später ist das Schlafzimmerfenster zugenagelt, alle Scherben sind aufgefegt, und mein Bett ist frisch bezogen.

»Das kann aber doch alles nicht zu Ihren Aufgaben gehören«, sage ich. »Bekommen Sie deswegen denn keinen Ärger?«

»Diese Nacht ist ziemlich ruhig«, sagt er und lächelt mich an. »Sie brauchen einen Glaser, der das besser kann als ich, aber für den Augenblick wird das so genügen.«

»Ich weiß gar nicht, wie ich Ihnen dafür danken kann«, erwidere ich leise.

»Ihr Fuß ...«, redet er weiter.

»Ich bin dummerweise in die Scherben getreten.«

»Sie sollten das von einem Arzt ansehen lassen. Nicht, dass sich etwas entzündet.«

»Danke«, sage ich, obwohl ich weiß, dass ich genau das wahrscheinlich nicht tun werde. »Meinen Sie, Sie werden denjenigen fassen, der mir das angetan hat?«

»Um ehrlich zu sein, das ist eher zweifelhaft. Aber falls es Sie ein wenig trösten kann: Ich glaube nicht, dass derjenige wieder herkommen wird. Vermutlich irgendein Idiot, der sich für klüger als die Polizei hält. Rufen Sie uns an, wenn Sie wieder Probleme haben.« Mit einer Kopfbewegung deutet er auf den Bereich vor meinem Haus. »Machen die Ihnen viel Ärger?«

Ich zucke mit den Schultern. Mir fehlt einfach die Kraft, ihm anzuvertrauen, dass sie mir das Leben zur Hölle machen.

»Auf dem Weg nach draußen werden wir ein paar Takte mit ihnen reden und ihnen klarmachen, dass sie sich benehmen sollen.«

Nachdem die Polizisten gegangen sind, humpele ich zurück ins Schlafzimmer, wo alles einigermaßen normal aussieht. Da der Vorhang zugezogen ist, fällt nicht mal das Brett vor dem Fenster auf. Nur die Luft ist kalt und feucht, und es kommt mir so vor, als wäre dieser Raum beschmutzt worden. Ich weiß, ich werde mich sowieso nicht wieder ins Bett legen und so tun, als wäre gar nichts passiert. Wie soll ich schlafen, wenn ich weiß, dass da draußen jemand rumläuft, der mich so sehr hasst, dass er zu so etwas fähig ist?

Ich nehme meinen Wecker und die Bettdecke, dann verlasse ich das Schlafzimmer und ziehe die Tür hinter mir zu. Sich für viereinhalb Stunden noch einmal hinzulegen, erscheint mir fast sinnlos, aber was soll ich in der Zeit sonst machen? Mir wird bewusst, dass es mir nicht mehr behagt, meine Zeit in diesem Haus zu verbringen. Es hat nichts mit den Reportern zu tun, die mir draußen auflauern, sondern eigentlich gefällt es mir hier schon nicht mehr, seit Scott ausgezogen ist. Es ist ein Haus, das nur noch aus Erinnerungen besteht, in dem aber kein Leben mehr stattfindet. Ich bin mir nicht sicher, ob das Haus sich selbst aufgegeben hat oder ob es darauf wartet, dass irgendetwas geschieht.

Ich gehe den kurzen Treppenabsatz entlang zum rückwärtigen Schlafzimmer – Sams Zimmer. Ich trete ein und atme die abgestandene Luft ein, während ich absurderweise hoffe, noch ein Überbleibsel seines Geruchs zu erhaschen. Aber da ist kein Hauch mehr übrig von meinem kleinen Jungen. Ich stelle den Wecker auf den Nachttisch und lege mich auf die nackte Matratze seines Kinderbetts. Nachdem ich eine Fötushaltung eingenommen habe, ziehe ich die riesige Decke aus dem Schlafzimmer über mich. Erst als ich mich in den Stoff kuschele, merke ich, wie kalt mir eigentlich ist. Die Decke ist eiskalt, und ich wünschte, ich hätte eine Wärmflasche oder eine Heizdecke ... oder einen warmen Körper, an den ich mich schmiegen und an dem ich meine Eiszehen wärmen könnte.

Irgendwann versinke ich dann doch noch in einem unruhigen Schlaf, aber der endet jäh, weil der Wecker zu plärren beginnt. Im ersten Moment bin ich völlig desorientiert, aber dann fällt mir ein, was letzte Nacht geschehen ist. Wie auf ein Stichwort hin beginnt mein Fuß schmerzhaft zu pochen. Ich ignoriere ihn, während ich mich recke und strecke und schließlich aufstehe. Nachdem ich mich angezogen habe, humpele ich nach unten und spähe durch die Jalousie im Wohnzimmer nach draußen. Welche Freude. Mein Fanclub ist nicht nur immer noch da, sondern zu einer noch nicht da gewesenen Dimension angewachsen. Die Sache mit dem Ziegelstein muss sich in Windeseile herumgesprochen haben. Ich werde ein Taxi benötigen, um zur Arbeit zu kommen.

Während ich wieder Cornflakes mit Wasser esse, tadele ich mich dafür, dass ich letzte Nacht Scott angerufen habe. Es ist regelrecht demütigend, wenn ich nur daran denke, wie ich ihn angefleht habe herzukommen. Er hat mir bereits klar und deutlich zu verstehen gegeben, dass er Wichtigeres zu tun hat, als sich Sorgen um mich zu machen. Er hat sein Herz für mich verschlossen. Diese Ellie ist jetzt eine feste Größe in seinem Leben und wird das wohl auch bleiben. Was sie angeht, werde ich mit dieser Tatsache wohl zurechtkommen, aber ich habe keine Ahnung, wie ich mit dem Rest umgehen soll – mit Scotts neuer Familie. Der Gedanke daran reicht, dass sich mir der Magen umdreht und ich keine Luft mehr bekomme.

Vor meinem geistigen Auge sehe ich diese gesichtslose Frau, wie sie sich über ihr Neugeborenes beugt, während Scott neben ihr steht und sie anhimmelt. *Hör auf, darüber nachzudenken!*

Ich betrachte die Bilder, die Sam und Harry gemalt haben und die am Kühlschrank hängen. Diese reizenden, kindlichen Bilder schaffen es, dass sich mein Herz etwas leichter anfühlt.

Eigentlich sollte ich mir die Nachrichten ansehen, um auf dem Laufenden zu sein, welche Lügen jetzt wieder über mich verbreitet werden. Aber das würde ich nicht ertragen, und außerdem fehlt mir die Zeit dafür. Draußen hupt ein Wagen. Mein Taxi ist da.

Ich stelle die Cornflakesschale in die Spüle, nehme meine Handtasche und gehe zur Tür, wobei ich diesmal nicht so große Panik verspüre wie noch einen Tag zuvor.

Wieder beginnt das Spießrutenlaufen. Blitze zucken, Fragen werden mir zugerufen. Alles so wie gestern. Zum Glück muss ich das nur ein paar Sekunden lang über mich ergehen lassen. Ich humpele über den Gehweg, schiebe mich unter Einsatz der Ellbogen durch die Menge und kann dann ins Taxi einsteigen, in dem himmlische Ruhe herrscht.

Meine Arbeit ist meine persönliche Zuflucht vor dem Wahnsinn, der mich sonst überall verfolgt. Auch wenn ich von manchem Kunden dumm angeguckt werde, kann ich mich hier sicher fühlen. Und ich habe hier eine Aufgabe. Der Morgen verstreicht in einem gleich bleibenden Tempo. Ich fege die Gänge, danach widme ich mich wieder meiner Pflanzarbeit im Gewächshaus. Von Ben war bislang noch nichts zu sehen gewesen, er wird wohl noch bei der Bank sein. Ich hoffe, sein Termin verläuft gut. Mir wird bewusst, dass ich mich mit seinem Vorschlag mehr und mehr anfreunden kann. Vielleicht ist diese zusätzliche Verantwortung tatsächlich genau das, was ich brauche, um ins wirkliche Leben zurückkehren zu können. Aber ich kann keine Entscheidung treffen, solange sich dieser ganze Mist hinzieht. Ich wünschte, die Polizei würde endlich herausfinden, wer Harry ist und wohin er gehört. Wenn ich endlich von jedem Verdacht freigesprochen worden bin, kann alles wieder zur Normalität zurückkehren.

»Tessa.« Ich sehe von den Saatgutpäckchen auf und entdecke Carolyn an der Eingangstür zum Gewächshaus. Mit den Fingern fährt sie sich durch ihr kurzes, mausgraues Haar. »Du hast Besuch.«

Nein, geht alle weg. Ich will keinen Besuch. »Hi, Carolyn«, bringe ich mit Mühe raus. »Besuch?«

»Sie sagt, sie ist eine Freundin.«

»Wer ist es? Kennst du sie?« Ich lege die Schaufel weg und wische die Hände an meiner Schürze ab. »Es könnte eine Reporterin sein, die sich als Freundin ausgibt.«

»Tut mir leid, nach dem Namen hab ich sie nicht gefragt.«

Innerlich verfluche ich sie für ihre Dummheit, aber das ist eigentlich unfair von mir. Sie trifft keine Schuld.

»Sie wartet im Café«, fügt Carolyn hinzu. »Ich gehe dann besser mal wieder in den Shop.«

»Okay, danke. Ich kümmere mich gleich darum.«

Carolyn geht zügig den Weg zurück, den sie gekommen ist. Seufzend verlasse ich nach ihr das Gewächshaus und humpele den Weg entlang. Mein Gefühl sagt mir, dass mich im Café nichts Gutes erwartet.

12

Obwohl es erst halb zwölf ist, sind gut die Hälfte aller Tische besetzt. Ich winke Janet zu, die hinter der Theke arbeitet. Sie lächelt und zeigt auf den Tisch in der Ecke, an dem eine Frau mit dem Rücken zu mir sitzt. Sie hat braunes Haar, das von der hochgeschobenen Sonnenbrille zusammengehalten wird. Seit September habe ich hier in Nord-London keine Sonne mehr gesehen, daher empfinde ich die Brille nur als ein Modeaccessoire. Ich gehe um den Tisch herum und bin nervös, weil ich nicht weiß, was diese Frau will.

Carly! Sofort verkrampft sich mein ganzer Körper, als ich sehe, wer da sitzt.

»Tessa!«, ruft sie begeistert, steht auf und beugt sich für einen Luftkuss auf die Wangen vor. *Peinlich* beschreibt diese Situation nicht einmal annähernd.

Ich mache einen Schritt nach hinten, meine Gedanken überschlagen sich.

»Ich hoffe, es macht dir nichts aus, dass ich einfach an deinem Arbeitsplatz vorbeischaue«, sagt sie und bringt mich mit ihrer rauen Stimme jetzt schon in Rage. »Hier ist es wunderschön, findest du nicht? Ich kann es gar nicht fassen, dass ich hier noch nie gewesen bin.« Sie lehnt sich zurück und trinkt einen Schluck Kaffee.

»War das dein Werk?«, will ich wissen.

»Mein Werk?« Sie legt den Kopf schief.

»Ja, dein Werk. Hast du diese Story über mich an die Zeitung verkauft?«

Sie seufzt. »Du klingst ziemlich aggressiv, Tessa.«

»Du hast meiner Kollegin gesagt, du wärst eine Freundin von mir, aber du bist nicht als Freundin hier, richtig?«

»Ach«, meint sie achselzuckend, »es ist doch egal, aus welchem Grund ich hier bin. Wir sind schließlich immer noch Freundinnen, nicht wahr?« Sie lässt ein Lächeln folgen, das mich von ihren scheinbar guten Absichten überzeugen soll, aber darauf falle ich nicht rein.

»Mein Boss hat der Presse verboten, das Grundstück zu betreten«, rede ich weiter und stemme dabei die Hände in meine Hüften. »Daher fürchte ich, dass du den Weg hierher leider umsonst gemacht hast. Du musst wieder gehen.«

Ihr Blick wird für einen Sekundenbruchteil frostig, aber dann ist gleich wieder das Lächeln da. »Ja, aber ich bin doch nicht in meiner Funktion als Journalistin hier. Ich bin als deine Freundin und deine Nachbarin hier. Ich habe heute Morgen gesehen, dass das Fenster im ersten Stock mit einem Holzbrett zugenagelt worden ist. Ich war in Sorge um dich.«

»Was für ein Blödsinn«, kommt es mir etwas zu laut über die Lippen, denn dadurch wird ein älteres Paar am Nebentisch auf mich aufmerksam. Sie schütteln verärgert den Kopf und drehen sich weg. Ich setze mich zu Carly und sage leiser: »Das hier ist mein Arbeitsplatz. Ich bin hier, um zu arbeiten, nicht um mit meinen Nachbarn ein Schwätzchen zu halten.«

»Dann komme ich doch am besten heute Abend zu dir«, schlägt sie vor. »Ich bringe was zu trinken mit, was ein bisschen schäumt und prickelt, und dann unterhalten wir uns ganz in Ruhe. So wie früher.«

Eines muss man ihr lassen: Sie ist beharrlich. »Nach der Arbeit habe ich noch zu tun«, sage ich.

»Okay, wie wär's dann, wenn ich dich zum Essen einlade? Wann gehst du in die Mittagspause?«

»Hör zu, Carly, ich werde mit dir weder etwas essen noch etwas trinken gehen. Ich finde es unverschämt von dir, nach allem, was du mir angetan hast, hier einfach aufzukreuzen und mich zu belästigen.«

»Ist gestern jemand bei dir eingestiegen?«, fragt sie unerbittlich weiter. »Hattest du einen Unfall? Jemand hat davon gesprochen, dass etwas in dein Zimmer geschleudert wurde. Wurdest du verletzt?« Abermals trinkt sie von ihrem Kaffee.

»Du weißt ganz genau, was passiert ist. Und im Moment musst du nichts anderes tun, als jetzt sofort gehen. Ich werde ab sofort nicht mehr mit dir reden.«

»Na gut«, gibt sie von oben herab zurück und steht auf. »Ich bin hergekommen, um nett zu dir zu sein, weil ich gehofft habe, dass ich deine Seite der Geschichte zu hören bekomme. Alles, was in den Zeitungen steht, ist reine Spekulation, weil du dich weigerst, irgendetwas von dem zu leugnen oder zu bestätigen, was mit dem armen Jungen passiert ist.«

»Warum sollte ich?«, erwidere ich aufgebracht. »Ich habe nichts Falsches getan.«

»Dann sag mir die Wahrheit«, fordert sie mich auf und sieht mich dabei an, als könnte es keine größere Dummheit geben als die, ihrem Ansinnen nicht nachzukommen. »Ich kann den Spekulationen ein Ende setzen und die Tatsachen verbreiten. Dann wissen alle Bescheid, und du kannst dein Leben in Ruhe weiterleben. Du kannst nur gewinnen.«

Sie ist verdammt gut. Sie will mir eine Exklusivstory abschwatzen, indem sie mich glauben lässt, mir helfen zu wollen. »Ich frage dich noch mal«, sage ich daraufhin nur. »Hast du der Presse die Geschichte von Ha... von dem Jungen erzählt, der bei mir im Haus aufgetaucht war?«

Carly schürzt die Lippen und zupft an ein paar Haarspitzen. »Das warst du, nicht wahr? Du hast eins und eins zusammengezählt, nur kam bei dir nicht zwei raus. Tja, dann danke ich dir dafür, dass mein Leben deinetwegen jetzt nur noch ein Scherbenhaufen ist, du egoistische Kuh.« Plötzlich wird mir klar, dass meine Stimme viel zu laut ist für ein so gemütliches Café. Mittlerweile sehen alle Gäste zu uns.

Sie lacht abrupt auf. »Mich als Kuh zu bezeichnen hilft dir auch nicht weiter, Tessa.«

»Was ist hier los?«

Ich drehe mich um und sehe Ben hinter mir stehen. Er schaut nicht erfreut drein.

»Tut mir leid, Ben«, sage ich und merke, wie mein Gesicht zu glühen beginnt. »Das ist Carly, sie ist Journalistin und belästigt mich.« Ich drehe mich zu ihr um und werfe ihr einen wütenden Blick zu.

»Genau genommen bin ich Tessas Nachbarin.« Sie hält ihm ihre makellose manikürte Hand hin. »Carly Dean« stellt sie sich vor. »Freut mich Sie kennenzulernen, Mister ...« Dabei zieht sie fragend eine Augenbraue hoch.

»Ben«, antwortet er, ergreift ihre Hand und schüttelt sie nur kurz. »Moretti.«

»Hi, Ben«, sagt sie und lächelt. »Ich bin hergekommen, um wegen letzter Nacht nach Tessa zu sehen und sie zu fragen, wie es ihr geht.«

»Wieso? Was war denn letzte Nacht?«

»Davon wissen Sie nichts?« Carly legt eine Hand auf ihre Brust und gibt sich, als wäre sie meinetwegen auf das Äußerste geschockt. »Jemand hat bei Tessa ein Fenster eingeworfen.« Sie greift nach ihrer Handtasche und kramt darin herum.

Ben dreht sich zu mir um, seine Miene zeugt von seiner Sorge um mich. »Stimmt das, Tessa? Mein Gott, ist alles in Ordnung? Du hättest mich anrufen sollen.«

»Es geht mir gut«, versichere ich ihm. »Die Polizei war da, sie haben für mich das Fenster zugenagelt.«

»Die Sache mit dem Fenster ist überall auf den Nachrichtenseiten im Internet zu finden«, ergänzt Carly. »Die Medien interessieren sich sehr für diese Story. Niemand weiß, woher der Junge kommt und wieso er bei Tessa in der Küche aufgetaucht ist. Und jetzt auch noch diese Attacke. Es ist schrecklich. Und es ist ein einziges Rätsel.« Sie legt eine Zwei-Pfund-Münze als Trinkgeld auf den Tisch. »Ich nehme nicht an, dass Sie etwas über den Jungen wissen, oder, Ben? Seinen Namen? Woher er kommt?«

»Ich glaube, Sie haben jetzt genug Fragen gestellt«, entgegnet er, um sie zum Verstummen zu bringen. »Ich möchte, dass Sie jetzt gehen, Ms Dean.«

»Ach, sagen Sie doch bitte Carly zu mir. Ist das hier Ihr Geschäft?«, fragt sie mit sanfter Miene. Sie hat komplett auf Flirten umgeschaltet.

»Ja«, sagt er und nimmt weder von ihrem Lächeln noch von der Art Notiz, wie sie die Haare nach hinten wirft.

»Ich könnte einen schönen Artikel über Ihr Geschäft schreiben. Es ist so himmlisch hier. Sind Sie Italiener? Jedenfalls sehen Sie aus wie einer.« Sie lässt ein kehliges Lachen folgen.

Ich neige ja nicht zu Gewalt, aber in diesem Moment möchte ich sie links und rechts ohrfeigen.

»Hören Sie, Carly, ich muss darauf bestehen, dass Sie mein Grundstück verlassen«, sagt Ben. »Ich kann nicht zulassen, dass Sie mein Personal belästigen.«

»Kein Problem«, säuselt sie. »Allerdings glaube ich nicht, dass man nachbarliche Fürsorge als Belästigung hinstellen kann.« Sie reicht ihm eine Visitenkarte. »Rufen Sie mich wegen des Artikels an. Mir schwebt da ein landesweit erscheinendes Einrichtungsmagazin vor, das sich alle zehn Finger nach diesem Ort hier ablecken würde.«

Er nimmt die Visitenkarte und schiebt sie in die Gesäßtasche seiner Jeans. Ich verspüre einen seltsamen Stich. Verärgerung? Eifersucht?

Noch einmal wirft Carly die Haare nach hinten, dann schlendert sie aus dem Café.

Bens Blick wird finster, als er ihr hinterhersieht, wie sie das Lokal verlässt. Dann dreht er sich zu mir um.

»Alles in Ordnung mit dir?«, fragt er.

»Das tut mir schrecklich leid, Ben. Ich wusste nicht, dass sie herkommen würde. Ich war gerade im Begriff, sie vom Grundstück zu verweisen, da kamst du dazu.«

»Ich meine die letzte Nacht«, stellt er klar. »Das muss dich doch in Angst und Schrecken versetzt haben.«

»Es war sicher nicht die beste Nacht meines Lebens«, gebe ich zu und versuche zu lachen, doch was über meine Lippen kommt, ist ein ersticktes Röcheln.

»Morgen ist dein freier Tag, richtig?«

»Ja, aber wenn du mich hier brauchst, komme ich gern arbeiten.«

»Nein. Nutz die Gelegenheit, ruh dich aus und entspann dich ein bisschen.«

Ich möchte ihm gern sagen, dass meine Arbeit der einzige Ort ist, an dem ich mich einigermaßen entspannt fühle. Aber ich fürchte, das klingt dann doch etwas zu wehleidig. »Wie ist dein Treffen bei der Bank verlaufen?«

»Das war gut, ziemlich geradeheraus, offen und ehrlich. Wenn mit dir wirklich alles in Ordnung ist, dann gehe ich jetzt rüber ins Büro. Da ist einiger Papierkram liegen geblieben, den ich noch wegschaffen muss.«

»Ja, klar. Ich muss sowieso zu meinem Saatgut zurück«, erwidere ich.

Unsere Wege trennen sich und mir wird schwer ums Herz. Bilde ich mir das nur ein oder ist Ben heute etwas distanzierter mir gegenüber? Falls ja, kann ich es ihm nicht verübeln. Gestern war ich mit einer Kundin aneinandergeraten, heute habe ich für Unruhe im Café gesorgt, als ich meine Nachbarin angebrüllt habe. Er muss sich allmählich fragen, warum um alles in der Welt er mich eigentlich beschäftigt. Ich wünschte, er wäre nicht in dem Moment ins Café gekommen, als ich Carly meine Meinung sagte. Ich könnte sie jetzt noch dafür würgen, dass sie hergekommen ist.

Ben hat bislang mir gegenüber sehr viel Geduld gezeigt, aber ich kann mir nicht vorstellen, dass er dieses Drama noch allzu lange mitmachen will. Das Allerletzte, was ich jetzt gebrauchen kann, wäre eine Kündigung.

13

Nach Ladenschluss gehe ich in den Aufenthaltsraum, um meine Handtasche zu holen und ein Taxi zu bestellen, das mich nach Hause bringen soll. Als ich auf dem abgewetzten Ledersofa sitze und mein Handy aus der Tasche hole, kommt Carolyn herein. Ich sehe zu ihr rüber und lächle sie kurz an, auch wenn ich immer noch ein bisschen sauer auf sie bin, weil ich letztlich durch ihre Schuld mit Carly im Café aneinandergeraten bin.

»Tessa, kann ich kurz mit dir reden?«, fragt sie und tritt dabei wie vor Verlegenheit von einem Fuß auf den anderen. Ihr Blick weicht meinem aus.

»Klar.« Ich lege mein Handy auf die Armlehne. »Was gibt's denn?«

»Janet hat mir erzählt, was heute im Café vorgefallen ist«, sagt sie zögerlich. »Mit dieser Reporterin. Ich wollte dir nur sagen, dass mir das wirklich leidtut. Ich hätte genauer nachfragen müssen, wer sie ist, bevor ich dich gerufen habe.«

»Oh. Danke, aber du kannst nichts dafür, Carolyn«, entgegne ich mit schlechtem Gewissen, nachdem ich ihr gerade noch insgeheim Vorwürfe gemacht habe. »Woher solltest du das denn aber auch wissen? Sie ist nun mal eine gute Lügnerin.«

»Das macht mir schon den ganzen Nachmittag zu schaffen.« Sie sieht aus, als würde sie jeden Moment in Tränen ausbrechen.

Ich stehe auf und drücke leicht ihren Arm. »Du musst dich deswegen nicht mies fühlen. Ich habe das längst wieder vergessen.« Dabei zwinge ich mich zu einem Lächeln.

»Jedenfalls habe ich überlegt, ob ich dich heute Abend nach Hause fahren könnte.«

»Ehrlich?« Mein Herz macht einen Freudensprung. »Das wäre fantastisch.«

»Das ist das Mindeste, was ich nach heute Mittag für dich tun kann.«

»Würde es dir was ausmachen, wenn du mich stattdessen an meinem Supermarkt rauslässt? Neben der neuen Pizzeria auf der Friern Barnet Road. Ich habe nichts zu essen im Haus, und es ist bei diesem Medienrummel nicht so einfach, von daheim aus einkaufen zu gehen.«

»Ja, natürlich, das ist doch kein Problem.« Sie wirkt prompt etwas entspannter.

Auf einmal kommt mir der dunkle Frühabend gar nicht mehr so erdrückend vor. Ich stecke mein Handy weg und gehe mit Carolyn nach draußen. Sogar mein Fuß schmerzt nicht mehr so schlimm wie noch vor Kurzem. Als ich ihren Passat Kombi sehe, wird mir bewusst, dass die Reporter mich sofort bemerken werden, wenn ich als Beifahrerin mitfahre. Ich glaube, Carolyn bemerkt das in diesem Moment auch, denn sie bleibt unvermittelt stehen und sieht ihren Wagen an, während sie die Lippen schürzt.

»Wie wäre es, wenn ich mich auf die Ladefläche lege?«, schlage ich vor. »Da dürfte doch Platz genug sein.«

»Wäre das für dich denn okay?«, entgegnet sie mit unnatürlich hoher Stimme. »Sonst werden die uns bestimmt verfolgen, oder?« Ich spüre die Panik, die von ihr ausgeht. Ich möchte wetten, dass sie ihr Mitfahrangebot bereits bedauert.

»Ich finde, das ist die perfekte Lösung«, sage ich. »Auf diese Weise komme ich hier ungesehen raus, also werden die Reporter glauben, dass ich noch gar nicht das Gelände verlassen habe. Könnte sein, dass ich sogar ganz in Ruhe einkaufen kann.«

»Na, dann ist ja alles gut.« Carolyn öffnet die Heckklappe, ich krabbele auf die Ladefläche und lege mich an die Seite. Dabei komme ich mir unwillkürlich so vor, als wäre ich der Mafia in die Hände gefallen.

»Wenn du diese Decke über mich legen würdest ...«

»Das ist unsere Hundedecke«, wendet Carolyn ein. »Die müsste erst mal gewaschen werden.«

»Stört mich nicht, außerdem ist es ja nur für einen Moment. Und dann kannst du diese Tasche mit den Gummistiefeln an mich ranschieben.«

Carolyn sieht mich an, und ich muss unwillkürlich kichern. Sie verkneift sich ein Lächeln.

»Das ist das erste Mal seit Monaten, dass ich wieder lachen kann«, erkläre ich. »Ich schätze, ich drehe so langsam durch.«

»Na ja, du reist aber auch nicht jeden Tag so stilvoll«, gibt sie zurück, und dann müssen wir beide lachen.

Mir kommen dabei die Tränen, mein Zwerchfell tut mir weh, während unser Gelächter durch die Dunkelheit schallt. Ich muss immer noch damit kämpfen, wieder ernst zu werden, während Carolyn den Kofferraum weiter umräumt.

»So«, sagt sie schließlich. »Niemand würde auf die Idee kommen, dass sich unter dem ganzen Zeug jemand verstecken könnte.«

»Und das ist für dich wirklich in Ordnung?«, frage ich, während mir aus der Decke der Geruch nach altem Hund entgegenschlägt.

»Ja, sicher«, beteuert sie. »Beweg dich in den nächsten Minuten nur nicht. Ich sag dir Bescheid, wenn du zum Vorschein kommen kannst.«

Kurz darauf fährt Carolyn los. Als wir das Tor passieren, höre ich die aufgeregten Stimmen der wartenden Reporter.

»Arbeitet Tessa noch?«

»Wann macht sie Feierabend?«

»Sind Sie mit ihr befreundet? Möchten Sie uns ein Interview geben?«

Mir war nicht klar gewesen, wie sehr auch meine Kollegen von diesem Medienzirkus betroffen sind. Mich wundert, dass keiner von ihnen sauer auf mich ist, bin ich doch der Grund dafür, dass solche Unruhe in ihr Leben gekommen ist. Ich kann nur hoffen, dass keiner von ihnen sich in Versuchung führen lässt und doch mit den Reportern redet. Allerdings habe ich mich ihnen gegenüber nicht zu den Dingen geäußert, über die in den Zeitungen geschrieben wird. Also würden sie den Journalisten ohnehin nichts Interessantes weitergeben können.

Ohne Zwischenfall erreichen wir den Supermarkt, und Carolyn lässt mich aussteigen. Sie wirkt fast wie berauscht vor Erleichterung darüber, dass es vorüber ist. Ich sehe mich kurz um und stelle beruhigt fest, dass keiner der Passanten von mir Notiz nimmt. Was für ein Luxus, mal von den Medien unbehelligt unterwegs sein zu können.

Ich nehme meine Wollmütze, setze sie auf und ziehe sie über die Ohren, dann betrete ich den hell erleuchteten Supermarkt.

Hoffentlich erkennt mich niemand. Mit dem Einkaufskorb in der Hand gehe ich die Gänge entlang und nehme dies und jenes aus den Regalen. Mein Magen knurrt, als ich frisch zubereiteten Obstsalat, vorgegarte Arrabiata-Nudeln, Käse in Scheiben, Milch für meine Cornflakes und zwei Schokoladen-Eclairs im Karton in meinen Korb packe. Nur mit Mühe kann ich mich davon abhalten, die Pappverpackung aufzureißen und die Eclairs runterzuschlingen. Mir ist fast schwindlig vor Hunger. Ich reiße mich zusammen und sage mir, dass ich für den Moment genug in meinem Einkaufskorb habe. Ich werde nur noch ein Brot holen und dann zur Kasse gehen.

Als ich um die Ecke biege, überkommt mich das allzu vertraute, unbehagliche Gefühl, beobachtet zu werden. Unauffällig schaue ich nach rechts und links, aber alle Kunden scheinen ganz auf ihre Einkäufe konzentriert zu sein. Niemand sieht in meine Richtung. Trotzdem bricht mir der Angstschweiß aus. Das Brot kann warten, ich will jetzt nur noch raus hier.

Ich eile den Gang entlang. Alle Kassen sind besetzt, und überall steht eine Schlange, sogar an der Selbstbedienungskasse. Ich suche mir die kürzeste Schlange aus, aber selbst da habe ich noch ein halbes Dutzend Leute vor mir. Als ich zufällig einen Blick über die Schulter werfe, treffen sich unsere Blicke. Es ist diese kleine Frau mit den braunen Haaren, die mir zuvor schon gefolgt war. Wer ist sie? Ich verlasse die Schlange und gehe auf die Frau zu. Wer ist sie? Woher wusste sie, dass ich hier bin? Von der Arbeit aus kann sie mir nicht hierher gefolgt sein.

Jetzt dreht sie sich weg und geht so schnell in Richtung

des hinteren Teils des Supermarkts, dass sie schon fast läuft. Mit dem Einkaufskorb rempele ich einen Mann an.

»Passen Sie doch auf, wo Sie hinlaufen, dumme Kuh!«, herrscht er mich an.

»Tut mir leid«, bringe ich hastig heraus und laufe weiter.

Dann bin ich ganz hinten angekommen, aber von der Frau ist nichts zu sehen.

Da! Sie läuft wieder nach vorn zum Ausgang. Ich stelle den Einkaufskorb ab und will ihr folgen, doch dann fasst jemand nach meinem Arm und hält mich zurück.

»Hey!«, rufe ich. »Lassen Sie mich los, ich muss ...«

»Tessa?«

Ich drehe mich um und werfe der Frau einen wütenden Blick zu, die meinen Ärmel festhält. Ich kenne sie nicht. Sie ist klein, hat ein engelsgleiches Gesicht, blonde Locken und große blaue Augen.

»Kennen wir uns?«, herrsche ich sie an und sehe nach der anderen Frau, doch die ist spurlos verschwunden. Ihr nachzulaufen wäre völlig sinnlos.

»Sie *sind* doch Tessa, nicht wahr?«, hakt sie nach.

»Von welcher Zeitung kommen Sie?«, frage ich und lasse die Schultern sinken.

»Ich bin keine Reporterin«, erklärt die Frau. »Mein Name ist Eleanor Treadworth.«

»*Wer* sind Sie?« Dann dämmert es mir. Ich mustere sie von Kopf bis Fuß. Makellose Haut, Designerjeans und Designerstiefel, eine marineblaue Puffjacke, in der die meisten Leute so aussehen würden, als ob sie einen Schlafsack tragen, während diese Frau darin schick und gestylt aussieht.

Mir fällt auch auf, wie eine Hand auf ihrer Jacke ruht, nämlich schützend vor ihrem Bauch.

Das ist Ellie. Scotts Ellie.

Und ich stehe da, angezogen wie eine Landstreicherin, rieche nach Hund und war eben noch wie eine Furie hinter dieser anderen Frau her. Sie muss meinen, ich sei gestört. Ich habe keine Ahnung, was ich sagen soll. Diese Frau hat mich um meine letzte Chance gebracht, an der Seite des Mannes glücklich zu sein, den ich liebe ... geliebt habe?

»Geht es Ihnen gut?«, fragt sie. Ihre Stimme ist so hoch wie die eines Kindes. Es klingt affektiert. »Ich finde, Sie wirken ein bisschen ...«

»Was wollen Sie von mir?«, unterbreche ich sie. *Von meinem Ehemann mal abgesehen.*

»Wissen Sie, ich wollte Sie nicht anrufen oder so, aber ich bin froh, dass wir uns jetzt auf diese Weise begegnen. Es ist so ... also, die Sache ist die, Tessa, ich weiß ja, dass Sie es in der Vergangenheit nicht leicht hatten, aber Sie müssen auch verstehen ... na ja, all diese Berichte in den Medien über Sie und Harry, das alles macht Scott wirklich zu schaffen.«

»Woher wissen Sie, dass sein Name Harry ist?«, frage ich sofort. Ich weiß, dass ist diese eine Information noch nicht an die Medien gelangt ist.

Ihre Wangen färben sich rosig. »Scott hat ihn mir gesagt.«

Ich betrachte forschend ihr Gesicht und versuche zu durchschauen, ob sie lügt, doch sie redet schon weiter.

»Wie gesagt, diese Berichterstattung tut Scott nicht gut. Er kann nicht richtig schlafen, weil er so um Sie in Sorge ist. Wie Sie wissen, bin ich schwanger. Ich muss für das Baby Ruhe bewahren.«

Ich starre in diese engelsgleichen Gesichtszüge und weiß nicht, ob ich über ihre Taktlosigkeit lachen oder ob ich sie einfach in die Kühltruhe stoßen soll, die hinter ihr steht und in der sich die Fertiggerichte stapeln. Natürlich mache ich weder das eine noch das andere.

Sie hält mein Schweigen für eine Aufforderung zum Weiterreden. »Dass Sie ihn zu jeder passenden und unpassenden Zeit anrufen, hilft keinem von uns, Ihnen am allerwenigsten. Es ist egoistisch, ist Ihnen das nicht klar? Sehen Sie, Tessa, Sie müssen versuchen die Vergangenheit hinter sich zurückzulassen, sich Ihrem eigenen Leben widmen und sich nicht an Scott klammern.« Ihre Miene lässt erkennen, dass ihre Sorge nur vorgetäuscht ist. Als ob sie eine Vorstellung davon hätte, was ich gerade durchmache. So wie sie aussieht, ist sie höchstens zwölf.

»Wie alt sind Sie?« Dabei schüttele ich ihre Hand, die immer noch meinen Ärmel festhält.

»Wie bitte?, fragt sie.

»Sie wissen schon. Ihr Alter.«

»Sechsundzwanzig. Aber ich wüsste nicht, womit das etwas zu tun haben sollte.«

Aha. Sie ist also zehn Jahre jünger als ich. Dieses embryonische Wesen will mir erzählen, was ich aus meinem Leben machen soll. Ich glaube, ich kann nicht darauf vertrauen, dass mir eine harmlose Antwort über die Lippen kommen wird. Wenn ich jetzt den Mund aufmache, dann weiß ich nicht, was ich sagen und im Anschluss daran tun werde. Wut kocht in mir hoch, aber es würde noch fehlen, dass ich wegen Körperverletzung belangt und vor Gericht gestellt werde. Also starre ich diese Frau einfach nur an.

Es herrscht angespannte Stille, so als würde jeden Moment ein Donnerwetter losbrechen. Sie kaut auf ihrer Unterlippe herum und wirkt jetzt schon gar nicht mehr so selbstsicher. Zwar redet sie weiter, aber davon nehme ich nicht ein Wort wahr. Ich reagiere auch auf nichts. Wieder fasst sie auf diese herablassende Art nach meinem Arm, wieder schiebe ich ihre Hand weg. Dann drehe ich mich um, hole meinen verlassen dastehenden Einkaufskorb und gehe zur Kasse. Ich sehe nicht zu ihr, um herauszufinden, wie sie reagiert. Ich kann nur hoffen, dass sie nicht auf die Idee kommt mir zu folgen. Falls doch, dann kann ich für nichts mehr garantieren.

14

Ich erinnere mich kaum noch daran, wie ich im Supermarkt an der Kasse gewartet habe oder von dort nach Hause gegangen bin. In meinem Kopf kreisen alle Gedanken nur um Ellie und ihre herablassenden Worte. Hat Scott ihr tatsächlich gesagt, dass der Junge Harry hieß? Sie wirkte so erschrocken, als ich sie fragte, wieso sie den Namen kannte. Vor allem aber ärgert mich, dass sie sich wie selbstverständlich herausnimmt mir zu sagen, wie ich mich zu verhalten und was ich zu empfinden habe. Ja, zwischen Scott und mir ist es aus. Aber wie kann sie es wagen, mir den Umgang mit meinem Mann zu verbieten, der schließlich immer noch mein Mann ist?

Zu Hause angekommen, bahne ich mir einen Weg durch die Reportermenge, die mich wieder mit Blitzlichtgewitter und Fragen empfängt. Ich bin so sauer, dass ich das aufdringliche Verhalten kaum wahrnehme. Ich marschiere durch den Vorgarten, schließe die Haustür auf und mache die Flurbeleuchtung an. Ich bin es leid, ständig im Dunkeln durch mein Haus zu schleichen. Ich bringe die Einkaufstaschen in die Küche und verstaue alles Gekaufte, ohne mich darauf zu konzentrieren, was wohin gehört. Aus der Schublade nehme ich ein Messer und steche die Folie der Arrabiata-Verpackung ein, dann stelle ich sie in die Mikrowelle. Während ich darauf warte, dass die Nudeln erhitzt werden, esse ich einen halben Eclair. Mir ist egal, dass ich den Nachtisch vor dem Essen in den Magen bekomme. Ich glaube, nach dieser elenden Woche ist es mein gutes Recht, zu essen, was ich will und in welcher Reihenfolge ich es will. Die cremige Schokolade und die Sahne schmecken himmlisch. Dann setze ich mich hin und schiebe mir den Rest des Eclairs in den Mund, noch bevor ich die erste Hälfte geschluckt habe. Zwar genieße ich den köstlichen Geschmack, aber ich bin noch immer vor Verärgerung angespannt. Ich lasse den Kopf auf die Tischplatte sinken und stoße einen Wutschrei aus. Ellie mag ja eine dumme, arrogante Kuh sein, aber sie ist so hübsch, so perfekt. Kein Wunder, dass Scott sich in sie verliebt hat. Und sie bekommt ein Kind. Von *ihm*! Ein Halbbrüderchen oder ein Halbschwesterchen für unsere Zwillinge. Ich hebe den Kopf ein wenig an und lasse ihn auf die Tischplatte knallen, dann gleich noch einmal. Ich tue mir damit nicht weh, aber ich will ein Geräusch erzeugen, ich will diese Wut aus meinem Körper herausbekommen!

Dann drehe ich den Kopf zur Seite, sodass meine Wange auf der Tischplatte liegt. Dabei kaue ich weiter an meinem Eclair. Wenn mich jetzt jemand sehen könnte, würde man sicher gleich vorbeikommen, um mich in eine Zwangsjacke zu stecken und wegzubringen. Ich stoße ein letztes frustriertes Knurren aus, dann lege ich die Handflächen auf den Tisch und richte mich wieder auf.

Die Mikrowelle lässt ein kurzes »Ping« ertönen, mein Essen ist fertig. Ich gieße mir ein Glas Wasser ein, löffle die Arrabiata aus der Packung auf einen Teller und nehme dann noch eine Gabel aus der Schublade. Ich könnte hier noch lange sitzen und in meiner eigenen Wut schmoren, oder aber ich versuche auf andere Gedanken zu kommen. Ich entscheide mich für Letzteres und werde mir irgendwas im

Fernsehen angucken, aber auf keinen Fall irgendwelche Nachrichten.

Ich gehe ins Wohnzimmer und mache das Licht an. Eigentlich dachte ich, dass ich zu sauer bin, um mir über die Reporter Gedanken zu machen. Aber die Jalousie weist viele kleine Ritzen auf, und mit einem Teleobjektiv würde man mich sicher fotografieren können. Also mache ich das Licht wieder aus, ärgere mich aber gleichzeitig darüber, dass es mir doch etwas ausmacht. Im Halbdunkel stelle ich das Wasser und den Teller Nudeln auf die Armlehne, schnappe mir die Fernbedienung und schalte den Fernseher ein.

Donnerstagabend. Ich versuche mich zu erinnern, was donnerstags im Fernsehen läuft, das mich von meinem Leben ablenken könnte. Das Fernsehbild erwacht zum Leben, und prompt sitze ich wie erstarrt da. Da im Fernsehen wird ein Bild von Harry gezeigt! Mit zitternden Fingern drücke ich auf die Pausentaste. Auf dem Bild trägt er Blazer und Krawatte im typischen Streifenmuster einer Privatschule. Er lächelt fröhlich in die Kamera, seine braunen Locken glänzen im Schein eines Blitzlichts.

Also haben sie ihn endlich identifizieren können.

Einen Moment betrachte ich das Foto und habe Angst davor, den Beitrag weiterlaufen zu lassen. Ich fürchte, ich könnte dann etwas zu hören bekommen, mit dem ich nicht klarkommen kann.

Mein Daumen schwebt über der Taste, mit der die Pause beendet wird. Dann drücke ich drauf. Ein Nachrichtensprecher erscheint auf dem Bildschirm und redet:

»*Das mysteriöse Kind, dessen Namen wir jetzt kennen, heißt Harry Fisher. Harry ist endlich wieder bei seinem Vater in Dorset.*

Der Junge machte von sich reden, als er Anfang der Woche im Haus von Tessa Markham vorgefunden wurde, die im Londoner Stadtteil Barnet lebt und dort als Gärtnerin arbeitet.«

Harrys Porträt wird durch das schreckliche Bild ersetzt, das Anfang der Woche von mir geschossen wurde. Es zeigt mich, wie ich in Arbeitskleidung aus dem Haus komme, mürrisch dreinschaue und desorientiert und blass aussehe – ganz so wie man sich eine verrückte Kindesentführerin vorstellen dürfte.

»Ms Markham war zuletzt bereits durch Ermittlungen wegen der mutmaßlichen Entführung eines drei Monate alten Säuglings aufgefallen. Zu einer Anklage ist es allerdings nie gekommen.«

Verärgert nehme ich die sehr einseitige Beschreibung meiner Person zur Kenntnis. Mein Foto wird zum Glück ausgeblendet, an seine Stelle rückt ein Bericht von einem Reporter, der vor einer Art altem Bauernhaus irgendwo an einer Landstraße steht. Vielleicht das Haus, in dem Harry lebt. Dorset. Das ist etliche Meilen von hier entfernt. Ich glaube, als Kind sind meine Eltern mit mir da mal in Urlaub gewesen.

»Harrys Familie steht bis auf Weiteres nicht für Interviews zur Verfügung, aber in einer Mitteilung an die Presse erklärte Harrys Vater, Dr. James Fisher: ›Wie Sie sich denken können, war das eine sehr nervenaufreibende Zeit. Ich bin erleichtert und glücklich darüber, dass Harry unversehrt dorthin zurückgekehrt ist, wo er zu Hause ist.‹«

Ein Ausschnitt aus einer Zeitung kommt ins Bild, er zeigt einen Mann in Dinnerjacket bei irgendeinem offiziellen Empfang. Er sieht aus wie Mitte vierzig. Er hat einen Bart und trägt eine Brille. Vermutlich Harrys Vater. Sekundenlang bin ich mir sicher, dass er mir bekannt vorkommt. Aber er ist Harrys Vater, also ist eine Ähnlichkeit unvermeidbar.

»*Leider starb Harrys Mutter im Oktober 2017 an einer aggressiven Form von Magenkrebs, was die Wiedervereinigung mit dem Fünfjährigen zu einem noch wichtigeren Ereignis für den Witwer macht, als es ohnehin der Fall wäre. Es ist wirklich bemerkenswert, dass ein Mysterium, das das ganze Land tagelang in Atem gehalten hat, nun doch noch ein glückliches Ende nimmt.*«

Der Beitrag ist vorüber, als Nächstes geht es um die Schließung einer Schule in der Region. Ich weiß, ich habe mir gesagt, dass ich keine Nachrichten sehen wollte. Aber jetzt bin ich verzweifelt auf der Suche nach weiteren Meldungen über Harry. Ich zappte von einem Sender zum nächsten, dabei esse ich gedankenverloren meine Nudeln, von denen ich nichts schmecke. Ich mache weiter, bis alle Sender durch sind. Weitere Berichte sind nicht zu finden, also muss ich auf die Nachrichten um neun Uhr warten. Ich mache den Fernseher aus, da ich weiß, dass ich mich nicht auf andere Sendungen konzentrieren kann. Ich nutze die Zeit, um meine Nudeln aufzuessen.

Dieser Bericht war erschreckend arm an Fakten. So vieles ergibt überhaupt keinen Sinn. Wie ist Fishers Sohn hierher nach London gekommen? Wie ist er in mein Haus gelangt? Und aus welchem Grund? Und warum hat es so lange gedauert, den Vater ausfindig zu machen?

Als draußen auf der Straße eine Wagentür zugeworfen wird, drehe ich ruckartig den Kopf zur Seite. Dann erneut ein Türenschlagen. Motoren werden angelassen, Fahrzeuge entfernen sich. Das Stimmengewirr der Reporter scheint in den letzten Minuten lauter geworden zu sein. Ich stelle mich ans Fenster und werfe einen vorsichtigen Blick nach draußen. Da sind immer noch Scharen von Leuten vor meinem Haus. Ich war so dumm gewesen zu glauben, dass die Medien mich jetzt in Ruhe lassen würden, nachdem Harry zu seinem Vater zurückgekehrt ist. Aber es scheint so, als würden sie sich nun sogar noch mehr für mich interessieren.

Ich kehre ins Zimmer zurück und sitze im Dunkeln, während ich aus meinem Wasserglas trinke. Etwas am Vater des Jungen will mir einfach keine Ruhe lassen, aber ich weiß nicht, was es ist. Dieses Foto ... er kam mir so vertraut vor. Wie soll das möglich sein? Ich kenne niemanden in Dorset, oder doch? Im Geiste gehe ich alle durch, die ich kenne: Freunde, Kollegen, Familie. Aber keiner von ihnen hat meines Wissens Verbindungen in diese Grafschaft.

Ein eisiger Schauer läuft mir über den Rücken, als mir ein Gedanke kommt, der mir gar nicht behagt und den ich schon die ganze Woche zu verdrängen versuche. Aber er kehrt immer wieder, er tippt an meine Stirn und drückt gegen meine Brust. Nur eine Erklärung ergibt einen Sinn, auch wenn ich die nicht wahrhaben will.

Was, wenn ich Fisher wiedererkenne, weil ich ihn zuvor schon mal gesehen habe? Was, wenn ich tatsächlich den Verstand verliere und ich wirklich die Frau bin, die Harry entführt hat?

15

Ich verwerfe den Gedanken fast genauso schnell wieder, wie er mir in den Sinn gekommen ist. Ich kann Harry nicht entführt haben. Erstens habe ich kein Auto, zweitens war ich seit Jahren nicht mehr in Dorset, drittens habe ich am Samstag gearbeitet und war am Sonntag auf dem Friedhof. Und selbst wenn ich völlig unbewusst ein Kind mitgenommen hätte, warum sollte ich dafür erst mal nach Dorset fahren? Außerdem hat Harry ja selbst gesagt, dass »der Engel« ihn hergebracht hat. Ganz gleich, um wen es sich bei diesem Engel handeln mag, ich kann es nicht gewesen sein, sonst hätte Harry ja von mir gesprochen.

Das alles ergibt nicht den geringsten Sinn.

Mit einem Mal fühlt sich mein ganzer Körper vor Erschöpfung schwer wie Blei an. Ich hatte mich gar nicht darauf gefreut, morgen frei zu haben, doch jetzt glaube ich, dass ich einen solchen freien Tag sogar dringend nötig habe. Durch meinen Besuch im Supermarkt dürfte ich alles im Haus haben, was ich für einen Tag in den eigenen vier Wänden brauche. Ich werde früh schlafen gehen und morgen erst gegen Mittag aufstehen. Dann werde ich das Frühstück zusammenstellen und es mit ins Bett nehmen, um die Zeit mit einem guten Buch zu verbringen.

Aber dann fällt mir ein, dass das Fenster im Schlafzimmer ja zugenagelt worden ist. Der kalte Wind weht unablässig durch die vielen Ritzen in den Raum, der sich feucht und seltsam und abweisend anfühlt. Ich könnte wieder in

Sams Zimmer schlafen, aber sein Bett ist mir zu klein, und die Erinnerung an ihn tut noch so weh. Das Sofa hier im Wohnzimmer ist ziemlich bequem, aber wie soll ich hier schlafen, wenn ein paar Meter entfernt die Reportermeute lauert? Da könnte ich mich niemals genügend entspannen. Mir steht das ganze Haus zur Verfügung, aber ich fühle mich nirgendwo richtig wohl, ausgenommen in der Küche. Da kann ich aber unmöglich schlafen. Ich ziehe die Stiefel aus, lege die Beine hoch und mache für einen Moment die Augen zu.

Das Nächste, was ich wahrnehme, ist das Klingeln der Türglocke. Ich zwinge mich, die Augen aufzumachen, und wundere mich, dass helles Licht durch die Ritzen der Jalousie ins Zimmer dringt. Die Sonne ist längst aufgegangen? Wie lange habe ich denn geschlafen?

Ich nehme die Beine runter und strecke mich. Wieder wird an der Tür geklingelt. Ich könnte das ignorieren, aber was ist, wenn Scott zu mir will oder sonst jemand, den ich kenne? Ich habe einen abgestandenen Geschmack im Mund. Mit der Zungenspitze fahre ich über meine Zähne, dann trinke ich das Glas Wasser vom Vorabend aus.

Nachdem ich mir die gereizten Augen gerieben habe, stehe ich auf und gehe mit kleinen Schritten zum Fenster, um einen Blick zur Tür zu wagen. Als ich sehe, wer da zu mir will, sträuben sich mir die Nackenhaare. O nein. Sie ist nun wirklich der letzte Mensch auf Erden, mit dem ich reden will. Vielleicht geht sie ja wieder weg, wenn ich sie einfach ignoriere.

Wieder klingelt sie, und diesmal folgt gleich darauf energisches Klopfen. So was fällt schon unter Belästigung. Ich könnte jetzt die Polizei rufen, aber mit der habe ich in der letzten Zeit genug zu tun gehabt. Ich gehe nach draußen in den Flur, beuge mich vor und mache den Briefkastenschlitz auf. »Verzieh dich, Carly«, rufe ich ihr zu, während mir kalte Luft ins Gesicht weht und mir einen Schauer über den Rücken jagt.

»Tessa, kannst du aufmachen?«

Zu spät wird mir bewusst, dass ich besser so getan hätte, als wäre ich längst nicht mehr daheim. Jetzt weiß sie genauso wie der Rest der Reporter da draußen, dass ich mich hier eingeigelt habe. »Geh weg!«, rufe ich ihr zu. Von tausend anderen Gründen abgesehen, dürfte ich ziemlich abschreckend aussehen und riechen. Ich habe die Nacht in meiner Arbeitskleidung verbracht, ich muss erst mal duschen. Vorher kann ich die makellos gestylte Carly nicht ins Haus lassen.

Sie beugt sich ebenfalls vor und wir sehen uns durch den Einwurfschlitz hindurch an.

»Tessa, ich weiß, ich bin etwas zu weit gegangen. Aber ich bin jetzt im Besitz von Informationen, die dich ein für alle Mal von jedem Zweifel freisprechen könnten.«

Etwas zu weit gegangen? Das ist ja wohl eine maßlose Untertreibung. Ich schnaube abfällig. Das ist ganz sicher nur ein Trick, um meine Aufmerksamkeit auf sie zu lenken.

»Hör zu«, redet sie weiter. »Ich verstehe schon, dass du sauer auf mich bist. Das ist völlig okay. Trotzdem glaube ich, du musst mich diesmal anhören.«

»Ich *muss* gar nichts, Carly. Heute ist mein freier Tag, und ich will einfach nur meine Ruhe haben.«

»Ich muss dir etwas erzählen ... über den Fall.«

Ich gerate ins Wanken. Wenn sie die Wahrheit sagt, wäre es dumm von mir, sie nicht anzuhören. »Ich will für dich hoffen, dass das nicht bloß ein Trick ist, damit ich dich ins Haus lasse und du weiter auf mich einreden kannst. Ich werde dir unter keinen Umständen etwas erzählen, nur damit du mir wieder das Wort im Mund herumdrehst.«

»Ich verspreche dir, Tessa, dass ich nichts davon machen werde. Aber du wirst hören wollen, was ich herausgefunden habe.«

Ich zögere. Kann ich ihr trauen? Wahrscheinlich nicht. Aber notfalls kann ich sie ja immer noch vor die Tür setzen.

Ich richte mich auf, wische mir den Schlaf aus den Augen und fahre durch mein zerzaustes Haar, um es ein wenig in Ordnung zu bringen. Dann stelle ich mich so hinter die Tür, dass ich sie aufmachen kann, ohne von den Reportern auf der Straße gesehen zu werden. Ich öffne die Tür einen Spaltbreit. Als der kalte Luftzug mich erfasst, läuft mir ein Schauer über den Rücken. »Dann komm schnell rein.«

Sofort sind von der Straße die Geräusche der Kameras zu hören, als den Journalisten auffällt, dass Carly eintritt. Sie zwängt sich durch den schmalen Spalt, ich drücke sofort die Tür hinter ihr zu. Die Rufe der anderen Reporter werden dadurch gleich wieder gedämpft.

Carly lässt ihren Blick durch den Flur schweifen, ehe sie mich ansieht. Ich kann ihr anmerken, dass ihr mein zerzaustes Aussehen auffällt. Zu ihrem Glück lässt sie sich aber nicht darüber aus. Sie hat sich wieder mal herausgeputzt, trägt ein dunkelblaues Wollkleid, kniehohe Stiefel und eine elegante braune Lederjacke.

»Ich brauche einen Kaffee«, sage ich. »Lass uns in die Küche gehen.«

Sie folgt mir durch den Flur und setzt sich an den Küchentisch, ohne dass ich sie dazu eingeladen habe.

Meine Nespresso-Maschine ist mein einziger Luxus. Ich sollte Carly etwas zu trinken anbieten, auch wenn sich alles in mir dagegen sträubt. Verdient hat sie jedenfalls nichts. »Kaffee? Tee?«

»Schwarzer Kaffee wäre toll«, sagt sie und reibt sich die Hände, um sie zu wärmen.

Ich drehe mich weg und kümmere mich um die Getränke. Die Kaffeemaschine ist so laut, dass wir uns nur dann unterhalten könnten, wenn wir sehr laut reden würden. Also warten wir beide ab. Als alles fertig ist, bringe ich die Tassen zum Tisch und setze mich ebenfalls hin.

»Ganz wie früher«, sagt sie. »Ich war schon eine Ewigkeit nicht mehr hier.«

»Also?«, erwidere ich und trinke einen Schluck. »Was ist das für eine Information, von der du an der Tür gesprochen hast?«

»Nun«, erwidert sie, legt den Kopf ein wenig schief und sieht mich über den Rand ihrer Tasse an. »Die Sache ist die, dass hinter der Story mehr steckt als ursprünglich angenommen.«

»Himmel, Carly, das ist keine Story, sondern es geht hier um Menschen und um das Leben, das jeder von ihnen führt. Unter anderem um *mein* Leben!«

»Ja, klar. Natürlich.«

Ich werfe ihr einen aufgebrachten Blick zu und versuche die Wut zu unterdrücken, die jede Faser meines Körpers erfasst hat. Diese selbstverliebte Kuh hat ganz entscheidend zur erschreckendsten und stressigsten Woche meines Lebens beigetragen, und sie besitzt die Dreistigkeit, an meinem Küchentisch zu sitzen und die Gelassenheit in Person zu sein, die so tut, also würde ich mich über irgendwelche Nichtigkeiten ereifern.

»Du weißt doch, was ich meine«, fügt sie an.

»Aber weißt du auch, was *ich* meine, Carly?«, frage ich und knalle meine Tasse laut auf den Tisch. Heißer Kaffee schwappt auf meine Hand. »Du hast der Presse ganz offenbar eine Geschichte verkauft, die mit den Fakten überhaupt nichts und dafür umso mehr damit zu tun hat, dir einen Namen zu machen. Du hast angedeutet, ich hätte Harry entführt, und dabei hast du als Argument den Umstand benutzt, dass ich einer ähnlichen Tat beschuldigt wurde, kurz nachdem mein Sohn gestorben war. Tatsache ist aber, dass ich mir nichts habe zuschulden kommen lassen. Ich wurde nicht schuldig gesprochen, weil ich gar nicht erst angeklagt worden bin. Aber in deiner ach so ehrgeizigen kleinen Welt hattest du überhaupt kein Problem damit, mich in den Dreck zu ziehen, obwohl du genau wusstest, dass dieser Dreck noch lange Zeit an mir kleben würde. Du wusstest, deine ›Geschichte‹ würde für mich das Leben unerträglich machen. Aber das war dir egal, das hat dich einfach nicht gekümmert. Und es kümmert dich auch jetzt noch nicht.« Meine Stimme zittert vor Wut.

Carly trinkt unbeeindruckt ihren Kaffee und wartet ab, dass ich zum Ende komme. Allein deshalb möchte ich sie noch viel lauter anbrüllen, damit sie sich entschuldigt oder zumindest ihre Schuld eingesteht. Aber sie beißt nicht an.

»Also?«, frage ich.

»Sieh mal«, entgegnet sie. »Das ist doch bloß mein Job, den ich da erledige. Das ist nichts Persönliches, Tessa.«

»Das entschuldigt überhaupt nichts! Du bist doch ein menschliches Wesen, nicht wahr? Du wohnst gleich gegenüber, du kannst dir ansehen, was dein *Job* mir antut. Gegen mich wird ermittelt, ich bin fast *meinen Job* losgeworden. Ganz zu schweigen davon, dass Scotts Leben durch die Reportermeute ebenfalls aus den Fugen gerät!«

»Er hat eine Neue, nicht wahr?«, kontert sie.

Mir geht das Bild von Ellies puppengleichem Gesicht durch den Kopf. Im Geiste höre ich mich schreien, aber tatsächlich kann ich nur seufzen, weil ich viel zu abgekämpft bin. »Sag mir einfach, was du mir sagen wolltest, und danach gehst du bitte wieder.«

»Okay.« Carly legt die Fingerspitzen aneinander. Dabei fällt mir auf, dass sie einige wirklich schöne silberne Stapelringe trägt. Die sehen ganz nach der Art von Schmuck aus, den ich wohl getragen hätte, wenn mein Leben eine andere Richtung genommen hätte. »Wie gesagt«, fährt sie fort. »Ich glaube, hinter dieser ganzen Situation steckt mehr, als ich anfangs dachte.«

»In welcher Art und Weise?«

»Ich bin mir noch nicht ganz sicher, was genau los ist, aber ich traue James Fisher nicht über den Weg.«

»Harrys Vater? Wieso nicht?«

»Ein Freund von mir arbeitet in der Notrufzentrale unserer Polizei, und der kennt jemanden aus der Notrufzentrale in Dorset. Von ihm weiß er, dass Fisher das Verschwinden seines Sohns erst nach vier Tagen gemeldet hat. Vier Tage! Ist das nicht seltsam?«

Ein Freund bei der Polizei? Dadurch ist Harrys Geschichte also öffentlich bekannt geworden! Ich sollte Carly auf der Stelle anzeigen!

Ihr Mienenspiel ist jetzt etwas lebendiger als zuvor. »Fishers Begründung, wieso er sich nicht eher gemeldet hat, ist ziemlich fadenscheinig. Gestern bin ich nach Cranborne gefahren, das buchstäblich am Ende der Welt liegt. Als ich da angekommen bin, dachte ich, ich wäre fünfzig Jahre in die Vergangenheit gereist.«

»Cranborne?«, gehe ich dazwischen. »Ist das in Dorset?«

»Ja. Da lebt Fisher mit seinem Sohn«, sagt sie.

»Du bist da hingefahren? Wieso?«

»Weil ich mich mit ihm unterhalten wollte, aber daran hatte er kein Interesse. Er hat nicht mal die Tür aufgemacht. Er wollte mit keiner Zeitung reden. Stattdessen hat er sich zusammen mit Harry zu Hause verbarrikadiert.«

»Na ja«, sage ich. »Verübeln kann man ihm das nicht. Das ist schon beängstigend, wenn eine ganze Meute Reporter vor der Haustür kampiert.«

»Ja, ich verstehe das ja auch. Aber es erklärt noch immer nicht, warum er sich so viel Zeit gelassen hat, ehe er das Verschwinden des Jungen gemeldet hat. Ich meine, stell dir doch mal vor, dass dein fünf Jahre alter Sohn plötzlich weg ist. Du kannst ihn nirgendwo finden. Du suchst vielleicht zwanzig Minuten lang, dann gerätst du in Panik und rufst die Polizei an. Selbst wenn du dir mehr Zeit lässt, wirst du nach ein oder zwei Stunden genug haben und die Polizei alarmieren.«

Ich muss unwillkürlich nicken. »Das ist wirklich seltsam.«

»Eben. Also habe ich mich auf die Suche nach seiner alten Haushälterin gemacht, die jetzt hier in London lebt. Aber sie wollte auch nicht mit mir reden.«

»Was hat sie denn überhaupt damit zu tun?«

»Zum einen hat sie jahrelang für die Fishers gearbeitet, sie kennt diese Leute also sehr gut. Sie könnte mir vielleicht sagen, was das für Leute sind. Außerdem hat Fisher sie nach dem Tod seiner Frau prompt entlassen. Vielleicht hegt sie ja noch einen Groll auf die Familie. Und vielleicht weiß sie ja irgendetwas Interessantes. Es dürfte nicht verkehrt sein, mit ihr zu reden, meinst du nicht auch?«

»Kann schon sein.«

»Das kann nicht nur sein, das *ist* so. Ich glaube, die Frau verschweigt etwas.«

»Aber wenn sie nicht mit dir reden will, wie willst du dann herausfinden, was sie verschweigt?«, frage ich.

»Na ja ...« Carly trommelt mit ihren marineblauen Fingernägeln auf die Tischplatte. »Mit mir will sie nicht reden. Aber vielleicht redet sie ja mit dir.«

16

»Mit mir?«, frage ich. »Wie kommst du auf die Idee, sie könnte mit *mir* reden wollen? Mein Gesicht ist in jeder Zeitung zu sehen. Wenn Fishers ehemalige Haushälterin auch nur die Hälfte von allem glaubt, was über mich verbreitet worden ist, dann wird sie mich vermutlich für den Teufel in Person halten.«

»Da muss ich widersprechen«, beharrt Carly.

»Das war mir klar.«

»Nein, ich meinte nur, dass sie wissen könnte, was wirklich los ist.«

»Also gibst du zu, dass deine Geschichte völlig frei erfunden ist«, sage ich.

»Das habe ich damit nicht gesagt«, kontert sie und setzt sich etwas gerader hin. »Ich wollte damit nur ausdrücken, wenn sie weiß, was tatsächlich geschehen ist, wird sie sich nicht für das interessieren, was in der Zeitung steht.«

»Das kannst du aber nicht wissen«, gebe ich zu bedenken. »Außerdem hast du doch gesagt, dass sie entlassen wurde. Sie dürfte also nicht mehr auf dem Laufenden sein.«

»Na ja, das werden wir wohl nur erfahren, wenn wir sie fragen«, beharrt Carly. »Wir haben schließlich nichts zu verlieren.«

Da hat sie recht. Allerdings habe ich meine Bedenken, und ich möchte mir nicht gern von meiner verschlagenen Nachbarin sagen lassen, wo es langgeht. Schon gar nicht nach allem, was sie mir in den letzten Tagen angetan hat.

»Was ist das Schlimmste, das passieren kann?«, redet Carly unbekümmert weiter. »Sie schickt dich weg, weil sie mit dir nicht reden will. Dann hast du ein paar Stunden sinnlos vergeudet. Hast du in der Zeit viel zu versäumen?«

»Besten Dank«, gebe ich zynisch zurück.

Tatsächlich bekommt sie daraufhin einen roten Kopf. »So hatte ich das nicht gemeint. Ich wollte sagen ...«

»Beruhige dich, ist schon okay. Ich weiß, dass mein Leben jämmerlich und öde ist.«

»Also, jetzt ergehst du dich aber in Selbstmitleid.«

»Ach, findest du?«

»Und? Wirst du hingehen und mit ihr reden?«, erwidert Carly, trinkt den Kaffee aus und stellt die Tasse laut scheppernd zurück auf die Untertasse.

»Ich bin mir nicht sicher. Wie soll ich an der Meute da draußen vorbeikommen?«

»Überlass das mal mir«, sagt sie und lächelt mich flüchtig an.

Eine Stunde später habe ich geduscht und gefrühstückt, ich trage saubere Kleidung und fühle mich wie neugeboren. Na ja, vielleicht nicht gerade neugeboren, aber doch wesentlich besser als die Landstreicherin, die ich noch vor Kurzem imitiert habe. Ich lungere im Flur herum, halte mein Handy, meinen Schlüsselbund und die Handtasche fest und bin zum Aufbruch bereit. Ein schneller Blick auf meine Armbanduhr zeigt mir, dass Carly jeden Moment soweit sein sollte. Ich schicke ihr eine SMS, um sie wissen zu lassen, dass ich in genau sechzig Sekunden aus dem Haus gehen werde.

Mein Herz rast wie wild. Warum mache ich das? Ich ermahne mich, kein Feigling zu sein. Diese Reporter da draußen sind auch nur Menschen. Sie werden mir schon nichts antun, nicht wahr? Wieder sehe ich auf die Uhr. Dreißig Sekunden.

Carly sollte mich lieber nicht enttäuschen.

Zwanzig Sekunden.

Zehn Sekunden.

Ich umfasse den Knauf der Haustür und drehe ihn um, dann halte ich gebannt den Atem an, während ich durch den schmalen Spalt spähe. Auf der Straße ist nichts zu entdecken. Ich gebe ihr noch zehn Sekunden, um nicht vorschnell zu urteilen. Dann sehe ich etwas von ihrem roten Wagen. Der Anblick gibt mir das Selbstvertrauen, das ich in diesem Moment brauche, um die Tür ganz aufzumachen, nach draußen zu gehen und im zitronengelben Sonnenschein den mit Raureif überzogenen Weg durch meinen Vorgarten zurückzulegen.

»Tessa!«

»Tessa, Schatz!«

»Gehen Sie zur Arbeit?«

»Kennen Sie diesen James Fisher? Hat er mit Ihnen Kontakt aufgenommen? Wird er Sie anzeigen?«

»Schenken Sie uns ein paar Minuten Ihrer Zeit, Tessa!«

Ich halte den Kopf gesenkt, mache das Gartentor auf und stürme zwischen den Reportern hindurch, deren kollektiver Atem wie ein Nebelschleier in der Luft hängt. Ich versuche das Motorengeräusch des Wagens wahrzunehmen, der sich meiner Position nähern muss. Doch ich bin von so vielen Journalisten umgeben, die unablässig auf mich einreden und mir Fragen zuwerfen, dass ich nichts anderes als das Stimmengewirr hören kann.

Dann hupt ein Wagen lang anhaltend, und wie auf Kommando drehen sich alle Reporter gleichzeitig um, was mir die Gelegenheit gibt, mir einen Weg zwischen ihnen hindurch zu bahnen, vorbei an Kameras und Mikrofonen. Ich erreiche den leuchtend roten Fiat, der mitten auf der Straße angehalten hat, und laufe zur Beifahrerseite, während Carly mir die Tür aufdrückt. Ich springe rein, ziehe die Tür zu und greife nach dem Gurt.

Carly gibt Gas und rast die Straße entlang. Wir sind beide außer Atem, aber zu meiner Überraschung können wir beide dann auch lachen.

»Das war völlig verrückt«, ruft sie und schaltet in den zweiten Gang, als wir mit quietschenden Reifen um die Ecke rasen. »Pass mal auf, was hinter uns los ist. Folgt uns jemand? Irgendwelche Autos oder Motorräder?«

»Noch nichts«, sage ich nach Luft schnappend.

»Ha!«, johlt sie. »Die Truppe wird mich dafür hassen.«

»Weil du mit mir davongefahren bist?«

»Ja. Tut mir leid, aber da kommt ein bisschen die berufliche Rivalität durch«, sagt sie.

»Aber das ist nicht etwa der Grund, wieso du das machst, oder? Du hast mir nicht irgendwelchen Unsinn erzählt, nur damit ich ...«

»Nein, nein, keine Sorge. Deren Neid ist für mich bloß ein Bonus.«

Unwillkürlich muss ich den Kopf schütteln. Carly ist von einem ganz besonderen Schlag. Wie muss das bloß sein, wenn man so wie sie völlig in seiner Karriere aufgeht? Wenn man nicht mehr klar zwischen Beruf und Privatleben trennen kann? Aus dem Augenwinkel betrachte ich meine seltsame Nachbarin. Sie summt eine Melodie vor sich hin, die ich nicht zuordnen kann. Dieses attraktive Gesicht, diese hohen Wangenknochen, diese katzengleichen Augen. Allerdings strahlt sie zugleich etwas Zerbrechliches aus, so als wäre ihre Haut mit einer Lackschicht überzogen, die jeden Moment abplatzen könnte. Wieder kann ich nur den Kopf schütteln. Ich muss zu wenig Schlaf bekommen haben, wenn mir so merkwürdige Gedanken in den Sinn kommen.

»Tut mir leid, dass ich dich nicht bei ihr vor der Tür absetzen kann«, sagt Carly. »Aber ich habe in einer Stunde ein Treffen mit einem Redakteur.«

»Das macht nichts«, erwidere ich und frage mich, ob es bei diesem Treffen um mich gehen wird. »Da ich jetzt Ruhe vor dieser Meute habe, kann ich etwas entspannter unterwegs sein. Setz mich einfach an der U-Bahn ab.«

»Gib mir Bescheid, wie du vorangekommen bist. Und noch was, Tessa: Sei nicht zurückhaltend und höflich. Wenn diese Frau etwas weiß, dann sollte sie dir verdammt noch mal Antworten auf deine Fragen geben. Wenn es nicht anders geht, musst du ihr eben ein schlechtes Gewissen einreden.«

Verdutzt ziehe ich die Augenbrauen hoch. Sie hat gut reden, schließlich verdient sie ihren Lebensunterhalt damit, dass sie anderen Leuten Fragen stellt. »Ich werde ihr bestimmt kein schlechtes Gewissen einreden«, gebe ich zurück.

»Du hast diese eine Gelegenheit, Antworten auf deine Fragen zu bekommen«, macht sie mir klar. »Also vermassel sie nicht.«

»Mein Gott, bist du unerbittlich«, merke ich an.

Sie grinst mich an. »Ja, das bin ich. Da siehst du mal, wie gut du mich kennst.« Sie setzt den Blinker nach links. »Okay, ich darf hier eigentlich nicht anhalten, also spring schnell raus. Ich will keinen Strafzettel riskieren.«

Ich folge ihrer Anweisung, steige vor dem Eingang zur U-Bahn aus und beuge mich vor, um die Tür zuzumachen.

»Sei energisch, Tessa«, ruft sie mir zu. »Und vergiss nicht, mir anschließend eine SMS zu schicken.«

»Alles klar.« Ich werfe die Tür zu und sehe Carly hinterher, wie sie sich mit ihrem Wagen in den fließenden Verkehr einfädelt. Das Sonnenlicht wird von den Wagendächern reflektiert, ich muss blinzeln und drehe mich weg.

Es ist bereits Viertel nach zehn, als ich an der Station Turnpike Lane die U-Bahn verlasse. In der Hand halte ich das gefaltete Blatt, das Carly mir mitgegeben hat. Darauf sind ein Name und die dazugehörige Adresse notiert. Sogar Carlys Handschrift sieht aus wie die Schlagzeile einer Zeitung. Schwarze Tinte, klobige Großbuchstaben, die etwas Endgültiges haben und keinen Spielraum für Fehler lassen. Genau die Art von Handschrift, die man von jemandem wie Carly Dean erwarten kann. Aber vielleicht hat sie mir mit dieser Adresse tatsächlich einen Rettungsring zugeworfen. Vielleicht wird diese Haushälterin mir sagen können, wie Harry in meinem Haus auftauchen konnte. Und vielleicht bekomme ich von ihr eine Information, die mir helfen wird, meinen Namen endgültig von jedem Verdacht reinzuwaschen. Ich kann es nur hoffen.

Ich verlasse die Station und gelange auf einen großzügig bemessenen Gehweg, der auf mich so wirkt, als hätten die

Stadtplaner hier einen weitläufigen Platz schaffen wollen, auf halber Strecke dieses Vorhaben dann aber aufgegeben. An einer Seite stehen ein paar kahle Bäume gleich neben einer einzelnen Sitzbank, einem schwarz-goldenen Abfalleimer, ein paar Verteilerkästen und einem Fahrradständer. Einen Moment lang stehe ich da, um mich erst mal zu orientieren, dann falte ich den Zettel auseinander und lese mir noch einmal die Adresse durch, obwohl ich sie auswendig kann und ich mir im Internet den Weg dorthin angesehen habe. Ich betrachte den Wirrwarr aus Straßen und Gehwegen, während auf der vierspurigen Durchgangsstraße der freitägliche Berufsverkehr unterwegs ist. Nachdem ich diese breite Straße überquert habe, geht es an einigen Geschäften vorbei dorthin, wo sich das Ziel dieser Reise befindet.

Wenig später stehe ich vor einer Haustür, deren orangefarbener Lack überall abblättert und die sich zwischen einer Sandwichbar und einem Wettbüro befindet. Es gibt zwei Klingeln, eine mit dem Namensschild S. Lewis, die andere ohne Schild. Genau diesen Klingelknopf drücke ich. Zehn Sekunden später ertönt eine Frauenstimme aus der Sprechanlage.

»Hallo?«

»Hi«, sage ich. »Ist da Merida Flores?«

»Wer ist da?« Aus ihren Worten ist ein leichter Akzent herauszuhören.

»Mein Name ist Tessa Markham. Ich wollte ... ich ... kann ich kurz mit Ihnen reden?«

Das statische Rauschen der Sprechanlage verstummt.

»Hallo?«, rufe ich, obwohl ich weiß, sie hat die Verbindung längst unterbrochen und kann mich gar nicht mehr hören. »Hallo?«

Wieder klingele ich und warte. Schließlich gehe ich zum Gehwegrand, lege den Kopf in den Nacken und sehe nach oben. Mir stockt der Atem, als sich an einem Fenster über dem Wettbüro die Gardine bewegt und eine Frau auftaucht, die nach unten sieht. Unsere Blicke begegnen sich.

Unwillkürlich lege ich eine Hand vor den Mund, als mir klar wird, dass ich diese Frau kenne! Sie ist die Unbekannte, die mir schon ein paar Mal begegnet ist. Sofort zieht sie die Gardine wieder zu. Wieso hat mich Fishers ehemalige Haushälterin verfolgt? Es muss doch irgendetwas geben, worüber sie mit mir reden will. Warum sollte sie sich sonst für mich interessieren? Vielleicht hat sie ja Angst. Aber wie bringe ich sie dazu, mich in ihre Wohnung zu lassen?

Ich gehe wieder zur Tür und klingele erneut. Keine Reaktion. Ich denke an das, was Carly mir gesagt hat: dass ich energisch sein soll und dass ich diese Chance nicht vermasseln soll. Aber ich kann nicht hier rumstehen und der Frau auf die Nerven gehen. Das machen die Reporter schon mit mir, daher weiß ich, wie schrecklich so etwas ist. Dennoch ist da auch dieses Gefühl, dass Merida Flores ganz genau weiß, was gespielt wird. Und dass sie mit mir reden will, irgendetwas sie aber davon abhält. Die Frage ist: Was hält sie davon ab? Oder wer?

Mir kommt eine Idee. Erneut klingele ich.

Keine Reaktion.

Noch einmal.

»Ja?« Das ist ihre Stimme.

Ich muss einmal tief durchatmen. »Hören Sie, ich gehe jetzt in dieses Café, das *Costa* gegenüber der U-Bahn-Station. Da werde ich eine Stunde warten. Kommen Sie bitte dahin, damit wir uns treffen können. Bitte.«

Sie erwidert nichts, dann verstummt das statische Rauschen. Hat sie mich gehört? Wird sie in das Café kommen und mit mir reden?

17

Ich gehe zurück zum Café, der kalte Dezemberwind treibt mich die Straße entlang. Es ist sehr befreiend, einfach einen Spaziergang zu unternehmen, ohne sich ständig nach Reportern umdrehen zu müssen. Allerdings fühle ich mich nicht sicher genug, um auch auf die Wollmütze zu verzichten, die ich tief ins Gesicht gezogen trage. Wenn mir diese geringfügige Tarnung hilft, von niemandem erkannt zu werden, wird es für mich sehr ungewohnt sein, in einem Café zu sitzen, ohne das Gefühl zu haben, von Reportern belagert zu werden. Wird Fishers ehemalige Haushälterin zum Treffpunkt kommen und mit mir reden? Ich kann es nur hoffen. Vielleicht fühlt sie sich ja auf neutralem Grund und Boden wohler.

Ich betrete das Café und genieße den Duft von Zimt und Kaffee, die warme Luft, die sich im Lokal verteilt, und das Gemurmel der anderen Gäste. Nachdem ich ein paar Minuten an der Theke angestanden habe, bestelle ich einen Americano und bin so leichtsinnig, dazu auch noch ein Mandelcroissant zu nehmen. Dann suche ich mir einen Tisch im hinteren Teil des Cafés. Das warme Croissant schmeckt wunderbar süß. Ich lecke den Puderzucker von meinen Lippen und nippe an dem kochend heißen Kaffee. Für ein paar Minuten erlaube ich mir den Luxus, einfach an gar nichts zu denken. Ich erfreue mich an dieser Verschnaufpause von all dem Ärger, der mich begleitet. Allerdings kann ich nicht anders, als jedes Mal zur Tür zu schauen, wenn jemand hereinkommt.

Auch habe ich dauernd die Straße im Blick, um zu sehen, ob Merida Flores vorbeigeht. Ein Schreck durchfährt mich, als mir der Gedanke kommt, dass es hier in der Nähe noch eine andere Costa-Filiale geben könnte. Ich greife nach meinem Smartphone und google, aber wie es scheint, gibt es in der näheren Umgebung keine zweite Filiale, zu der sie irrtümlich gehen könnte.

Eine halbe Stunde verstreicht. Ich bestelle noch einen Kaffee. Viel zu schnell ist die Stunde um, womit dann auch klar ist, dass sie nicht herkommen wird.

Mein Handy summt. Ich wische meine Hände an der Serviette ab und hole es aus der Tasche. Carly hat eine SMS geschickt. *Und?*

Seufzend tippe ich ein: *Nichts. Sie will nicht mit mir reden.*
Geh hin und versuch es noch mal.
Das bringt nichts, schreibe ich ihr.
Na, dann war das ja eine grandiose Zeitvergeudung.

Ich erwidere nichts. Was sollte ich auch erwidern? So ungern ich das zugebe, aber Carly hat recht: Hinter der ganzen Geschichte steckt viel mehr als zuerst vermutet. Ich frage mich, warum Fishers ehemalige Haushälterin mir zwar immer wieder nachstellt, aber nicht mit mir reden will. Behält sie mich aus irgendeinem Grund im Auge? Vielleicht arbeitet sie ja heimlich immer noch für ihn. Aber wieso? Und was hat das alles mit mir zu tun?

Was soll ich jetzt tun? Ich kann mir nicht vorstellen, dass es irgendetwas bringt, noch einmal zu ihr zum Haus zu gehen. Ihr Gesichtsausdruck hatte blanke Angst erkennen lassen, und ich möchte nicht, dass jemand bei meinem Anblick so etwas empfindet.

Ich lasse mir das Ganze noch einmal durch den Kopf gehen, da ich eigentlich noch nicht aufgeben und nach Hause fahren möchte. Da würde ich ja doch nur missmutig rumhängen. So wenig ich Carly leiden kann, hat sie mir doch genau den Tritt in den Hintern verpasst, den ich gebraucht habe, um in Aktion zu treten. Ich will herausfinden, was sich hinter den Kulissen abspielt.

Mir wird bewusst, dass es eine Sache gibt, die ich angehen könnte ... aber die ist so verrückt, dass der bloße Gedanke mein Herz rasen lässt. Die Geräuschkulisse des Cafés tritt in den Hintergrund. Kann es wahr sein, dass ich so etwas in Erwägung ziehe?

Wenig später bin ich in einem kleinen Toyota auf vereisten Straßen unterwegs, und das bei einem Wetter, das sich zu einem verdammten Schneesturm entwickelt hat. Das wenige Licht, das der Nachmittag noch zu bieten hat, stellt nur einen schwachen Trost dar. Es schneit, seit ich Winchester erreicht habe. Vielleicht hätte ich mir vor Fahrtantritt die Wettervorhersage ansehen sollen, aber diese Erkenntnis kommt jetzt eindeutig zu spät.

Nachdem ich das Café verlassen hatte, war ich auf die Idee gekommen, zu der Kreditkarte zu greifen, die Scott und ich uns teilen. Mein Plan war, einen Wagen zu mieten. Vermutlich hätte ich die Karte schon vor langer Zeit in Stücke schneiden sollen, um nie der Versuchung zu erliegen, doch ich sage mir, ich tue es für eine gute Sache. Rückblickend denke ich, ich hätte ich mich viel früher auf den Weg machen sollen. Aber bis ich eine günstige Autovermietung gefunden und sämtlichen Papierkram erledigt hatte, war es bereits nach Mittag gewesen.

Also raus aus London. Nachdem ich wegen eines Unfalls erst noch einer Umleitungsstrecke hatte folgen müssen, bin ich im gemütlichen Städtchen Wimborne angekommen. Die beleuchteten Schaufenster der Geschäfte und Cafés rufen mich zu sich, doch ich widerstehe diesen Rufen und fahre weiter hinaus ins ländliche Dorset. Verkrampft halte ich das Lenkrad fest; mein Blick wandert ständig zwischen dem Navi und der Straße hin und her, während die Windschutzscheibe mit riesigen Schneeflocken bombardiert wird.

Die Straße folgt unzähligen Kurven, immer vorbei an hohen, schneebedeckten Hecken zu beiden Seiten der Fahrbahn. Sobald mir ein Wagen entgegenkommt, bremse ich, da ich mit diesen Kurven nicht vertraut bin und ich Panik vor einem Zusammenstoß habe. Wegweiser zeigen auf düstere, schmale Wege, die zu Dörfern mit fremdartigen Namen wie Witchampton, Gussage All Saints, Monkton Up Wimborne und Sixpenny Handley führen.

Dann auf einmal entdecke ich ein Schild, das mir anzeigt, dass ich mein Ziel erreicht habe: Cranborne. Die Uhr am Armaturenbrett zeigt zehn vor drei an. Ich war also fast drei Stunden unterwegs, was sich vielleicht nicht nach viel anhört. Aber für mich ist das viel Zeit, immerhin ist es über ein Jahr her, seit ich das letzte Mal ein Auto gefahren bin, nämlich Scotts BMW, nachdem wir in Surrey bei einem Freund zum Barbecue eingeladen gewesen waren. Den Tag würde ich am liebsten vergessen, denn die Rückfahrt war von einem schrecklichen Streit mit Scott beherrscht. Ich schätze, der Tag war für uns so was wie der Anfang vom Ende.

Ich muss verrückt sein, dass ich das hier tue – dass ich zu Fisher nach Hause fahre. Aber ich habe nichts mehr zu verlieren. Selbst wenn sie mich dafür einsperren sollten, wäre das wirklich so viel schlimmer als das Leben, das ich jetzt führe? Eine Gefangene in meinem eigenen Zuhause, mit dem mich nichts mehr verbindet. Ich muss mutig sein. Ich muss Antworten fordern. Ich muss den Mann zur Rede stellen und ihn fragen, ob er eine Ahnung hat, wieso ich in dieses Drama verstrickt worden bin. Und wenn ich ehrlich sein soll, bin ich um das Wohl des Jungen besorgt, seit Carly mir gesagt hat, dass James Fisher dessen Verschwinden erst nach vier Tagen gemeldet hat. Ich kann nicht anders, ich will mich davon überzeugen, dass er wohlauf ist.

Als ich zu meiner Linken ein Gartencenter sehe, muss ich an meine Arbeit denken. Und daran, dass ich noch heute Abend zurückfahren muss, wenn ich morgen früh rechtzeitig zu Dienstbeginn da sein will. An den Wochenenden ist immer am meisten los. Ich frage mich, wie es Ben wohl geht und ob sein Angebot wohl immer noch steht. Vorausgesetzt, ich habe überhaupt nach dem Theater, das sich in dieser Woche abgespielt hat, überhaupt noch einen Job.

Die Hecken weichen einer hohen roten Ziegelsteinmauer, und unwillkürlich überlege ich, was sich wohl dahinter befinden mag. Dann habe ich das Herz des kleinen Dorfs erreicht, werde langsamer und sehe mir alles ganz genau an. Da stehen ein paar Häuser, eine Buchhandlung, ein altes Gasthaus, gefolgt von mehreren Reihenhäusern. Eine Feuerwache, ein altes Cottage, dann eine lange Ziegelsteinmauer zu meiner Rechten. Alles ist mit Schnee bedeckt, von den

Dächern bis zu den Baumkronen. Nur die Straße ist glücklicherweise geräumt.

Das Navi fordert mich auf, in eine schmale Straße einzubiegen, die von hübschen, dicht an der Straße gelegenen Cottages gesäumt wird. Auf halber Strecke verkrampft sich mein Magen, mein Herz beginnt zu rasen, als das Navi verkündet: *»Sie haben Ihr Ziel erreicht.«*

Unmittelbar neben mir steht ein von der Straße zurückversetztes, beeindruckendes Doppelhaus mit verschneitem Vorgarten und einer kirschroten Haustür. Bevor ich losgefahren bin, habe ich mit Google Maps und den Fernsehbildern der vor seinem Haus stehenden Reporter die Adresse herausbekommen. Jetzt, da ich hier stehe, erkenne ich das Gebäude sofort wieder. Erfreulicherweise sind die Fenster erleuchtet, also muss er zu Hause sein.

Eben will ich vor dem Haus parken, da entdecke ich eine kleine Menschenansammlung auf der anderen Straßenseite. Keine gewöhnliche Ansammlung, sondern ... Reporter. Am liebsten möchte ich mit quietschenden Reifen kehrtmachen und davonrasen. Aber dann würde ich diese Leute erst recht auf mich aufmerksam machen. Stattdessen wickle ich mir den Schal so um, dass mein Gesicht von der Nase an abwärts verdeckt ist, sinke auf meinem Sitz ein Stück weit nach unten und fahre so zügig wie nötig weiter, um niemanden auf mich aufmerksam zu machen.

Verdammt! Ich hätte wissen müssen, dass hier auch Reporter lauern würden, um Fisher genauso zu belästigen, wie sie es mit mir machen. Diese Truppe macht mir meinen Plan zunichte, bei Fisher an der Tür zu klingeln. Die Medien würden ausrasten, wenn sie erfahren würden, dass ich in Cranbone bin. Nur zu gut kann ich mir vorstellen, wie am nächsten Tag die Schlagzeilen lauten würden: »Kindesentführerin versucht es schon wieder!«

Das ist die dümmste Idee, die mir jemals durch den Kopf gegangen ist. Was habe ich hier zu suchen? Ich bin weder Reporterin noch Ermittlerin, sondern Gärtnerin. Mit so etwas habe ich überhaupt nichts zu tun! Welcher Teufel hat mich geritten, dass ich glaube, ich könnte das auf eigene Faust in Angriff nehmen?

Nachdem ich weitergefahren bin und die Häuser hinter mir gelassen habe, bin ich wieder von Äckern und Weiden umgeben. Ich finde einen Platz in einer Parkbucht, stelle den Motor ab und mache das Licht aus. Stille. Schneeflocken landen auf der Windschutzscheibe und schmelzen, während draußen das Tageslicht immer weiter schwindet. Und jetzt? Spätestens in einer Stunde wird es stockfinster sein. Ich habe keine Lust, in völliger Dunkelheit auf diesen verlassenen Straßen unterwegs zu sein. Wenn ich etwas unternehmen will, dann muss das jetzt passieren, solange es noch halbwegs hell ist.

Ich ziehe an meinem Schal, bis er meine untere Gesichtshälfte vollständig verdeckt, dann ziehe ich die Wollmütze nach unten, sodass nur noch meine Augen und die Nase zu sehen sind.

Wenn ich nicht von vorn zum Haus gehen und ganz normal klingeln kann, muss ich halt versuchen, von hinten zum Gebäude zu gelangen. Bevor ich noch eine Gelegenheit bekomme, mir mein Vorhaben wieder auszureden, steige ich aus und marschiere los. Im tiefen Schnee bleiben die Abdrücke meiner Stiefel zurück. Sobald ein Wagen vorbeikommt, muss ich mich gegen die Hecke drücken. Split und Schneematsch spritzen umher. Der Einzige, der genauso verrückt ist wie ich, bei diesem Wetter rauszugehen, ist ein Junge, der einen ergrauten Schäferhund ausführt. Im Vorbeigehen grüßt er und tippt an seine Mütze. Ich nicke und murmele etwas, das nicht mal ein Wort darstellt, dann gehe ich weiter in Richtung Dorf.

Kurz bevor ich das erste Haus auf Fishers Seite erreicht habe, bemerke ich durch Zufall einen Trampelpfad, der nach rechts von der Straße wegführt. Hinter der nächsten Biegung verschwindet er aus meinem Blickfeld, sodass ich nicht weiß, wohin er führt. Es gibt keinen Hinweis auf einen Privatweg, auch findet sich kein »Durchgang verboten«-Schild.

Ich habe nichts zu verlieren, also kann ich auch da mein Glück versuchen. Links von mir befindet sich eine Ziegelsteinmauer, rechts sorgen die ausladenden Äste der Bäume dafür, dass mir nur ein schmaler Pfad bleibt. Bei jedem Schritt knirscht der Schnee unter meinen Schuhen. Ich sehe auch andere Schuhabdrücke im Schnee, was mir die Hoffnung gibt, dass es sich um einen öffentlichen Weg handelt und ich nicht mit einem aufgebrachten Bauern rechnen muss, der mit vorgehaltener Schrotflinte auf mich losgeht.

Nach ein paar Minuten habe ich das Ende der Mauer erreicht, der Pfad endet und geht in das umgebende Land über. Einen Moment lang stehe ich nur da und betrachte sprachlos die wundervolle Winterlandschaft. Vor mir erstreckt sich ein ausladendes verschneites Tal, durch das sich eine Allee aus derzeit kahlen Bäumen zieht. In der Ferne ist ein riesiges Landhaus zu erkennen, das im fahlen Licht wie eine Fata Morgana wirkt. Am liebsten würde ich dorthin weitergehen, um mir alles ganz genau anzusehen, aber meine Aufmerksamkeit gilt etwas anderem. Links von mir befindet sich eine lange Reihe der Gärten, die von der Straße aus gesehen hinter den Häusern liegen. Und einer dieser Gärten gehört James Fisher.

18

Ich gehe schneller durch den Schnee, vorbei an all den Gärten, bis ich den Gesuchten gefunden habe. Es ist der größte Garten von allen, eine hohe Mauer schützt ihn vor neugierigen Blicken. Aber da ist ein schmiedeeisernes Tor, durch das ich zwischen den im kalten Wind zitternden und ächzenden Ästen der Obstbäume hindurch das Haus sehen kann, vor dem sich noch ein breiter, zugeschneiter Garten erstreckt. Ich versuche das Tor zu öffnen, aber das ist natürlich abgeschlossen. In den rückwärtigen Zimmern brennt nirgends Licht, aber ich kann eine offene Zimmertür entdecken, die den Blick auf einen hell erleuchteten Korridor erlaubt. Der wirkt aus dieser Entfernung wie einem Puppenhaus zugehörig, in dem wirklich alles maßstabsgetreu ist.

Ich bin mir sicher, dass ich die Mauer überwinden kann. Wenn meine Arme durchhalten, sollte das funktionieren. Ich sehe mich um, aber nirgends ist eine Menschenseele zu entdecken. Wäre ich nicht so völlig darauf fixiert, dem Rätsel auf den Grund zu gehen, dann wäre ich jetzt wahrscheinlich allein schon deshalb starr vor Angst, weil ich hier ganz allein in der Beinahedunkelheit unterwegs bin. Angst jedoch ist ein Luxus, den ich mir nicht leisten kann. Ich *muss* es einfach über diese Mauer schaffen.

Plötzlich halte ich inne. Was zum Teufel habe ich da eigentlich vor? Mein Gewissen macht mir zu schaffen. Ich bin im Begriff, Hausfriedensbruch zu begehen. Das ist gegen das Gesetz. Was, wenn irgendwelche Reporter ein Foto von mir machen, während ich über die Mauer klettere? Nicht auszumalen. Das wäre ein Festtag für sie. Dann wäre ich nicht nur eine mutmaßliche Kindesentführerin, sondern auch noch eine überführte Stalkerin. Aber mein Verlangen nach Antworten auf all meine Fragen ist viel stärker als die Angst.

Ich lasse die Schultern kreisen und atme ein paar Mal tief durch. Dann suche ich mit der Spitze des rechten Stiefels nach einer Stelle im Mauerwerk, packe mit beiden Händen die Mauerkante und beginne mich hochzuziehen. Schließlich hänge ich äußerst unschicklich oben auf der Mauer, lasse die Beine an der Innenseite des Hindernisses runtergleiten. Dann lasse ich los und lande mit einem dumpfen Geräusch auf den Füßen, wobei ich daran denke, gleichzeitig in die Hocke zu gehen, um meine Gelenke nicht mehr zu strapazieren als nötig.

Mein Herz rast. Ich befinde mich jetzt auf einem Privatgrundstück. *Denk gar nicht drüber nach!* Durch die kahlen Zweige der Obstbäume hindurch sehe ich in den lang gestreckten Garten und balle immer wieder die Fäuste, während ich nicht darüber nachdenken will, dass ich ausgerechnet jetzt ganz dringend aufs Klo muss. Irgendwie setze ich einen Fuß vor den anderen, überquere den zugeschneiten Rasen, auf dem meine Fußabdrücke sehr deutlich und sehr belastend zurückbleiben.

An dem leicht erhöhten Patio angekommen, werde ich langsamer und bleibe schließlich stehen. Wieder frage ich mich, was ich hier eigentlich tue. Bin ich tatsächlich im Begriff, an der Hintertür eines Fremden anzuklopfen? Ich schleiche zum rechten Fenster und spähe in den dunklen Raum, wobei ich meine Hände hochhalten muss, um meine Augen vor dem grellen Licht abzuschirmen. Das kommt vom Nachbargrundstück und wurde vermutlich von einem Bewegungsmelder ausgelöst, der mich nur noch nervöser macht. Mein Blick erfasst hinter dem Fenster eine Küche, die noch ganz im Stil der Sechzigerjahre eingerichtet ist und entsprechend ramponiert aussieht. Das Zimmer ist der blanke Horror. Ungespülte Teller türmen sich auf der Spüle, der Boden ist übersät mit alten Stiefeln und Schuhen, und auf den Arbeitsflächen und dem Esstisch am anderen Ende der Küche ist alles mit irgendwelchen undefinierbaren Dingen vollgepackt.

Ich überquere die Terrasse, um zum anderen Fenster zu gelangen. Da sind zwar die Vorhänge zugezogen, aber in der Mitte zwischen ihnen klafft eine Lücke, die es mir erlaubt, ins Zimmer zu sehen. Ein großer ovaler Tisch steht dort und beherrscht den Raum, den ich für das Speisezimmer halte. Darauf befinden sich ein uralter Computer, stapelweise Aktenordner und ein ganzer Berg Papiere. Ich frage mich, ob Fisher und sein Sohn Harry überhaupt zu Hause sind, da geht die Tür zum Speisezimmer auf, das Licht des soeben eingeschalteten Lüsters flutet den ganzen Raum. Das ist Fisher. Sehr groß und sehr real.

Ich erstarre, als er auf einmal innezuhalten scheint und mich direkt ansieht. *Himmel und Hölle!* Meine Eingeweide gefrieren zu Eis, als er auch noch einen Schritt auf mich zu macht. Wie kann es nur sein, dass ich nicht vor Entsetzen laut schreie? Mir tritt der kalte Schweiß auf die Stirn. Hat er mich nicht gesehen? Aber wie soll das möglich sein?

Mit weichen Knien und zitternden Fingern gehe ich wieder ans Fenster und spähe vorsichtig durch die Ritze. Er setzt sich an seinen Computer und sieht gar nicht mehr in meine Richtung. Ich atme sehr erleichtert auf. Wenn ich ihn mir jetzt so ansehe, mit seinem Bart und der Brille, mit seiner ernsten Miene, dann muss ich mich fragen, woher ich den Mut nehmen soll, um diesen Mann zur Rede zu stellen.

Aber was, wenn ich genau das nicht kann? Soll ich einfach kehrtmachen und heimfahren? Dann wäre diese ganze Exkursion nur rausgeschmissenes Geld, vergeudete Zeit und nutzlos verbrauchte Energie. Nein, das kommt ja gar nicht in Frage. Außerdem ist da noch diese ärgerliche Stimme in meinem Kopf, die von mir verlangt, dass ich Carly reinen Gewissens etwas sagen kann, nämlich, dass ich kein Weichei bin, sondern dass ich durchaus in der Lage bin, meinen Namen auch selbst wieder reinzuwaschen. Ich muss nicht auf ihre Listen und Tricks zurückgreifen. Dabei ignoriere ich die Tatsache, dass ich stattdessen mal eben eine Straftat begangen habe.

Ich beobachte Fisher noch etwas länger, während ich bemüht bin, meine Atmung unter Kontrolle zu bringen, meine Gedanken zu ordnen und mir zu überlegen, was genau ich eigentlich diesem Mann sagen will. Ich muss mir überlegen, wie ich ihn dazu bringen kann, mit mir zu reden. Bloß will mein Hirn im Moment nicht so, wie ich es gern hätte. In meinem Kopf herrscht ein völliges Durcheinander. Entweder ich bleibe hier stehen, bis ich am Boden festgefroren bin, oder ich gehe zur Hintertür und bringe das hier endlich hinter mich.

Nachdem ich noch einige Sekunden lang mit mir gerungen habe, muss ich feststellen, dass ich auf einmal an der Küchentür stehe, meine Hand zur Faust balle und dreimal anklopfe. Es sind dumpfe Geräusche auf dem dicken Glas, dessen Rahmen bei jedem Kontakt mit meinen Fingern klappert. Für mich hört sich das ohrenbetäubend laut an, doch ich bin mir nicht sicher, dass Fisher es im Esszimmer nebenan überhaupt hören kann.

»Daddy!«

Es ist Harry. Er ist hier. Ich sehe eine kleine Gestalt durch den Raum huschen.

»Daddy! Hast du gehört?«, ruft er mit seiner hellen, aufgeregten Stimme. »Da ist jemand an der Tür!«

Was wird Harry machen, wenn er mich sieht? Wird er wieder Mummy zu mir sagen? Wird er der freundliche und umgängliche Junge aus meiner Küche sein? Oder wird er mich behandeln, als wäre ich eine Fremde?

Ich höre Fishers tiefe Stimme, als er antwortet, aber verstehen kann ich kein Wort. Harry kommt wieder in den Flur, diesmal geht er langsamer und hat den Kopf gesenkt. Er geht in die Richtung, aus der er gekommen war, und als ich meine Position ein wenig verändere, kann ich sehen, wie er die Hand auf ein Geländer legt. Er geht nach oben in den ersten Stock. Vielleicht hat Fisher ihn raufgeschickt, damit er seine Ruhe hat. Mit einem Anflug einsetzender Enttäuschung wird mir klar, dass ich vielleicht gar keine Gelegenheit bekommen werde, mit ihm zu reden.

Dann folgt ihm Fisher in den Flur, den breiten Rücken hat er mir zugewandt. Er öffnet die Haustür einen Spaltbreit und sieht nach draußen. Ihm ist nicht klar, dass das Klopfen gar nicht von dort kam. Wahrscheinlich fürchtet er, es könnte ein Reporter gewesen sein. Ich weiß, wie er sich fühlen muss.

Nachdem er die Tür wieder geschlossen hat, klopfe ich noch einmal gegen die Hintertür, diesmal etwas energischer. Fishers Kopf zuckt hoch, er blinzelt in meine Richtung.

Hier draußen ist es dunkel, daher bin ich mir nicht sicher, ob er mich überhaupt sehen kann. »Das ist Privatgelände!«, brüllt er und stürmt in die Küche. »Raus aus meinem Garten! Wenn Sie von der Presse sind, dann sehen Sie zu, dass Sie Land gewinnen, bevor ich die Polizei rufe. Ich habe Ihnen gesagt, dass Sie von mir nichts hören werden!«

»Dr. Fisher!«, rufe ich. »Mein Name ist Tessa Markham ... Sie haben vermutlich schon von mir gehört.«

Schweigen. Er macht die Küchenlampe an, die mich in helles Licht taucht. Er steht wie angewurzelt da, während wir uns sekundenlang nur ansehen.

»Dr. Fisher?«, wiederhole ich etwas unschlüssig. Ich kann sein Gesicht nicht erkennen, weil er im Halbdunkel steht, während ich von der Küchenlampe beschienen werde. Dann kommt er zur Hintertür und macht sie auf. Ich weiche zwei Schritt zurück, warme Luft schlägt mir entgegen, die nach altem Essen riecht. Aus dieser Nähe betrachtet habe ich wieder das Gefühl, ihn schon mal gesehen zu haben. Ich versuche es mit einem zögerlichen Lächeln, während mein Herz mit solcher Wucht gegen meine Rippen schlägt, dass ich fast glauben will, es könnte tatsächlich aus mir herausplatzen.

»Tessa Markham«, wiederholt er, als würde er eine Tatsache aussprechen.

»Ja, Hallo. Es tut mir leid, dass ich so unangemeldet hier auftauche. Vorne konnte ich nicht klingeln, weil sonst die Reporter auf mich aufmerksam geworden wären. Ich will aber nicht, dass sie mich sehen. Ich ... ich wollte Ihnen nur sagen, dass ich Ihren Sohn nicht entführt habe.« Mir wird bewusst, dass ich in einen Redefluss verfallen bin, den ich so leicht nicht stoppen kann. »Ich habe mich gefragt, ob ich wohl kurz mit Ihnen reden könnte. Wenn Sie mich reinlassen würden ...«

Fisher starrt mich an, als wäre ich völlig verrückt.

»Tut mir leid«, füge ich an, »aber kennen wir uns zufällig von irgendwoher? Ich bin mir sicher, dass ich Ihr Gesicht schon mal irgendwo gesehen habe, nicht erst in den letzten Tagen in den Medien.«

»Nein«, sagt er. »Ich kenne Sie nicht.«

»Sind Sie sich ganz sicher?«

»Wagen Sie es nicht, herzukommen und mir Fragen zu stellen«, faucht er mich an.

Ich weiche einen Schritt zurück, weil mich sein wutverzerrtes Gesicht so erschreckt.

»Sie haben mir meinen Jungen weggenommen!«, fährt er mich an. »Was haben Sie dann noch in meinem Garten zu suchen? Ich werde Sie verhaften lassen. Sie haben mir und Harry schon genug Leid angetan. Haben Sie überhaupt eine Ahnung ...«

»Es tut mir leid!«, erwidere ich schluchzend. »Ich wollte Sie nicht aufregen. Ich musste nur erklären, dass ich damit nichts zu tun habe. Und ich wollte herausfinden, was Harry bei mir in der Kü...«

»Wagen Sie es nicht, mit mir über meinen Sohn zu reden! Meine Frau ist gerade erst gestorben!«, brüllt er mich an.

»Und dann kommen Sie ... Sie und ... und nehmen ihn mir weg. Verschwinden Sie von hier und kommen Sie ja nie wieder her!«

Das muss er mir nicht zweimal sagen. Ich mache kehrt und laufe durch den Garten davon. Ich stehe noch unter Schock, weil Fisher so abrupt in kochende Wut ausgebrochen ist, obwohl er nur ein paar Augenblicke zuvor noch die Ruhe selbst war. Ich brauche vier Anläufe, ehe es mir gelingt, die Mauer am Ende des Gartens zu überwinden. Die ganze Zeit über befürchte ich, dass er mir nachläuft und mich wieder runterzerrt, um mich weiter anzubrüllen. Oder um mir Schlimmeres anzutun.

Ich kann mir nicht erklären, wieso ich meine Aktion für eine gute Idee gehalten hatte. Es ist doch klar, dass dieser Mann, dessen Kind verschwunden war, nicht mit mir reden will, wo ich doch die einzige Verdächtige bin. Ich muss verrückt gewesen sein zu glauben, er könnte mich in sein Haus bitten. Bin ich vielleicht ohnehin verrückt? Jetzt ist mir völlig klar, dass man nicht ganz klar im Kopf sein kann, wenn man eine solche Aktion für sinnvoll hält. Ich stand bereits unter Verdacht, Harry entführt zu haben. Was muss Fisher von mir denken, nachdem ich mich durch seinen Garten in sein Haus habe schleichen wollen? Ich hätte nie herkommen dürfen. Verliere ich allmählich den Verstand? Habe ich Fisher nur deshalb wiedererkannt, weil ich ihn schon vor Harrys Verschwinden irgendwo zusammen mit seinem Sohn gesehen habe? Habe ich etwas Unrechtes getan? Falls ja, warum kann ich mich nicht daran erinnern?

Ich liege noch immer oben auf der Mauer und halte mich krampfhaft fest. Meine Beine zittern, ich habe das Gefühl, unter Schock zu stehen. Fishers Wut war so heftig, als hätte er mir eine Klinge in den Leib gejagt. Irgendwie schaffe ich es, mich auf der anderen Seite von der Mauer fallen zu lassen, dann renne ich den leicht ansteigenden Weg zurück, den ich gekommen war, bis meine Lungen nicht mehr mitmachen wollen. Es dauert eine Weile, dann habe ich endlich den Trampelpfad entdeckt, der zurück zur Straße führt.

Wieder bei meinem Mietwagen angekommen, hantiere ich ungeduldig mit dem Schlüssel, reiße die Tür auf und lasse mich auf den Fahrersitz fallen. Mein Atem klingt hier in diesem geschlossenen Raum noch lauter und angestrengter. Ich wische mir die Tränen weg und lasse den Kopf auf das Lenkrad sinken, während Schock und Angst mich völlig erfassen.

Erst irgendwann viel später starte ich den Wagen und mache mich in einem Zustand betäubender Erschöpfung an die lange Rückfahrt nach London. Einmal mehr frage ich mich, was in mich gefahren war hierherzukommen. Diese verdammte Carly, die mir mit ihren Worten falsche Hoffnungen gemacht hat. Mich glauben zu lassen, ich könnte irgendwo Antworten bekommen. Ich hätte nie auf sie hören sollen. Jetzt ist alles noch zehnmal schlimmer als zuvor.

Gegen halb acht erreiche ich die Außenbezirke von London, aber es kommt mir viel später vor. Als ich schließlich in Barnet ankomme, verkrampft sich mein Magen wieder bei dem Gedanken an das nächste bevorstehende Spießrutenlaufen. Was, wenn die Reporter erfahren haben, dass ich in Cranborne war? Nein, woher sollten sie das wissen? Das ist unmöglich. Das müsste Fisher ihnen schon persönlich erzählt haben, aber er wird genauso wenig mit der Presse reden wollen, wie er mich übers Wochenende zu sich nach Hause einladen würde.

Ich biege in meine Straße ein und versuche mich innerlich auf den Pulk von Reportern einzustellen, der mich empfangen wird. Aber es hilft nichts, mein Magen spielt sofort wieder verrückt, als ich die Truppe entdecke. Es sind noch mehr als zuvor, sie gehen hin und her, stehen gegen Mauern gelehnt da, rauchen Zigaretten, unterhalten sich. Aber schlimmer ist noch, dass vor meinem Haus ein Wagen mit blinkendem Blaulicht steht.

Die Polizei ist da.

19

Ich stelle den Wagen gut hundert Meter von meinem Haus entfernt ab und sitze einen Moment lang da, um die wenige noch verbliebene Kraft zu sammeln, die ich für das brauche, was jetzt vor mir liegt. Dabei wünschte ich, ich könnte mich jetzt einfach zusammenrollen und hier im Wagen einschlafen. Der Gedanke hat etwas Verlockendes, aber die Polizei ist auch da und wartet schon auf mich. Wenn ich den Beamten jetzt aus dem Weg gehe, werden sie mich früher oder später ja doch irgendwo antreffen. Und sollte einer der Reporter mich hier entdecken, würde mich die ganze Meute innerhalb von Sekunden umstellen. Nein, ich muss mich zusammenreißen.

Ich atme tief durch und öffne die Tür, dann steige ich aus und gehe den Fußweg entlang zu meinem dunklen, betrübt ausschauenden Haus mit dem zugewucherten Vorgarten und dem vernagelten Fenster im ersten Stock. Es dauert nur ein paar Sekunden, dann wird der erste Reporter auf mich aufmerksam und kommt mir mit gierigem Gesichtsausdruck entgegen. Fast augenblicklich heften sich die anderen an seine Fersen und eilen wie ein ausgehungertes Wolfsrudel auf mich zu, während sie Fotos schießen und ihre Filmkameras auf mich richten.

Als ich mich meinem Haus noch weiter nähere, steigen zwei Polizisten aus dem scheinbaren Zivilwagen aus. Ich erkenne sie gleich wieder: Chibuzo und Marshall. Marshall wendet sich an die Presse, aber ich kann zunächst nichts verstehen, bis er lauter wird und fordert: »Okay, und jetzt alle aus dem Weg!«

Klar, dass sie auf ihn hören. Widerwillig verlassen sie den schmalen Gehweg, damit ich vorbeigehen kann. Eine nette Geste, die aber nichts daran ändert, dass die Meute mir wieder ihre Fragen zuruft.

Wie gehabt reagiere ich nicht darauf, sondern blicke vor mich auf den Boden und nehme den Blick nur gelegentlich hoch, um festzustellen, wie weit ich noch gehen muss.

»Guten Abend, Tessa«, sagt Chibuzo, als ich nahe genug bin. »Wir würden Sie gern für ein Schwätzchen zur Wache mitnehmen.«

Die Kälte bahnt sich ihren Weg durch meinen Mantel und legt sich auf meine Brust. »Ein Schwätzchen?«, wiederhole ich mit zittriger, hoher Stimme. »Ich bin wirklich sehr müde. Kann das eventuell bis morgen warten?«

»Wir würden uns lieber jetzt mit Ihnen unterhalten«, sagt sie mit Nachdruck.

»Stehe ich unter Arrest?«

»Momentan nicht«, antwortet sie, wobei der warnende Unterton nicht zu überhören ist.

»Okay«, erwidere ich, da ich nicht das Gefühl habe, wirklich selbst entscheiden zu können.

»Wir können Sie mitnehmen, wenn Sie möchten«, schlägt sie vor und deutet auf den silbernen BMW mit den blinkenden Blaulichtern im Kühlergrill.

Ich überlege, wie die Reporter das auslegen werden, wenn ich in einem als Zivilfahrzeug getarnten Polizeiwagen weggefahren werde. »Nein, wir treffen uns auf der Wache.«

Chibuzo nickt.

Keine zwanzig Minuten später sitze ich wieder in einem Vernehmungsraum. Die Kälte in meinem Inneren breitet sich bis die Finger- und Zehenspitzen aus, obwohl in dem Raum eine erdrückende feuchte Wärme herrscht. Marshall schaltet das Tonbandgerät ein, dann rattert Chibuzo Uhrzeit, Datum, anwesende Personen und alle möglichen anderen offiziellen Angaben herunter, durch die sich diese ganze Aktion gleich zehnmal schlimmer anfühlt.

»Möchten Sie uns erzählen, wo Sie heute waren, Tessa?«, fragt Chibuzo und klingt dabei längst nicht mehr so freundlich wie beim letzten Mal. Ihre braunen Augen sind starr auf mich gerichtet.

Ich bin mir sicher, dass sie es wissen. Warum hätten sie sonst vor meinem Haus auf mich warten sollen? Fisher muss angerufen haben, gleich nachdem ich die Flucht von seinem Grundstück ergriffen hatte. Ich komme zu der Einsicht, dass mir keine andere Wahl bleibt, als zu schildern, was geschehen ist.

»Es tut mir leid«, antworte ich leise. »Ich bin nach Cranborne gefahren. Ich wollte zu Dr. Fisher gehen. Ihm alles erklären. Nach dem, was in den Nachrichten über mich verbreitet worden ist, musste ich ihn wissen lassen, dass ich seinen Sohn nicht entführt hatte.«

»James Fisher behauptet, Sie hätten sein Grundstück betreten«, hakt Chibuzo nach.

»Das wollte ich nicht …«

»Also geben Sie zu, dass Sie auf seinem Grundstück waren?«, fragt die Polizistin.

Ich schnaube angesichts ihrer Unterbrechung. »Ich sagte ja gerade, ich wollte es nicht. Ich hätte lieber an der Haustür geklingelt, aber wie Sie vermutlich wissen, haben die Reporter es sich vor seinem Haus genauso gemütlich gemacht wie hier bei mir. Hätten sie mich an Fishers Haustür gesehen, wären sie alle zur falschen Schlussfolgerung gekommen, von der ich sie nie wieder abbringen könnte. Also bin ich um das Haus herumgegangen und habe an der Hintertür geklopft.«

»Verstehe«, sagt Chibuzo.

»Es tut mir leid«, erkläre ich, höre aber den störrischen Tonfall in meiner Stimme.

»War Ihnen zu der Zeit bewusst, dass Sie Hausfriedensbruch begingen?«, will sie wissen. »Ich muss Sie warnen. Wenn Sie so etwas noch einmal machen, könnte es sein, dass Sie wegen Hausfriedensbruch belangt werden.«

»Es tut mir echt leid!«, jammere ich. Diesmal meine ich das auch so.

»Diesmal«, redet Chibuzo weiter, »belassen wir es bei einer schriftlichen Verwarnung.« Sie drückt mir ein Blatt in die Hand.

Ich starre auf das Papier, ohne wirklich etwas zu erkennen. Unterdessen fährt sie fort.

»Verwarnt werden Sie wegen Hausfriedensbruch und Belästigung. Aufgeführt sind die gesetzlichen Grundlagen für die Verwarnung und der Hinweis, dass Sie im Wiederholungsfall mit einer Verhaftung rechnen müssen.«

»Was?« Ich weiß nicht, was sie da redet. »Ich habe ihn nicht belästigt.«

»Machen Sie sich wegen dieser Verwarnung nicht zu viele Gedanken«, erwidert Chibuzo wieder in freundlicherem Tonfall. »Diese Schreiben sind vom Gesetzgeber nicht abgesegnet, die stellen wirklich nur einen Klaps auf die Hand dar, damit Sie nicht den gleichen Fehler ein zweites Mal begehen.«

Vermutlich sollte ich ihnen sogar dankbar dafür sein, dass sie mich nicht schon heute Abend verhaftet haben. Dennoch bin ich immer noch erschrocken über diese formale Warnung.

»Warum sind Sie wirklich hingefahren, Tessa?«, fragt Chibuzo schließlich.

»Das habe ich Ihnen schon gesagt. Ich wollte Fisher wissen lassen, dass in den Medien nur Lügen über mich verbreitet werden.«

»Finden Sie nicht, dass man es als aggressive Handlung auslegen könnte, dass sie ihn in seinem Haus aufsuchen wollten?«

»Als aggressive Handlung?«, stammele ich. »Nein, überhaupt nicht. Wenn Sie es genau wissen wollen, dann hatte ich eigentlich vor, ihn zu fragen, warum er so lange gewartet hat, bis er Harrys Verschwinden gemeldet hat.«

Chibuzo kneift abrupt die Augen zusammen, Marshall hört auf zu schreiben, sieht mich an und tauscht einen kurzen Blick mit seiner Kollegin aus.

»Woher wissen Sie das, Tessa?«, fragt Chibuzo.

Verdammt. Ich kann ihr nicht verraten, dass jemand aus ihren eigenen Reihen diese Information an Carly weitergegeben hat. Damit verschlechtere ich unter Umständen nur meine eigene Position noch mehr. Ich überlege hastig, dann sage ich: »Das weiß ich von einem der Reporter bei mir vor dem Haus.«

»Von welchem?«, hakt sie sofort nach.

»Keine Ahnung. Irgendeiner hat es mir zugerufen. Die werfen mir ja ständig alles Mögliche an den Kopf.«

Die Polizistin entspannt sich sichtlich, sie scheint mir meine Antwort abzukaufen. »Nun, gerade Sie sollten besser als jeder andere wissen, wie viel man solchem Tratsch halten darf.«

»Aber Harry war doch tagelang bei einer Pflegefamilie, ehe sein Vater sein Verschwinden meldete«, beharre ich. »Warum hat Fisher sich so viel Zeit gelassen? Er hätte doch ...«

Chibuzo schneidet mir das Wort ab. »Wir raten dringend davon ab, Amateurdetektiv zu spielen. Uns liegen alle Fakten vor, und wenn uns etwas merkwürdig vorkommt, gehen wir der Sache schon nach. Wenn Sie auf eigene Faust ermitteln, dann ist damit niemandem geholfen, am allerwenigsten Ihnen selbst.«

»Es ist mein Ruf, der in den Dreck gezogen wird«, halte ich dagegen.

»Tessa«, wirft Marshall ein. »Haben Sie Harry letzten Sonntag von irgendwoher mitgenommen und zu sich nach Hause gebracht?«

»Was?« Ich habe das Gefühl, dass sich meine Brust verkrampft und mir den Atem raubt. Ich kann es nicht fassen, dass sie schon wieder damit anfangen. »Nein, das habe ich nicht gemacht. Wie oft muss ich Ihnen das noch sagen, bis Sie es mir endlich glauben? Bevor der Junge in meinem Haus aufgetaucht ist, habe ich ihn noch nie gesehen.«

»Die Sache ist«, sagt Chizubo, »dass Sie sich selbst in ein schlechtes Licht gerückt haben, nachdem Sie heute nach Dorset gefahren sind. Ganz gleich, was Sie dazu veranlasst hat.«

»Okay, ich weiß«, stimme ich ihr zu. »Das war ein Fehler. Ich hätte nicht hinfahren dürfen. Aber durch diese Journalisten, die Tag und Nacht vor meinem Haus herumlungern, stehe ich unter solchem Stress, dass ich nichts anderes tun wollte, als den Beweis für meine Unschuld erbringen. Dass das ein Fehler war, ist mir inzwischen klar.«

»Hören Sie, Tessa«, sagt Chibuzo wieder in sanfterem Tonfall. »Wie ich ja bereits erklärt habe, warnen wir Sie nur und machen Sie darauf aufmerksam, dass es im Interesse aller ist, wenn Sie sich von Dr. Fisher und seiner Familie fernhalten. Lassen Sie den Mann in Ruhe, okay? Können Sie mir diesen Gefallen tun, Tessa? Ich habe nämlich keine Lust, Sie zu Hause aufzusuchen, um Sie dann zu verhaften.«

»Gut«, erwidere ich leise und komme mir schon jetzt wie eine Verbrecherin vor.

»Gut.« Damit ist das Gespräch beendet, sie steht auf. Auch Marshall erhebt sich von seinem Platz und lässt mich wissen, dass ich gehen kann.

Ich kann es nicht erwarten, endlich nach Hause zu kommen, obwohl diese Meute vor meiner Tür lauert. Der heutige Tag scheint unendlich lang gewesen zu sein. Ich verfluche die Polizisten dafür, dass sie heute Abend bei mir aufkreuzen mussten. Dadurch kennen die Reporter jetzt den Mietwagen, mit dem ich unterwegs bin. Sie werden mich frühzeitig sehen, wenn ich daheim ankomme.

Wie erwartet dreht sich die Meute zu mir um, kaum dass ich in die Straße eingebogen bin. Mit einem grimmigen Lächeln auf den Lippen schalte ich auf Fernlicht um, damit sie wenigstens für ein paar Augenblicke geblendet sind. Es ist meine Art, ihnen ein kleines »Leckt mich« zuzurufen. Doch meine Freude währt nicht lange, denn kaum habe ich eingeparkt, umringen sie meinen Wagen. Ich lasse die Fahrertür auffliegen und hoffe, sie wenigstens einem von ihnen ins Gesicht zu schlagen ... oder noch besser: in die Eier. Aber sie sind schlau genug, mir noch rechtzeitig auszuweichen.

»Was wollte die Polizei von Ihnen, Tessa?«

»Droht Ihnen Ärger?«

»Können Sie uns sagen, wo Sie den ganzen Tag über waren?«

Ich gehe achtlos an ihnen vorbei und versuche, ihre Fragen gar nicht erst wahrzunehmen. Allmählich sollten sie aufgeben und sich einen anderen suchen, dem sie auf die Nerven gehen können. Begreifen sie nicht, dass diese Geschichte abgehakt ist? Dass es vorbei ist und weiter nichts passiert? Mir geht der Gedanke durch den Kopf, dass es wirklich aus sein könnte und dass ich nie erfahren werde, wieso Harry in mein Haus gekommen war. Womöglich bleibt das Ganze einfach nur ein großes Rätsel, mit dem ich mich arrangieren muss.

Ich schließe das Gartentor hinter mir und gehe zur Haustür. Ich will unbedingt in meine eigenen vier Wände, ich will Ruhe haben, um meine Gedanken zu ordnen. Dann endlich kann ich die Haustür hinter mir schließen. Ich lehne mich gegen die Tür und höre, wie das Blut durch meine Adern rauscht. Das Haus ist feucht und so kalt wie ein Kühlschrank. Das Flurlicht spendet keinen Trost, offenbar habe ich am Morgen vergessen, es auszumachen. Ich gehe weiter zur Küche. Es kommt mir vor, als wäre ich vor Wochen das letzte Mal hier gewesen. Ich kann kaum glauben, dass ich erst heute Morgen hier noch gefrühstückt habe. Aber mein

Zeitempfinden macht ohnehin schon die ganze Woche, was es will. Immerhin ist es erst fünf Tage her, dass Harry aus dem Nichts kommend in meiner Küche stand und seitdem mein Leben komplett aus den Fugen geraten ist. Tatsächlich fühlt es sich für mich aber so an, als wären seitdem Monate vergangen.

Plötzlich höre ich aus dem ersten Stock einen dumpfen Knall. Was war das? Ich strenge meine Ohren an und nehme Stimmen wahr, die von oben kommen. Einbrecher? Nein, unmöglich. Niemand wäre so verrückt, in ein Haus einzubrechen, das von Reportern belagert wird. Mein Herz macht einen Satz, als ich eine Tür knarren höre, gefolgt von Schritten.

Wer auch immer sich da oben rumtreibt, er will offenbar nach unten kommen ...

20

Vielleicht ist es ja Scott. Aber mit wem redet er? Sicher nicht mit Ellie. Er sollte es besser nicht wagen, sie in mein Haus zu bringen. Für den Fall, dass es tatsächlich ein Einbrecher ist, ziehe ich behutsam die Schublade auf und hole ein Tranchiermesser heraus. Es ist zwar ziemlich stumpf, aber jemanden verletzen kann man damit immer noch.

»Hallo?«, ruft eine Frauenstimme von der Treppe. Von *meiner* Treppe. »Tessa, bist du das?«

Ich kenne diese raue Stimme. Aber Carly wird doch nicht etwa ohne meine Erlaubnis ins Haus gekommen sein. Ganz sicher nicht. Das würde sie nicht wagen. »Carly?«, rufe ich und verlasse die Küche. Sie steht fast auf halber Höhe auf der Treppe und sieht mich an.

»Hi, Tessa«, sagt sie und grinst mich rotzfrech an.

»Was zum Teufel hast du in meinem Haus verloren?«, fahre ich sie an.

»Reg dich nicht auf, Tessa. Es sollte eine Überraschung sein.« Sie kommt noch ein paar Stufen weiter nach unten, ich stehe am Fuß der Treppe und starre sie aufgebracht an.

»Ich hatte in letzter Zeit genug Überraschungen. Für den Rest meines Lebens kann ich darauf gut verzichten«, gebe ich zurück. »Und jetzt beantworte gefälligst meine Frage. Was tust du hier? Und mit wem hast du eben geredet? Ich habe mindestens zwei Stimmen gehört.«

»Vertrau mir einfach«, sagt sie. »Es wird dir gefallen, glaub mir.«

In diesem Moment bin ich so aufgebracht, dass ich sie am liebsten die Treppe runtertreten und aus dem Haus werfen würde. Ich gehe die Stufen hoch.

»Ist das da ein Messer?«, fragt Carly und weicht eine Stufe vor mir zurück.

Mir wird bewusst, dass ich immer noch das Messer in der Hand halte und auf sie gerichtet habe. »Ich dachte, du wärst ein Einbrecher.« Ich lasse die Hand sinken und halte das Heft nur locker umschlossen.

»Oh, richtig.« Sie geht weiter vor mir her nach oben. »Na ja, wie du siehst, bin ich kein Einbrecher.«

»M-hm«, mache ich nur. »Wie bist du reingekommen?«

»Ich wollte dir nur was Gutes tun.«

»Antworte auf meine Frage, Carly. Wie bist du ins Haus gekommen?«

Sie murmelt etwas Unverständliches.

»Was?«

»Der Schlüssel unter dem Blumentopf«, sagt sie nur wenig lauter.

»Wie kannst du es wagen?«, herrsche ich sie an. Als wir noch befreundet waren und sie sich bereit erklärt hatte, unsere Blumen zu gießen, wenn wir in Urlaub waren, da war Scott so dumm, ihr gegenüber diesen Reserveschlüssel zu erwähnen. Und ich war anschließend mindestens genauso dumm, weil ich ihn nicht an mich genommen habe, nachdem Scott ausgezogen war. Um ehrlich zu sein, hatte ich den Schlüssel längst vergessen. »Liegt er wieder unter dem Topf?«, will ich wissen.

Sie sieht mich verlegen an, woraufhin ich meine Hand ausstrecke.

»Bist du dir sicher?«, fragt sie und legt den Kopf ein wenig schief. »Es wäre doch ganz praktisch, wenn ich den Schlüssel für den Fall behalte, dass du dich mal aussperrst.«

Ich schaue sie so finster an, wie ich nur kann, und halte ihr meine ausgestreckte Hand genau vors Gesicht.

»Gut, okay.« Sie holt den Schlüssel aus der Tasche und legt ihn in meine Hand.

»Hör zu, Carly. Es tut mir leid, aber ich bin nicht in der Stimmung für irgendeine Überraschung. Ich hatte einen weiteren beschissenen Tag in einer langen Reihe von beschissenen Tagen, und der Abend war noch viel übler. Ich möchte mich einfach nur noch ins Bett legen, ein Buch lesen und dazu eine Tasse Tee trinken, sofern das nicht zu viel verlangt ist. Also nimm deine Überraschung und verzieh dich. Du kannst von Glück reden, dass ich nicht die Polizei rufe.«

»Das ist ein bisschen übertrieben«, sagt sie. »Vertrau mir einfach. Es wird dir gefallen.«

Ihr vertrauen? Das soll wohl ein Witz sein. Ich muss all meine Willenskraft aufbringen, um sie nicht anzubrüllen, dass sie das Weite suchen soll. Wie kann man nur eine so dicke Haut haben? Sie hat sich nicht mal dafür entschuldigt, dass sie unerlaubt mein Haus betreten hat. Ist ihr eigentlich gar nicht bewusst, dass sie nicht das geringste Recht hat, ins Haus zu kommen?

»Weißt du«, redet sie ungerührt weiter, »mein Bruder Vince ist Bauarbeiter. Ich habe ihn gebeten herzukommen und dein Fenster zu reparieren. Ta-daa!« Sie stößt die Tür zum Schlafzimmer auf und gibt den Blick frei auf einen ungepflegten Typen Anfang zwanzig, der gleich neben meinem Bett auf einer mit Farbflecken übersäten Decke steht und in einer großen Werkzeugkiste wühlt. Er hebt den Kopf und nickt mir zu. Ich reagiere mit einem giftigen Blick, während mir auffällt, dass er bereits die provisorisch angebrachte Holzplatte entfernt hat. Die Vorhänge werden von der eisigen Luft erfasst, die ins Zimmer strömt.

Ich bin so verblüfft, dass mir nichts einfallen will, was ich sagen könnte. Ich bin wütend auf Carly, weil sie kein Problem damit hat, mit ihrem Bruder mein Haus zu betreten, während ich unterwegs bin. Aber ich kann sie nicht so zur Schnecke machen, wie ich es gern täte, denn angeblich hat sie das nur gemacht, um mir einen Gefallen zu tun. Allerdings habe ich so meine Zweifel, was ihre Absichten angeht. Ich will nicht hoffen, dass sie die Gelegenheit genutzt hat, um sich hier umzusehen. Unwillkürlich kneife ich die Augen zusammen, da ich mich frage, was sie vorhat. Jedenfalls glaube ich nicht, dass sie das hier in die Wege geleitet hat, nur weil sie mir etwas Gutes tun wollte.

»Es gibt keinen Haken an der Sache«, sagt sie, als hätte sie meine Gedanken gelesen. »Ich will nur helfen.«

»Du hättest erst mal fragen sollen«, gebe ich zurück.

»Das wollte ich ja, aber du warst nicht da«, erklärt Carly. »Und Vince kann nur jetzt. Ich sah dich nach Hause kommen, und dann hast du mit der Polizei geredet und bist wieder weggefahren. Weißt du, nach dem ganzen Mist, den du in der letzten Zeit um die Ohren hattest, fand ich, dass du mal eine Verschnaufpause verdient hast.«

Wenn ich sie jetzt rauswerfe, komme ich komplett undankbar rüber. »Ich habe ja nicht mal einen Kostenvoranschlag gesehen«, wende ich ein. »Wie viel wird mich das kosten?«

»Vince will dafür kein Geld.«

Angesichts meiner momentanen finanziellen Lage ist ein solches Angebot nichts, was man in den Wind schlagen sollte. Andererseits habe ich inzwischen genug davon, dass mich andere Leute um einen ruhigen Abend bringen. »Und wie lange wird das dauern?«

»Vince?«, ruft Carly ihm zu.

»Halbe Stunde höchstens«, erwidert er, ohne von seiner Arbeit aufzusehen.

»Ja, okay«, sage ich. »Ich sollte mich wohl bei dir bedanken.« Das heißt nicht, dass ich ihr jetzt vertraue, aber immerhin wird ihr Bruder dafür sorgen, dass der arktische Luftzug ein Ende nimmt und ich wieder in meinem Bett schlafen kann.

Ich gehe rüber zur Lufttrockenkammer und drücke den Schalter für die Zentralheizung ein, dann warte ich auf die typische Geräuschkulisse, die immer ertönt, wenn der Boiler anspringt. Es wird ewig dauern, bis es im Haus richtig warm ist, also kehre ich ins Schlafzimmer zurück und nehme einen Fleece-Sweater von der Kommode. Ich ziehe den Mantel aus und streife den Sweater über die bereits vorhandenen drei Lagen warme Kleidung, dann ziehe ich den Mantel auch noch drüber. Es ist nicht das erste Mal, dass ich mir die Frage stelle, warum die Leute mich nicht einfach in Ruhe lassen können. Wenigstens mal für einen Tag.

»Ne Tasse Tee ist wohl nicht für mich drin, oder?«, fragt Vince hoffnungsvoll.

Ich verdrehe die Augen.

»Ich kümmere mich drum«, bietet sich Carly an.

Ich ignoriere sie. »Kein Problem. Wie wollen Sie ihn haben?«

»Milch und zweimal Zucker.«

Ich stampfe die Treppe runter und zurück in die Küche. Carly folgt mir. Wieso ist sie immer noch hier? Hat sie vor, so lange zu bleiben, bis ihr Bruder fertig ist? Ich weiß nicht, warum sie auch bleiben muss, aber es wäre schon etwas seltsam, wenn ich darauf bestehen würde, dass sie geht. Immerhin tut sie mir ja einen Gefallen. Aber wenn ich es genau betrachte, ist es ihre Schuld, dass ich jetzt diese Reportermeute am Hals habe. Da ist es eigentlich ja das Mindeste, dass sie sich um die Reparatur meines Fensters kümmert.

»Tut mir leid, dass meine SMS heute Morgen etwas knapp ausgefallen ist«, sagt sie, während ich den Wasserkessel auf den Herd stelle. »Es war nur so, dass ich wirklich darauf gebaut hatte, dass du mit Flores redest und herausfindest, was sie weiß.«

»Na ja, versucht hab ich's ja, aber das Einzige, was ich noch hätte tun können, wäre, ihre Wohnungstür einzutreten, um sie dann zur Rede zu stellen.«

»Klar, ich versteh schon«, sagt sie.

»Und es ist ja *mein* Leben, um das es hier geht.« Ich bin ein bisschen verärgert, weil ich weiß, sie glaubt, ich hätte versagt. »Es ist nicht so, als hätte ich nicht mit dieser Frau reden wollen. Wenn jemand herausfinden will, was hier eigentlich gespielt wird, dann bin ich das.«

Es folgt eine lange Pause.

Ich greife in den Schrank und hole die letzten drei gespülten Tassen heraus. »Tee?«, frage ich, hoffe aber, dass sie Nein sagt und endlich geht.

»Ja, gern. Schwarz, ohne Zucker.« Mehr sagt sie nicht. Für jemanden, der so beharrlich ist wie Carly, muss das ein hohes Maß an Selbstbeherrschung bedeuten, so lange Zeit den Mund zu halten. Das muss wohl ihre neue Strategie sein: Gib dich nett und ganz und gar nicht reporterhaft. Ich glaube nicht, dass das von langer Dauer sein wird.

Der Tee ist fertig, ich bringe Vince eine Tasse nach oben, dann kehre ich in die Küche zurück.

»Ich hoffe, ich habe dich mit dem Besuch bei Flores nicht in Schwierigkeiten gebracht«, sagte Carly, als ich hereinkomme.

»Nein, wie kommst du denn auf die Idee? Ach, du meinst, weil die Polizei auf mich gewartet hat?«

»Ja, ich dachte schon, Flores könnte dich angezeigt haben«, entgegnet Carly.

»Nein, die Polizei wollte wegen einer anderen Sache mit mir reden. Eigentlich nur was Nebensächliches, aber sie hatten noch ein paar Fragen dazu.« Ich kann ihr nicht sagen, dass ich zu Fisher gefahren bin, sonst macht das noch in den Nachrichten die Runde.

»Was für eine Nebensache denn?«, hakt Carly nach.

»Nichts Wichtiges. Es ging nur um … na ja … um etwas aus meiner letzten Aussage, das noch geklärt werden musste.« Ich trinke einen Schluck Tee und zermartere mir das Gehirn, wie ich am besten das Thema wechseln kann.

»Warum bist du auf einmal so still?«, will sie wissen. »Hat das was mit Fisher zu tun?« Sie sieht mich forschend an, woraufhin ich den Blick senke und meine Tasse betrachte. Ich kann nur hoffen, dass sie nicht tatsächlich in der Lage ist, meine Gedanken zu lesen. »Hast du etwa …« Ich winde mich auf meinem Stuhl. Ein Pokerface habe ich noch nie gehabt. »Du hast das gemacht, nicht wahr?«

»Tut mir leid, aber ich weiß nicht, wovon ...«

»Du bist zu ihm gefahren, oder? Komm, gib es zu, Tessa. Deshalb auch der Mietwagen. Du bist zu Fisher gefahren, richtig?« Grinsend beugt sie sich vor, ihre grünen Katzenaugen funkeln.

Ich erwidere nichts. Meine Wangen glühen, und ich rutsche auf meinem Platz hin und her, aber ich sage nichts. Sie hat es erraten. Nein, sie weiß es nicht mit Sicherheit. Ich muss nur den Mund halten und kein Wort darüber verlieren, wo ich gewesen bin. Sonst wird der Medienzirkus nur noch verrückter. In der Küche herrscht Totenstille, lediglich die Geräusche aus dem Schlafzimmer sind zu hören. »Weißt du was, Carly? Ich bin wirklich hundemüde. Wie lange braucht dein Bruder noch?«

»Nicht mehr lange«, antwortet sie. »Aber jetzt komm schon, Tessa. Wenn du mit Fisher gesprochen hast, was hat er gesagt?«

Mein Gesicht muss dunkelrot leuchten, meine Wangen glühen so intensiv, dass ich die Zentralheizung glatt wieder ausschalten könnte.

»Okay, wie wäre es denn, wenn du mir inoffiziell erzählst, was er gesagt hat?«, versucht sie mich zu ködern.

Ganz ehrlich, ich glaube nicht, dass ich Carly Dean irgendetwas inoffiziell anvertrauen kann. Ich presse die Lippen zusammen und verweigere jede Erwiderung. Wenn ich es ihr sage, wird sie mich erneut an den Meistbietenden verkaufen, und dann werden mir die Reporter nur noch umso länger auflauern. Es wird noch schlimmer werden, als es jetzt schon ist. Aber diese Frau kennt kein Erbarmen. Wie kann ich sie mir vom Hals halten?

21

»Komm schon«, drängt Carly und wird dabei ernster. »Sag es mir einfach. Warst du heute bei Fisher? Ich schwöre dir, ich werde nichts darüber schreiben, solange wir keinen Beweis für das haben, was er vorhat. Aber du musst schon mit mir reden, sonst kann ich dir nicht helfen.«

Stimmt das? Kann sie mir helfen? Ich hatte heute kein Glück gehabt, irgendwelche Informationen zu bekommen. Vielleicht könnte Carly ja meine Verbündete sein, nicht nur meine Widersacherin. Aber auch nur vielleicht.

»Okay.« Sie nickt, als hätte sie innerlich zu einer Übereinkunft gefunden.

»Gut. Was hältst du davon, mir zu sagen, was du weißt, aber ich schreibe nichts davon auf, bis wir die ganze Geschichte zusammengetragen haben?«

Könnte ich mich dazu durchringen, ihr zu vertrauen? Vermutlich nicht.

Sie seufzte und fragte: »Wie wäre es, wenn ich vor der Abgabe dir den Text zum Lesen gebe?«

»Wie viel bekommst du für eine solche Story?«, frage ich, da mich die Neugier gepackt hat.

Ihr spöttisches Lächeln macht mich augenblicklich wütend. »Ich kann dich an meinem Honorar beteiligen, wenn es dir darum geht«, sagt sie.

»Ich will kein Geld!«, platze ich heraus und springe auf.

Sie wird gleich wieder ernst und hebt die Hände besänftigend vor sich, aber ich werde deshalb nicht ruhiger. Ich drehe mich weg und klammere mich an der Kante des Tresens fest, während ich stumm bis zehn zähle. Wie schafft diese Frau es nur, mich mit jeder zweiten Äußerung bis aufs Blut zu reizen?

»Tut mir leid«, sagt sie hastig. »Ich habe schon verstanden, dass es dir nicht ums Geld geht, Tessa. Du kannst mir glauben, dass für mich Geld auch nicht die einzige Triebfeder ist. Zugegeben, es ist die wesentliche Triebfeder, denn wenn ich nicht bald eine gute Story an Land ziehe, werde ich mein Haus verlieren. Aber ich will dir auch helfen, Antworten zu finden. Du solltest bloß wissen, dass du einen Anteil abbekommst, wenn für mich etwas bei der Story rausspringt.«

»Du könntest dein Haus verlieren?«, frage ich und drehe mich um.

»Ja, aber das ist halt das Besondere an der freiberuflichen Arbeit – die Höhen und Tiefen.«

»Tut mir wirklich leid, Carly. Natürlich will ich nicht, dass du dein Haus verlierst. Es ist nur so ... ich wünschte nur, du wärst nicht so ...« Ich lasse den Satz unvollendet, denn die einzigen Begriffe, die mir in den Sinn kommen wollen, sind alles andere als charmant.

»Ich weiß, ich wirke manchmal wie ein Elefant im Porzellanladen«, räumt sie ein. »Aber so bin ich nun mal. Das ist genau das, was mich zu einer guten Reporterin macht. Meine Mum sagt immer, dass ich zielstrebig bin.«

»So kann man es auch ausdrücken«, merke ich mit dem Anflug eines Lächelns an.

»Okay, Tessa, was hältst du davon ...?«

Angesichts ihrer Beharrlichkeit kann ich nur den Kopf schütteln. »Tut mir leid, aber das hat jetzt keinen Sinn mehr, Carly.

Ich habe für heute genug. Ich muss jetzt ins Bett gehen, und du musst nach Hause gehen.«

»Bitte, setz dich wieder hin und hör dir mein letztes Angebot an. Wenn es dir nicht zusagt, lasse ich dich in Ruhe und ich werde dich auch nie wieder behelligen. Nicht mal, wenn ich etwas Milch brauche, weil sie mir ausgegangen ist.«

»Ist das ein Versprechen?«, murmele ich.

»Ja, das ist ein Versprechen, und wenn ich es breche, soll mich der Blitz treffen.« Sie zeigt auf den leeren Stuhl neben ihr, auf dem ich zögerlich wieder Platz nehme. »Also«, legt sie los. »Ich sehe die Sache so, dass Fisher irgendwas zu verbergen hat. Wenn du mit ihm reden konntest, weißt du vermutlich mehr als ich. Aber ich kann dir helfen, tiefer zu graben und herauszufinden, wie der Junge in dieses Haus kommen konnte. Wenn wir zusammenarbeiten, stehen unsere Chancen besser, der Wahrheit auf die Spur zu kommen. Ich gebe zu, ich tue das für meine Karriere. Aber ich ... ich kann dich auch gut leiden, ganz gleich, was du von mir hältst. Außerdem geht es mir gegen den Strich, wenn jemand mit irgendeinem Verbrechen ungeschoren davonkommt. Und ich glaube, das hat Fisher vor. Und ich glaube, du siehst das so wie ich.«

Sie lehnt sich auf ihrem Stuhl nach hinten und verschränkt ihre Hände.

»Was hältst du also davon: Wir sagen uns gegenseitig alles, was wir herausfinden. Ich verspreche dir, die Story nicht zu verkaufen, solange wir nicht wirklich alles aufgedeckt haben, was es in der Sache zu wissen gibt. Du kannst alles lesen, was ich schreibe, und du kannst gegen alles Einspruch einlegen, was dir nicht gefällt. Aber ich habe das Exklusivrecht, und du darfst mit niemandem außer mir darüber reden.«

Ich nehme ihre Worte in mich auf und lasse sie mir wieder und wieder durch den Kopf gehen. Wenn ich nicht auf ihre Bedingungen eingehe, bin ich genauso schlau wie zuvor und werde wohl nie erfahren, was mit Harry geschehen ist. Gehe ich auf ihr Angebot ein, lege ich mein Schicksal in ihre Hände und muss darauf hoffen, dass sie Wort hält und mich nicht im Regen stehen lässt, sobald sie von mir weiß, dass ich bei Fisher war.

Mir wird bewusst, dass die angeblich freundliche Geste, mein eingeschlagenes Fenster zu reparieren, in Wahrheit nur ein Vorwand war, um ins Haus zu kommen und mich hier in der Küche festzusetzen. Oder aber sie wollte die Gelegenheit nutzen, sich ungestört überall umzusehen. Aber was nützt mir diese Erkenntnis? Wer soll mir sonst dabei helfen, Antworten zu finden? Ich bin auf ihre Hilfe angewiesen. »Okay«, sage ich. »Aber ich will das schriftlich haben.«

Sie sieht mich fragend an.

»Deinen Vorschlag. Das, was du mir gerade erzählt hast. Das will ich schriftlich und mit deiner Unterschrift darunter.« Ich gehe zu der Schublade, in der aller möglicher Krimskrams verstaut ist, hole einen Notizblock und einen Kugelschreiber heraus und lege ihr beides auf den Tisch.

»Ob das rechtlich bindend ist, kann ich dir aber nicht sagen. Es wird von niemandem bezeugt.«

»Schreib es auf und setz deine Unterschrift mit Datum drunter. Mir genügt das«, sage ich.

Ich gehe in der Küche auf und ab, während sie alles notiert. Als sie unterschrieben hat, nehme ich den Block, lese den Text durch und setze meine Unterschrift neben ihre.

»Also, wir sind uns einig?«

Ich nicke und setze mich wieder an den Tisch, während Carly ein kleines Notizbuch und einen Bleistift aus ihrer Handtasche hervorholt.

»Du hast recht«, sage ich schließlich. »Ich war bei James Fisher.«

»Ich bin beeindruckt«, entgegnet sie. »Du hast ja doch Eier in der Hose.« Ich kann fast hören, wie die Zahnräder in ihrem Kopf surren. *Hat sie nun eine Story für mich oder nicht? Wird das für meine Karriere nützlich sein? Werde ich damit Kohle machen können?*

»Also, du bist zu ihm hingefahren«, redet sie weiter. »Und er hat mit dir geredet.«

»Ich würde eher sagen, er hat mich angebrüllt, und ich wäre beinahe verhaftet worden«, erwidere ich und verziehe den Mund, als ich an die Begegnung zurückdenke.

»Sag mir genau, was passiert ist«, fordert sie mich auf.

Ich schildere ihr meine Fahrt nach Cranborne und wie ich auf die rückwärtige Seite von Fishers Haus gelangt bin, um an der Hintertür anzuklopfen. Ich gebe wieder, was ich ihm gesagt habe und wie er mich angebrüllt hat. Ich erwähne nicht, dass ich gesehen habe, wie Harry durch den Flur gelaufen ist. Das steht in keinem Zusammenhang zu allem anderen, und ich fühle mich auch nicht veranlasst, darüber zu reden.

Sie nickt immer wieder und gibt zustimmende Laute von sich, während ich schildere, was sich den Tag über ereignet hat.

Den Abschluss bildet dann der erneute Besuch durch die Polizei, verbunden mit der Verwarnung, einen Bogen um Cranborne zu machen, wenn ich nicht verhaftet werden will.

Sie legt die Stirn in Falten.

»Stimmt was nicht?«, frage ich sie.

»Ähm ... ist das alles?«, will sie wissen.

»Wie meinst du das?«

»Na ja, du hast mir jetzt im Wesentlichen erzählt, dass du Fishers Grundstück betreten hast und er dich zum Teufel gejagt hat.«

Ich nicke. »Ja. Das ist das, was passiert ist.«

»Ich dachte, du hättest dich mit ihm unterhalten und er hätte dir etwas Interessantes erzählt. Wir sind kein bisschen weiter als zuvor.«

»Aber es zeigt doch, dass er etwas zu verheimlichen hat, nicht wahr? Ich meine, sein aggressives Auftreten mir gegenüber.«

»Nein, Tessa. Er hat nur getan, was jeder andere auch tun würde, wenn auf einmal die Frau an der Hintertür anklopft, die unter dem Verdacht steht, sein Kind entführt zu haben.«

»Okay«, sage ich kurz und knapp. »Du wolltest wissen, was passiert ist, und das habe ich dir erzählt.«

»Besten Dank für gar nichts«, murmelt sie, steckt Notizbuch und Stift ein und steht auf.

Am liebsten möchte ich ihr eine Ohrfeige verpassen. »Du bist ohne mein Wissen in mein Haus gekommen, Carly. Du hast darauf bestanden, dass ich dir aus meinem Leben erzähle. Du hast keine Veranlassung, jetzt auf beleidigt zu machen, nur weil ich dir nicht das liefere, was du hören möchtest.«

Sie verdreht die Augen und wendet sich zum Gehen.

Aber während ich mich noch an meiner Verärgerung festklammere, fällt mir etwas anderes ein. Etwas, das ich Carly wirklich anvertrauen sollte. »Warte mal. Ich hab was vergessen.«

Sie dreht sich zu mir um, und ihre Miene lässt keinen Zweifel daran, dass sie mit der nächsten Enttäuschung rechnet.

»Ich hab das zuvor nicht erwähnt«, beginne ich. »Aber da ... da ist jemand, der mich verfolgt.«

Sie kneift die Augen leicht zusammen und greift wieder nach ihrem Block.

»Keine Reporterin, sondern eine Frau. Ich habe sie ein paar Mal dabei ertappt, wie sie mich beobachtet hat, wenn ich einkaufen ging. Ich wusste nicht, wer sie ist, und wenn ich sie zur Rede stellen wollte, gelang es ihr jedes Mal, mir zu entwischen. Es kam mir so vor, als hätte sie Angst vor mir. Als ich heute Morgen zu Fishers Haushälterin ging und da klingelte, da entdeckte ich die Frau wieder, wie sie mich von ihrem Fenster aus ansah. *Sie* ist die Frau.«

»Fishers Haushälterin hat dich verfolgt?«

Ich nicke.

»Das ist doch schon besser, Tess. Sag mir, wann und wo du sie gesehen hast.«

Ich liste auf, bei welchen Gelegenheiten sie mir über den Weg gelaufen ist. »Sie kann mir auch häufiger gefolgt sein, nur habe ich sie da nicht gesehen. Hast du eine Ahnung, warum sie das macht?«

»Nein.« Carly kaut auf ihrem Bleistift herum. »Vielleicht müssen wir ja *ihn* fragen: Fisher.«

»Das habe ich ja versucht«, wende ich ein. »Wie wir wissen, hat das nicht viel gebracht.«

Sie erwidert nichts.

»Und was machen wir nun?«, frage ich, fürchte mich aber ein wenig davor, was sie mir als Antwort darauf geben könnte.

»Am Wochenende habe ich schon anderweitige Verpflichtungen, was verdammt ärgerlich ist«, entgegnet sie. »Aber gleich am Montagmorgen werde ich Flores zur Rede stellen und zusehen, dass ich sie zum Plaudern bringe. Allerdings habe ich ernsthafte Zweifel daran, dass das etwas bringen wird. Klingt so, als hätte sie vor irgendetwas Angst. Wenn ich bei ihr nicht weiterkomme, dann fahre ich nach Cranborne und nehme mir Fisher vor. Mein Gefühl sagt mir, dass die Haushälterin Angst vor ihm hat. Ich werde ihm ein paar Fragen stellen, aus denen er sich nicht so einfach rauswinden kann.«

»Dann wünsche ich dir viel Glück«, sage ich. »Für Journalisten macht er die Tür erst gar nicht auf.«

»Mach dir keine Sorgen, ich bekomme ihn schon dazu, mit mir zu reden.«

»Und wie?«

»Die Einzelheiten muss ich mir noch überlegen«, sagt sie mit entschlossener Miene.

22

Es ist halb elf, als Carly und ihr Bruder endlich gehen. Ich biete Vince einen Scheck über zwanzig Pfund an, weil es mir ein schlechtes Gewissen bereitet, dass seine Schwester ihn dazu überredet hat, mir zu helfen. Aber Carly sagt mir, ich soll mein Geld behalten. Zynisch wie ich bin, denke ich mir, dass sie das nur macht, weil sie hofft, dass ihr mein verkorkstes Leben ein ordentliches Honorar einbringen wird. Ich traue ihr noch immer nicht, aber zumindest habe ich von ihr schriftlich, dass nichts ohne meine Erlaubnis gedruckt werden wird.

Das Ganze hat mich so ausgelaugt, dass ich trotz meiner Erschöpfung froh darüber bin, morgen wieder zur Arbeit gehen zu können. Das wird eine richtige Rückkehr in die Normalität werden, eine Verschnaufpause von meinem anderen Leben in diesem völlig verrückten alternativen Universum, in dem ich die übrige Zeit verbringe. Mein Tag war weit von dem Durchbruch entfernt, den ich mir erhofft hatte. Vielleicht wird mir eine Nacht Schlaf helfen, wieder zu mir zu kommen.

Während ich meinen pinkfarbenen Pyjama anziehe, freue ich mich über die Tatsache, dass sich mein Schlafzimmer wieder viel schöner anfühlt. So angenehm warm und ohne die Sperrholzplatte vor dem Fenster, die den Raum wie eine heruntergekommene Studentenbude hatte aussehen lassen. Ich krieche unter die Decke, stelle den Wecker und mache die Nachttischlampe aus. Ich drehe mich auf die Seite und mache die Augen zu.

Es ist alles ruhig. Ich höre nur meinen Herzschlag und mein unregelmäßiges Ein- und Ausatmen. Ein. Aus. Ein. Aus. Hin und wieder zischt oder gluckert der Heizkörper. In der Ferne fährt ein Wagen vorbei. Ich versuche mich zum Einschlafen zu zwingen, doch mein Gehirn ist eine einzige klebrige Masse, so als wäre es aus Kaugummi. Zu viele Gedanken rasen hin und her, ohne dass sie ein Ziel vor Augen haben. Die Haushälterin, Carly, die Polizei ...

Doch eine Frage ist dabei, die sich an die Spitze aller anderen setzen will, und sie betrifft einzig und allein Dr. Fisher und das Rätsel, woher sie den Mann wiederzuerkennen glaubt. Kenne ich ihn? Oder *glaube* ich das nur, weil ich sein Gesicht so oft gesehen habe, dass es mir längst viel zu vertraut erscheint?

Ich werde wohl gar keinen Schlaf finden, wie? Ich schlage die Decke zur Seite und suche nach dem Lichtschalter. Die Nachttischlampe geht an, ich kneife wegen der plötzlichen Helligkeit die Augen zu, dann taste ich nach meinem Smartphone. Ich schüttele meine Kissen auf und tippe auf dem Display auf das Google-Symbol. Dann gebe ich *Dr. James Fisher* und *Cranborne* ein, gleich darauf erhalte ich eine lange Liste mit Suchresultaten. Alle Treffer stammen aus dieser Woche und betreffen das vorübergehende Verschwinden seines Sohnes. In fast jedem Artikel taucht auch mein Name auf, fast immer in einer vorverurteilenden Weise. Ich presse die Lippen zusammen und scrolle von einem Treffer zum nächsten, da ich weiß, es tut mir nicht gut, die grässlichen Formulierungen zu lesen: *Kinderdiebin ... Kidnapperin ... gestörte Persönlichkeit ... zwei tote Kinder.*

Für einen Moment sehe ich zur Seite. Diese überzogenen Geschichten sind nicht das, wonach ich suche. Mich interessiert Fishers Vergangenheit. Mich interessiert, wie er gelebt und gearbeitet hat.

Ich lösche den Begriff *Cranborne* und lasse erneut suchen, und auch jetzt muss ich mich erst mal durch die aktuellen Berichte über ihn kämpfen. Schließlich stoße ich auf einen Zeitungsartikel aus dem Jahr 2012. James Fisher ist dort einer von mehreren Ärzten, die in dem Text zitiert werden. Ist das überhaupt *mein* James Fisher? Da ist kein Foto zu finden. In dem Beitrag geht es um die steigenden Kosten für die Versicherung privat praktizierender Entbindungsärzte. Ich überfliege den Artikel, bis ich die Passage finde, in der Dr. James Fisher zu Wort kommt, der als einer der erfahrensten Entbindungsärzte des Landes gilt. Er sagt, dass die Erhöhung der Versicherungsprämien ihn dazu gezwungen hat, in den vergangenen drei Jahren sein Honorar auf siebentausend Pfund raufzusetzen, was fast eine Verdopplung darstellt.

»Steigt die Versicherung, dann steigen auch die Honorare«, erklärte Dr. Fisher, der in der Zeit um die hundertzwanzig Privatpatientinnen im Jahr betreute. »Das könnte über kurz oder lang zu einem Ende privater Geburten im Vereinigten Königreich führen. Bedauerlicherweise kann ich nichts an den Prämiensteigerungen ändern. Stattdessen werde ich eine neue Praxis weit weg von London eröffnen, um Kosten zu sparen und um die Einsparungen hoffentlich an meine Patientinnen weitergeben zu können.«

Ich lese den Artikel zu Ende, aber weder wird Fisher noch einmal erwähnt, noch gibt es einen Hinweis darauf, wo er gearbeitet hat. Also verbringe ich zehn Minuten weitere damit, die anderen Treffer zu sichten. Aber es findet sich kein Indiz, dass Harrys Vater und der Arzt aus dem angeklickten Artikel identisch sind. Ein weiterer Treffer führt zu einer Teamseite einer Geburtsklinik in Wimborne, Dorset, dazu gibt es ein Foto des Mannes, den ich in Cranborne gesehen hatte. Dort muss er wohl aktuell arbeiten. Sein Foto – ein typisches Porträt – befindet sich auf der Seite ganz oben, links von einer kurzen Biografie. *Seinen Abschluss machte er 1992, heute kann er auf über zehn Jahre als Gynäkologe zurückblicken. Er arbeitet als beratender Entbindungsarzt und Gynäkologe in Wimborne ...*

Damit weiß ich jetzt, dass der James Fisher in London und der in Wimborne beide Gynäkologen sind. Das kann kein Zufall sein, es muss sich doch um den gleichen Mann handeln, oder nicht? Ich überfliege die folgenden Ergebnisse, und gerade als mir die Augen vor Müdigkeit zufallen wollen, springt mich einer der Treffer förmlich an: der monatliche Newsletter eines Krankenhauses: *Nachdem er zuvor im Parkfield Hospital gearbeitet hat, verlässt der Facharzt James Fisher nun die Balmoral Clinic, um in Dorset eine eigene Praxis zu eröffnen.*

Das ist es. Das ist die Verbindung: die Balmoral Clinic. Mir läuft ein eisiger Schauer über den Rücken. Daran muss es liegen, dass mir der Mann so bekannt vorkommt. Mein Herzschlag ist mit einem Mal von Schmerzen erfüllt, als würde jemand eine Saite zupfen. James Fisher praktizierte in der Klinik, in der ich meine Kinder zur Welt brachte.

Nach dem Tod meiner Eltern war mir ein kleines Erbe geblieben, das zum größten Teil in die Anzahlung für unser Haus floss. Scott konnte mich dann dazu überreden, das restliche Geld für eine Privatklinik auszugeben, in der unsere Zwillinge das Licht der Welt erblicken sollten. Offenbar war sein Lieblingsfußballer auf die Idee gekommen, seine Frau in dieser Nobelklinik einzuquartieren, damit sie dort ihr Kind zur Welt brachte, und Scott fand, ich sollte genau das Gleiche machen. Zugegeben, die Hebammen waren wirklich sehr nett und die Klinik war eher ein Hotel, dennoch verstand ich nicht, wieso ich dort so viel Geld ausgeben sollte, wenn ich meine Kinder auch in einem ganz normalen Krankenhaus bekommen konnte, das mich nicht zur Kasse bitten würde.

Und obwohl die Klinik einen Fünf-Sterne-Service leistete, war dort niemand in der Lage, den Tod meiner Tochter zu verhindern.

Es war eine natürliche Geburt, Sam kam zuerst zur Welt, dann folgte Lily. Sam war ein gesunder Junge, aber Lily starb nur eine halbe Stunde nach ihrer Geburt. Es ging alles so schnell, dass ich sie nicht mal in meinen Armen hatte halten können, solange sie noch gelebt hatte. Dem Bericht zufolge war die Todesursache eine Nabelschnurkomplikation, die dazu führte, dass Lily keinen Sauerstoff bekam und der Kreislauf nicht in Gang kam. Offenbar kommt diese Komplikation oft vor, wenn man mit Zwillingen schwanger ist, aber wenige Babys sterben in der Folge.

Ich habe mich seitdem immer wieder gefragt, ob wir vom Klinikpersonal mehr Informationen hätten fordern sollen. Ob wir auf Autopsie oder einer Untersuchung hätten bestehen sollen. Aber zu der Zeit konnten wir gar keinen klaren Gedanken fassen. Auf der einen Seite waren wir froh darüber, dass mit Sam alles in Ordnung war, während wir durch Lilys Tod andererseits am Boden zerstört waren.

Ich erinnere mich noch genau daran, dass ich Sam in den Armen hielt, als man mir sagte, dass Lily nicht durchgekommen war. Ein Junge und ein Mädchen, sagte ich mir immer wieder in einer Art stummem Singsang. Ein Junge und ein Mädchen. Wir hatten das Geschlecht vorab nicht wissen wollen, weil wir uns überraschen lassen wollten. Sam hatte dunkles Haar, genau wie Scott, und Lily war so blond wie ich. Vor meinem geistigen Auge kann ich sie jetzt wieder sehen. Ich sehe Lilys makellosen kleinen Körper, die zehn rosigen Finger und die zehn rosigen Zehen, die winzigen Ohren und die fast durchscheinende Haut. Und ihre völlige, absolute Regungslosigkeit.

Ich zwinkere, um das Bild zu vertreiben, während sich mein Verstand zu überschlagen beginnt. Meine Synapsen zünden ein Feuerwerk, Lichter blitzen auf, ich zittere am ganzen Leib. Was hat diese neue Information zu bedeuten? Irgendetwas muss das doch bedeuten. Irgendetwas Großes ...?

Was ... was, wenn Fisher der Facharzt war, der meine Kinder zur Welt brachte? Der uns zugeteilte Facharzt – Dr. Friedland – konnte wegen einer Darmgrippe nicht bei der Geburt dabei sein. Ich kann mich nicht an den Namen des Arztes erinnern, der zu der Zeit Dienst hatte, als Sam und Lily zur Welt kamen. Er war nur kurz anwesend, dann hat er mich und Scott den Hebammen anvertraut. Könnte das Fisher gewesen sein?

Frustriert seufze ich auf. Warum kann ich mich nicht daran erinnern? Aber es gibt einen Weg, das herauszufinden.

Ich erinnere mich an Sams rotes Büchlein, an jene Entwicklungschronik, die alle großen Meilensteine seines gesamten körperlichen und geistigen Werdegangs auflistet. Dort müssten doch alle Namen des medizinischen Personals aufgelistet sein, das bei seiner Geburt zugegen gewesen war.

Ich springe aus dem Bett, ziehe meine alten, durchgewetzten Schlappen an und gehe nach unten. Das Telefon halte ich fest in der Hand, meine Gedanken überschlagen sich bei der Suche nach der Bedeutung meiner Entdeckung. Unten angekommen, gehe ich ins Esszimmer, das früher auch als mein Arbeitszimmer hergehalten hatte. Ich mache das Licht an, der ausladende Lüster erhellt den Raum. Er ist eine extravagante Anschaffung aus jener Zeit, als mir Dinge wie die Inneneinrichtung eines Hauses noch wichtig waren. Mir fällt auf, dass der Leuchter kaum mehr als ein trübes Licht verbreitet, und dann sehe ich, dass nur eine der fünf Glühbirnen funktioniert.

Ich gehe zu meinem Schreibtisch, einem verstaubten weißen Stück Holz, und hocke mich hin, um die unterste Schublade des kleinen Aktenschranks zu öffnen, der unter dem Schreibtisch steht. Sam hat seine eigene Akte, eine dünne Mappe mit allen Papieren, die sein Leben betreffen. Es ist eine Mappe, von der ich erwartet hatte, dass sie mit den Jahren dicker und dicker werden würde. Doch dazu ist es nicht gekommen. Lilys Mappe ist sogar noch viel dünner.

Mit den Fingern bewege ich mich über die Reiter der alphabetisch sortierten Akten, aber zu meinem Erstaunen ist Sams Akte nicht vorhanden. Vielleicht ist sie ins falsche Fach geraten. Meine Knie beginnen zu schmerzen, weil ich zu lange in der Hocke verharre. Also setze ich mich im

Schneidersitz auf den zugigen Holzboden und durchsuche erst die gesamte untere, dann die obere Schublade. Noch immer keine Spur von Sams Akte. Auch Lilys Akte ist nicht da.

Ich überprüfe noch einmal alles, werde aber auch jetzt nicht fündig. Ich sehe in den anderen Schubladen nach, durchforste die Bücherregale. Ich ziehe den Aktenschrank unter dem Schreibtisch hervor und finde dahinter einige Papiere, die Staub angesammelt haben. Aber nichts davon betrifft Sam. Nichts davon stammt aus seiner Akte, auch sein rotes Buch ist weg.

Vielleicht hat Scott die Akte woanders hingelegt. Mitgenommen hätte er sie bestimmt nicht. Die Akte gehört nicht zu den Dingen, an die er denken würde. Jeglicher Papierkram war noch nie seine Stärke gewesen. Ich rufe seine Nummer auf meinem Handy auf und tippe auf Wählen. Nach dem sechsten Klingeln geht seine Mailbox an. Ich rufe noch einmal an, wieder reagiert die Mailbox. Ich sehe auf die Uhrzeit. Es zwanzig Minuten vor Mitternacht. Spät, aber nicht zu spät am Tag. Okay, vielleicht doch etwas zu spät. Aber verdammt, das hier ist wichtig. Ich versuche es noch einmal.

»Ich hoffe, es ist wichtig, Tessa«, meldet er sich so benommen, als hätte ich ihn aus dem tiefsten Schlaf geholt.

»Tut mir leid, Scott. Ich weiß, es ist spät.«

Keine Antwort, nur das Gefühl seiner Verärgerung über meinen Anruf.

»Weißt du, wo Sams rotes Buch ist?«, frage ich.

»Sein was?«

»Du weißt schon, das rote Buch. Mit allen Unterlagen zu seiner Entwicklung.«

»Keine Ahnung. Hat das wirklich nicht bis morgen Zeit?«

»Es sollte mit all seinen anderen Sachen im Aktenschrank sein«, sage ich.

Es folgt nur Schweigen am anderen Ende der Leitung.

»Scott, bist du noch da?«

»Hör zu, Tessa. Reg dich nicht auf, aber ich habe Sams und Lilys Akten mitgenommen.«

»Du hast *was*?« Ich verändere meine Position auf dem Fußboden so, dass ich nun knie. »Warum hast sie mitgenommen? Ich habe genauso ein Recht auf sie.«

»Das weiß ich, aber ich war in Sorge um dich. Nachdem wir Sam verloren hatten, warst du von den Fotos und Unterlagen der beiden wie besessen. Du hast Stunden damit zugebracht, dir jedes Blatt und jedes Bild anzusehen, und dabei hast du unablässig Selbstgespräche geführt.«

»So schlimm war ich gar nicht. Außerdem hat es mich getröstet, wenn ich diese Unterlagen durchgelesen habe.«

»Erinnerst du dich nicht?«, fragt er. »Dein Therapeut musste mithelfen, dich von diesen Akten abzubringen.«

Ich verdränge die Erinnerung. Das waren düstere Zeiten, an die ich nicht zurückdenken möchte.

»Als du dann von den Unterlagen abgelassen hast, hielt ich es für das Beste, sie vor dir zu verstecken«, redet er weiter. »Ich wollte nicht, dass du rückfällig wirst. Es ist nicht gut für dich, wenn du dich wieder und wieder in diese Akten vertiefst. Du brauchst sie nicht, Tessa. Vergiss sie.«

»Wo hast du sie versteckt? Auf dem Speicher? Im Kleiderschrank?«

»Nein, ich habe sie mitgenommen, als ich ausgezogen bin.«

»Du hast sie mitgenommen?« Die Erkenntnis, dass die Unterlagen meiner Kinder nicht mehr hier im Haus sind, bringt meinen Puls zum Rasen. Auch wenn ich nicht mehr in den Akten lese, war ich immer davon ausgegangen, dass sie für den Fall griffbereit sind, dass ich einen Blick hineinwerfen will. So wie ein entwöhnter Raucher immer noch eine einzige Zigarette in der Schublade hat, um im Notfall danach greifen zu können.

Ich atme tief durch, um zur Ruhe zu kommen. Wenn ich Scott jetzt anbrülle, ist mir damit gar nicht gedient. Ich habe mich bereits so in diese Sache hineingesteigert, dass ich schon fast nicht mehr weiß, warum ich die Akten überhaupt haben will. »Ich komme gleich rüber.«

»Dafür ist es jetzt zu spät. Wir haben fast Mitternacht. Außerdem gebe ich sie dir nicht, weil du sie nicht brauchst.«

»Ich brauche sie *sehr wohl*.«

»Ich mache jetzt Schluss und lege mich wieder schlafen. Das solltest du auch tun.«

»Leg nicht auf, Scott. Hör mir nur zu. Wenn du mir die Akten nicht geben willst, dann tu mir einen Gefallen. Sieh in Sams rotem Buch nach, ob da der Name des Arztes vermerkt ist, der bei der Geburt mit dabei war.«

»Was? Wofür soll das gut sein? Warum musst du das jetzt wissen? Hast du getrunken, Tessa? Du hörst dich ein bisschen besessen an.«

»Such nur für mich nach dem Namen des Arztes. Bitte.«

»Tessa, du musst damit aufhören. Ich werde jetzt auflegen, und du solltest besser einen Termin bei deinem Therapeuten machen.«

»Scott! Wag es ja nicht, jetzt aufzulegen!«

»Weißt du was? Ich schlage dir einen Deal vor: Ich gebe dir die Akten, nachdem du beim Therapeuten gewesen bist.«

»Nein, ich brauche keinen Therapeuten.« Ich überlege, ob ich ihm etwas von meiner Entdeckung sagen soll, dass Dr. Fisher in der Klinik praktiziert hat, in der unsere Zwillinge zur Welt gekommen waren. Scott würde glauben, dass ich unter Wahnvorstellungen leide, dass ich mir Verschwörungstheorien zurechtlege. All das würde nur Scotts Forderung untermauern, dass ich zum Therapeuten muss. Außerdem muss ich die Möglichkeit bedenken, dass er sich anschließend an die Polizei wendet und dass er es Ellie erzählt. Wenn die Polizei den Eindruck bekommt, dass ich auf eigene Faust Fishers Vergangenheit durchleuchte, darf ich wieder auf der Wache erscheinen. Ich brauche handfestere Beweise, ehe ich ein Wort darüber verlieren kann.

»Das ist meine Bedingung«, sagt er gedehnt. »Geh drauf ein oder lass es bleiben. Ob du es mir glaubst oder nicht, Tessa, aber du bist mir immer noch wichtig, und ich möchte, dass du glücklich bist.«

»Gut«, gebe ich knapp zurück. »Ich gehe zum Therapeuten und danach bekomme ich die Akten von dir zurück.«

»Okay.«

»Versprochen?«

»Versprochen.«

Ich tippe energisch auf das Display. Sieht ganz so aus, als würde mir keine andere Wahl bleiben als auf seine Bedingung einzugehen. Aber kann ich darauf vertrauen, dass er sein Versprechen hält? Seit er mit Ellie zusammen ist, kommt er mir wie ein völlig anderer Mensch vor. Es ist so, als hätte sie ihn komplett umgekrempelt.

23

Der Wecker reißt mich am Samstagmorgen aus dem Schlaf, und wieder werde ich von der Entdeckung am Abend zuvor so getroffen, als würde mir jemand ins Gesicht schlagen. Was könnte das alles bedeuten? Mir gehen so viele Gedanken gleichzeitig durch den Kopf. Aber ich darf nicht zulassen, dass meine Fantasie mit mir durchgeht, solange ich nicht sicher weiß, ob Fisher tatsächlich bei der Geburt meiner Zwillinge anwesend war. Dieser verdammte Scott! Wie kann er es wagen, die Akten der Zwillinge an sich zu nehmen und mich zum Besuch bei einem Therapeuten zu zwingen? Wie kann er es wagen, mich so zu erpressen?

Ich werfe die Bettdecke zur Seite und verlasse mein Bett, dann gehe ich wie ferngesteuert als Erstes zum Fenster und werfe zwischen den Vorhängen hindurch einen Blick nach draußen. Ich will wissen, was heute Morgen bei den Journalisten los ist. Es ist noch dunkel, die Straßenlaternen sorgen für etwas Licht. Sehen kann ich auf Anhieb niemanden. Womöglich haben sie sich in ihre Autos zurückgezogen, um ein paar Minuten zu schlafen, ehe sie sich wieder daran begeben, mir das Leben zur Hölle zu machen.

Während ich dusche und mich anziehe, fasse ich den Entschluss, mir von Scott keine Vorschriften machen zu lassen. Ich glaube nicht, dass sein Beharren auf einem Therapeuten in irgendeiner Weise mit meinem Befinden zu tun hat. Wäre er tatsächlich so besorgt, wie er behauptet, hätte er augenblicklich angerufen und sich nach mir erkundigt, als mein

Name in riesigen Lettern in den Überschriften der Zeitungen aufgetaucht ist. Und er wäre zu mir gekommen, um mir beizustehen, nachdem ich ihm von dem Ziegelstein erzählt hatte, der durchs Schlafzimmerfenster geflogen war. Nein, Scott ist nur darum besorgt, mich von sich und seiner perfekten kleinen Familie fernzuhalten. Ich ziehe die Jeans an, dann gehe ich zur Kommode, um aus einer Schublade ein Paar Socken herauszuholen. Es ist mein letztes sauberes Paar. Heute Abend muss ich mich unbedingt um die Wäsche kümmern.

Ich glaube, Scott schickt mich nur deshalb zu einem Therapeuten, um mich in die Obhut eines anderen Menschen abzuschieben. Er versucht mich loszuwerden. Ich setze mich auf die Bettkante und ziehe die Socken an. Eigentlich kann ich ihm daraus keinen Vorwurf machen, dennoch tut es weh, so abgelegt zu werden wie eine alte Handtasche, an der ein Griff kaputtgegangen ist. *Hör auf, Tessa. Werd ja nicht rührselig.* Ich weiß, was ich tun werde. Ich werde das Krankenhaus anrufen. Da wird man Unterlagen haben, aus denen hervorgeht, welcher Arzt welches Baby zur Welt gebracht hat. Ganz bestimmt.

Da ich meinen Mietwagen für eine Woche gebucht habe, beschließe ich, mit ihm zur Arbeit zu fahren, damit ich mir die Presseleute vom Hals halten kann. Vierzig Minuten später öffne ich die Haustür, während ich mich innerlich auf den immer gleichen Kampf mit der Meute einstelle. Doch da draußen ist niemand. Und es ist totenstill. Hinter den Häusern auf der gegenüberliegenden Straßenseite ist das erste Licht des neuen Tages zu sehen. Kann das wirklich wahr sein? Ich verlasse mein Grundstück und schaue nach links und rechts, aber da ist niemand. Die Reporter sind endlich weg. Ich atme aus und empfinde einen Moment lang nichts anderes als Leichtigkeit.

Dann muss ich heute den Mietwagen nicht nehmen. Ich gehe zu Fuß, begleitet von einem nervösen Gefühl von Freiheit. Dabei muss ich mich dazu zwingen, nicht jedes Mal gebannt den Atem anzuhalten, nur weil jemand zu zielstrebig auf mich zukommt oder zu dicht an mir vorbeigeht oder weil ein Wagen zu nah an die Bordsteinkante herankommt. Oder weil ich Gelächter höre oder jemand lauter als im Flüsterton redet. Ich lasse meine Schultern vor und zurück kreisen, dabei rede ich auf mich ein, damit ich ruhiger werde und das Ganze auch genießen kann. Sie sind weg. Sie sind einfach alle weg. Ich glaube, insgeheim hatte ich mich schon damit abgefunden, dass sie nie wieder weggehen würden. Aber da es keine neuen Erkenntnisse und keine neuen Blickwinkel gibt, haben sie das Interesse verloren. Jetzt wird meine Geschichte nur noch das Papier sein, in das die nächste Portion Fish'n'Chips eingewickelt wird.

Ich bin fünfzehn Minuten zu früh, als ich am Gartencenter ankomme. Auch dort halten sich keine Reporter auf. Trotz der vielen Dinge, die mir zu schaffen machen, hüpfe ich fast ausgelassen durch das Tor aufs Gelände. Ich frage mich, ob sie Cranborne ganz verlassen haben.

»Guten Morgen, Tessa.« Ben überquert den vorderen Hof und kommt genau auf mich zu.

Es ist, als wäre es ein paar Wochen her, seit ich ihn das letzte Mal gesehen habe. Mein Zeitgefühl spinnt mal wieder.

»Hat sich der freie Tag gelohnt?«, will er wissen und lächelt wieder so intensiv wie zuvor, dass sich Lachfältchen an seinen Augen bilden.

Ich erwidere das Lächeln, froh darüber, dass er sich darüber zu freuen scheint, mich wiederzusehen. Und ich hatte mir schon eingeredet, er könnte wütend auf mich sein, weil meine privaten Angelegenheiten dem Moretti's so viel Ärger eingebrockt haben.

»Es war ein ... ungewöhnlicher Tag«, erwidere ich. »Aber zumindest sind die Reporter abgezogen.«

»Klingt nach einer Sache, über die beim Abendessen und einem Drink gesprochen werden sollte«, gibt er zurück. »Hast du nach der Arbeit noch Lust? Ich lade dich natürlich ein. Als kleine Feier aus Anlass des Abzugs der Reporter sozusagen.«

Ich halte inne. Ben stellt eine sehr angenehme Gesellschaft dar, aber ich muss in der Mittagspause die Säuglingsstation der Klinik anrufen, um herauszufinden, ob sie dort irgendwelche Informationen über Fisher haben. Abhängig davon, was ich zu hören bekomme, muss ich den Abend zur freien Verfügung haben.

Ben muss mein Zögern bemerkt haben. »Kein Problem, wenn du schon was vorhast«, fügt er an. »Wir können das auch an jedem anderen Tag nachholen.«

»Würde dir das nichts ausmachen? Ich muss mich um ein paar furchtbar wichtige Dinge kümmern.«

»Natürlich nicht, kein Problem. Es könnte sein, dass du am Nachmittag im Shop mithelfen musst«, sagt er und wechselt in den Boss-Tonfall. »Jetzt, wo die Sonne rauskommt, habe ich so ein Gefühl, dass es heute voll werden dürfte.«

»Ist doch selbstverständlich«, erwidere ich.

»Und nachdem die Pressetypen abgezogen sind«, legt er nach, »sollte es für dich auch keine Probleme mit den Kunden mehr geben.«

»Wollen wir's hoffen«, sage ich.

Der Morgen geht schnell vorbei. Die meiste Zeit geht dafür drauf, den Kunden zu helfen und gekaufte Weihnachtsbäume in Netze zu verpacken. Ben hat Recht behalten, es ist ein geschäftiger Tag geworden. Normalerweise halte ich mich lieber im Hintergrund auf, wo ich mehr mit den Pflanzen als mit den Menschen zu tun habe. Doch heute stört es mich gar nicht, von allen möglichen Kunden angesprochen zu werden, denn dadurch werde ich beharrlich von den Dingen abgelenkt, um die meine Gedanken unaufhörlich kreisen wollen.

Um ein Uhr hole ich mir im Café ein Käsebrötchen und ziehe mich an meinen Lieblingsort im am weitesten entfernten Gewächshaus zurück. Dort ist es am unwahrscheinlichsten, dass ich von irgendjemandem entdeckt und gestört werde. Samstags mache ich immer nur eine halbe Stunde Mittagspause, daher sollte ich mich besser sputen. Ich rufe die Balmoral Clinic an, die Nummer ist seit damals auf meinem Handy gespeichert. Eine Frauenstimme meldet sich fast noch beim ersten Klingeln.

»Hallo«, sage ich. »Ich habe eine Frage, und ich hoffe, Sie können sie mir beantworten.«

»Ich werde mein Bestes geben«, versichert mir die Frau.

»Danke. Vor ein paar Jahren habe ich in Ihrer Klinik Zwillinge zur Welt gebracht. Ich würde gern wissen, ob Sie mir den Namen des Arztes nennen können, der sich an dem Tag um mich gekümmert hat.«

»Vor ein paar Jahren, sagen Sie?«, wiederholt die Frau.

»Ja, genau.«

»Nun ja, ich nehme an, dass wir diese Information in unserer Datenbank erfasst haben.«

»Oh, das hört sich ja gut an«, sage ich erfreut. »Das Datum ist der dritte März ...«

»Aber wir können solche Informationen nicht telefonisch herausgeben«, unterbricht sie mich. »Sie müssen die Anfrage schriftlich einreichen.«

Es ist zum Verzweifeln. Das dauert alles viel zu lange! »Kann ich das auch per E-Mail machen?«

»Nein, wir benötigen Ihre Unterschrift, darum per Brief.«

Darüber werden ja Tage vergehen! So lange kann ich einfach nicht warten. »Ich brauche diese Information unbedingt noch heute«, beharre ich so nett, wie es nur geht, und hoffe, dass sie Mitleid mit mir bekommt.

»Selbst wenn wir Ihr Anliegen bearbeiten könnten, ist übers Wochenende aus der Verwaltung niemand im Haus«, erklärt sie. »Wenn Sie in der Nähe wohnen, können Sie natürlich gern jederzeit persönlich vorbeikommen. Sie müssen sich allerdings mit zwei verschiedenen Dokumenten ausweisen können, also mit etwas, auf dem Ihr Name und Ihre Adresse stehen. Zum Beispiel die Stromrechnung, zusätzlich zum Ausweis.«

»Das ist großartig. Geht das noch heute?«

»Nein. Wie ich bereits sagte, ist von der Verwaltung übers Wochenende niemand im Haus. Kommen Sie am Montag zwischen neun und halb sechs vorbei.«

»Okay«, erwidere ich entmutigt. »Danke.«

»Gern geschehen.«

Es ist so frustrierend. Jetzt muss ich zwei volle Tage warten, um das herauszufinden, was ich wissen muss. Wie soll ich das aushalten?

Den Rest des Tages pendele ich immer wieder zwischen Shop und Gewächshaus, sodass mir nicht mal zwei Sekunden Zeit für eine Verschnaufpause bleibt. Damit bleibt mir aber auch keine Zeit, um über James Fisher nachzudenken. Als es schließlich sechs Uhr wird, sind Carolyn, Janet, Ben und ich auf eine fast berauschende Weise völlig erledigt.

»Gut gemacht, Leute«, sagt Ben, der die Kasse im Café abrechnet. »Danke für euren unermüdlichen Einsatz.«

»Gern geschehen«, sagt Janet auf dem Weg zur Tür. »Wir sehen uns morgen.«

»Bis morgen«, entgegnen wir im Chor.

»Ich muss auch los«, ergänzt Carolyn, winkt uns zu und durchquert das Café in Richtung Ausgang.

»Ach, Carolyn«, rufe ich ihr zu, bevor sie nach draußen entschwinden kann. »Kann ich dich um einen kleinen Gefallen bitten?«

»Soll ich dich wieder mitnehmen?«, fragt sie. »Du weißt aber, dass die Reporter das Weite gesucht haben, oder?«

»Ja, Gott sei Dank. Und danke für das Angebot, aber darum geht es nicht. Ich wollte nur wissen, ob ich mit dir einen halben Tag tauschen kann. Ich habe nächste Woche einen Termin, und es wäre gut, wenn ich am Sonntag herkommen könnte, wenn du den Montagvormittag von mir übernimmst.«

»Du willst morgen Vormittag arbeiten?«, gibt sie zurück.

»Wenn du nichts dagegen hast.«

»*Dagegen* habe ich überhaupt nichts. Meine Füße bringen mich jetzt schon um. Ich habe nichts dagegen einzuwenden, wenn ich die Beine morgen den ganzen Tag hochlegen darf. Von mir aus können wir das so machen, wenn der Boss nichts einzuwenden hat«, sagt sie und wird zum

Schluss hin etwas lauter, damit Ben auf sie aufmerksam wird.

»Wenn der Boss wogegen nichts einzuwenden hat?«, erwidert er, während er Münzen in die Stoffbeutel der Bank kippt.

»Dass ich mit Tess tausche. Sie kommt morgen früh rein, ich bin dafür am Montag hier.«

»Mir ist das gleich, solange irgendeine von euch hier ist«, sagt er.

Auf dem Heimweg schicke ich Carly eine Nachricht. Wenn sie Montag zu Fisher fahren will, muss sie auf dem Laufenden sein, was ich herausgefunden habe.

Hoffe, du hast ein gutes Wochenende. Habe wichtige Neuigkeiten über Fisher.

???

Habe herausgefunden, dass er in der Klinik gearbeitet hat, in der ich meine Kinder zur Welt gebracht habe.

Ist nicht wahr.

Ich weiß. Völlig verrückt.

Welche Klinik? Hat er dich betreut?

Balmoral. Weiß nicht, ob er in der Nacht Dienst hatte oder nicht. Gehe Montag in die Klinik, um es herauszufinden.

Cool. Mach du die Klinik. Ich fahre nach Cranborne. Gib Bescheid, wenn du sonst noch was erfährst. Irgendwas stimmt da nicht.

Ich stecke das Handy ein und nicke nachdenklich. Ja, irgendwas stimmt da nicht. Irgendwas, das mir Magenschmerzen bereitet. Und die werden mich vermutlich begleiten, bis ich der Sache auf den Grund gegangen bin.

24

Auf dem Heimweg gehe ich noch zum Supermarkt, um ein paar Dinge zu holen. Mein ganzer Körper steht unter Hochspannung. Ich sollte joggen, um was dagegen zu tun, aber ich weiß auch, dass ich das nicht machen werde. Vielmehr werde ich wahrscheinlich nach Hause gehen und stattdessen ein Buch lesen. Ich werde versuchen, mich bis Montag so gut wie möglich abzulenken, bis ich die Klinik aufsuchen kann, wo ich hoffentlich Antworten erhalten werde. Ich werde morgen Carolyns Schicht übernehmen und am Nachmittag zum Friedhof gehen.

Daheim angekommen, packe ich meine Einkäufe auf den Küchentisch und sehe mich in der Küche um. Werde ich tatsächlich schon wieder einen langen, deprimierenden Abend allein zu Hause verbringen, wenn ich von meinem absolut netten Boss eingeladen worden bin?

Ich packe alles in den Kühlschrank und hole das Handy aus meiner Handtasche.

Ben meldet sich nach dem zweiten Klingeln.

»Tess?«

»Hi, Ben.« Mein ganzer Mund ist wie ausgedörrt. Ich muss schlucken. »Ich wollte nur hören, ob diese Einladung zum Abendessen noch steht.«

»Ja, natürlich steht die noch.«

»Großartig. Sollen wir uns im Oak treffen?«

»Da ist am Samstagabend regelmäßig der Teufel los. Wie wäre es, wenn ich für uns koche?«

»Du kannst kochen?«

»Natürlich kann ich kochen. Ich bin Italiener, schon vergessen? Zwei Dinge nehmen wir in Italien sehr ernst: das Kochen und den Fußball. Aber ich bin kein großer Fußballfan.« Ich höre das Lächeln aus seiner Stimme heraus und muss ebenfalls lächeln, auch wenn er das nicht sehen kann.

»Gib mir eine Stunde«, redet er weiter. »Geh nicht durch das Tor, sondern komm ums Haus herum und klingele da.«

»Alles klar«, erwidere ich. »Soll ich noch irgendwas mitbringen?«

»Nur dich.«

Ich dusche und ziehe mich um, wobei ich beschließe, es auf keinen Fall zu übertreiben. Also entscheide ich mich für eine Jeans, einen hellblauen Wollpullover und marineblaue Halbstiefel aus Wildleder und mit spitzem Absatz. Die Stiefel sind mein einziges Zugeständnis an die Tatsache, dass es Samstagabend ist. *Ist das ein Date?*, frage ich mich.

Auf keinen Fall werde ich den Weg auf solchen Absätzen zurücklegen, also werde ich den Mietwagen benutzen. Im Flur überprüfe ich mein Erscheinungsbild im Spiegel. Meine Haare sind noch ein wenig feucht, aber das geht schon. Mein Gesicht könnte allerdings ein wenig Hilfe gebrauchen. Ich durchwühle meine Handtasche und stoße ganz unten auf einen Lippenstift. Blassrosa? Ja, das ist okay. Ich trage ihn auf, presse die Lippen zusammen. Okay, jetzt dürfte ich eigentlich fertig sein. Nein, ich *bin* fertig. Noch ein letzter Blick in den Spiegel, dann verlasse ich das Haus und gehe auf dem wunderbar menschenleeren Fußweg zum Wagen.

Die Fahrt bis zum Moretti's dauert nur fünf Minuten, die ich dafür nutze, um mir Klarheit darüber zu verschaffen, was ich eigentlich für Ben empfinde. Er ist ein toller Arbeitgeber. Er ist ein netter Kerl. Er sieht gut aus, vielleicht sogar sehr gut. Ja, auf jeden Fall sehr gut. Wenn ich zum Abendessen zu ihm nach Hause gehe, dann muss es ein Date sein, oder nicht? Mir wird bewusst, dass ich nervös bin. Die Schmetterlinge-im-Bauch-Variante. Dabei ist das lächerlich, denn es geht doch bloß um Ben. Aber vielleicht kommt es daher, dass ich ihn bislang immer nur als meinen Boss und als guten Freund wahrgenommen habe. Ich kenne ihn erst, seit ich bei Moretti's angefangen habe zu arbeiten, aber wir haben uns auf Anhieb verstanden. Der gleiche Sinn für Humor dürfte wohl der Hauptgrund dafür sein. Es ist alles rein platonisch, und so muss es auch bleiben. Ich kann es mir nicht leisten, meinen Job zu verlieren. Und für eine Beziehung fehlt mir die geistige Kraft. Dafür läuft in meinem Leben im Moment zu viel verkehrt.

Auf einmal überkommen mich Zweifel. Mit dem Handrücken wische ich den Lippenstift wieder ab. Ich will ja keine falschen Signale aussenden. Jetzt tut es mir auch schon leid, dass ich Stiefel mit hohen Absätzen angezogen habe. Ach, um Himmels willen, Tess. Jetzt reiß dich endlich zusammen. Ich hätte ja wohl kaum in meiner Arbeitskleidung losfahren können.

Ben begrüßt mich und nimmt mir den Mantel ab. »Du siehst bezaubernd aus«, sagt er.

Ich murmele ein Danke vor mich hin. In seiner dunklen Jeans und dem flaschengrünen Pullover sieht er unglaublich gut aus. Seine dunklen Haare fallen ihm auf der einen Seite ins Gesicht und verdecken ein Auge zum Teil. Selbst mit meinen hohen Absätzen reiche ich ihm so gerade eben bis zur Schulter. Als er sich vorbeugt, um mir einen Kuss auf die Wange zu geben, merke ich, wie gut er riecht. Zitronig und männlich. Himmel, ich muss mich zusammenreißen.

»Tut mir leid«, sage ich. »Aber ich hätte wenigstens einen Wein mitbringen sollen. Ich komme mir schrecklich vor, dass ich hier mit leeren Händen aufkreuze.«

»Du hast es angeboten, ich habe Nein gesagt«, widerspricht er mir lächelnd.

»Ja, ich weiß. Trotzdem komme ich mir so unhöflich vor, dass ich nichts für dich habe. Ich stehe mit leeren Händen da.« Ich folge ihm in die Küche, wo er mir ein Glas Rotwein gibt.

»So, das hätten wir«, meint er. »Jetzt stehst du nicht mehr mit leeren Händen da.«

»Danke, aber ich muss noch fahren.«

»Kein Problem, ich bestelle dir dann ein Taxi.«

Ich halte inne und trinke einen Schluck. »Der schmeckt ja köstlich.«

Grinsend schenkt er sich auch ein Glas ein und stößt mit mir an. »*Saluti.*«

»*Saluti*«, wiederhole ich und komme mir dabei wie eine Hochstaplerin vor. Mein Italienisch beschränkt sich auf *Ciao* und *Spaghetti*.

»Setz dich hin und erzähl mir irgendwas«, sagt er und deutet auf einen Stuhl am rustikalen Küchentisch. »Ich muss mich um die Sauce kümmern.«

»Das duftet köstlich«, sage ich und nehme Platz, während mir das Wasser im Mund zusammenläuft. Ich trinke noch einen Schluck Wein. »Was kochst du Leckeres?«

»Ravioli capresi«, sagt er und stellt sich an den Herd, dann legt er ein Küchentuch über seine Schulter. »Nach einem Rezept meiner Mutter. In fünf Minuten dürfte alles fertig sein.«

Eine Milchkanne steht mitten auf dem Tisch, darin ein Strauß Winternarzissen. Ich versuche mir Scott vorzustellen, wie er für mich kocht und Blumen in eine Vase stellt. Bei ihm hätte es bestenfalls für eine Pizza vom Italiener um die Ecke und für einen verwelkten Strauß Nelken von der Tankstelle gereicht. Aber ich weiß auch, dass ich unfair bin, denn Scott besitzt weder ein Gartencenter, noch hat er italienische Eltern. Aber vielleicht sind solche abfälligen Gedanken meine eigene Art, um zu verarbeiten, dass er mich verlassen hat.

»Kann ich dir irgendwie behilflich sein?«, frage ich.

»Nein, ich habe alles unter Kontrolle. Ich kann nicht zulassen, dass sich jemand in meine genau choreographierte Arbeit einmischt.« Ben kneift die Augen ein wenig zusammen, dann grinst er, und wir unterhalten uns über Alltägliches wie Arbeit und Wetter. Schließlich bringt er zwei Terrakottaschälchen mit Ravioli an den Tisch, die mit Basilikum und Parmesan garniert sind. Ein Schälchen stellt er mir hin, dann nimmt er so Platz, dass er im rechten Winkel zu mir sitzt. Seltsamerweise erscheint mir das intimer, als wenn er mir gegenübersitzen würde. Sein Arm ist gerade mal eine Handbreit von meinem entfernt.

»Ich sterbe vor Hunger«, sage ich.

»Gut. Oh, warte. Ich habe den Salat vergessen.« Er geht zum Kühlschrank und kommt mit einer Schüssel grüner und roter Blätter zurück.

»Aus dem Garten?«, frage ich.

»Woher sonst? Nimm dir Dressing, wie es dir am liebsten ist.«

»O mein Gott, das ist ja so, als würde man Sonnenschein essen«, sage ich mit vollem Mund, während ich hauchzarte Nudeln mit Tomatensauce esse.

»Freut mich, dass es dir schmeckt.«

Eine Zeit lang sitzen wir da und essen schweigend weiter. Ein wenig seltsam ist das schon, aber es ist noch vertretbar. Ich versuche, alle anderen Gedanken aus meinem Kopf zu verbannen, doch das ist gar nicht so leicht, weil ich momentan mit viel zu vielen Dingen beschäftigt bin, die alle nach meiner Aufmerksamkeit schreien.

»Samstagabend und du machst nicht irgendwo Party?«, frage ich schließlich.

»Nein. Ich bin ja nicht mehr zweiundzwanzig.«

»Aber auch noch keine zweiundneunzig.«

»Ich komme schon unter die Leute«, protestiert er mit Nachdruck.

Mit großen Augen sehe ich ihn an, dann müssen wir beide lachen.

»Okay, *manchmal* gehe ich wirklich aus«, lenkt er ein und legt gleich darauf nach: »Jedenfalls *hin und wieder*. Ja, schon gut. Ich komme alle Jubeljahre mal raus, wenn ich mich mit den Jungs im Pub treffe. Du weißt schon, zu den richtig aufregenden Anlässen. Aber um ehrlich zu sein, ich habe auch was von einem Workaholic. In diesem abgelaufenen Jahr ist mir Moretti's schon sehr ans Herz gewachsen.«

Ich nicke bedächtig. »Ich kann schon verstehen, warum

du deine Zeit am liebsten hier verbringst. Das Moretti's ist wirklich erstaunlich.«

»Freut mich, dass du es so siehst.«

Ich hoffe, er spricht mich nicht wieder auf die Beförderung an. Ich fühle mich noch nicht so richtig bereit, ihm eine Antwort darauf zu geben.

»Mir gefällt, dass du hier arbeitest«, sagt er und sieht mir in die Augen.

Einen Moment lang halte ich seinem Blick stand, dann muss ich woanders hinschauen. Es macht mich nervös, nicht zu wissen, wohin das hier führen soll. Die Schmetterlinge in meinem Bauch werden unruhig. Ich trinke einen Schluck Wein und spieße eine Ravioli auf.

»Wie kommt es eigentlich, dass du nicht verheiratet bist?«, rutscht es mir raus, und sofort ist es mir peinlich, dass ich ihm eine so persönliche Frage stelle. »Tut mir leid«, stammele ich. »Wenn du nicht darauf antworten willst, dann sag mir einfach, dass ich mich um meinen eigenen Kram kümmern soll.«

»Oh, das stört mich gar nicht«, sagte er achselzuckend. »Es ist eine sterbenslangweilige Geschichte über einen jungen Italiener und seine Frau. Er dachte, er würde mit ihr bis an sein Lebensende glücklich sein. Sie trieb es mit seinem besten Kumpel.«

»Nein!«, rufe ich empört aus. »Das ist ja unmöglich. Was für ein Miststück.«

Lächelnd nickt er. »O ja.«

»Wann hat sich das abgespielt, wenn ich das fragen darf?«

»Vor ein paar Jahren. Ich hätte sofort merken müssen, dass zwischen uns was nicht stimmt. Ich hatte ihr dreimal einen Heiratsantrag gemacht, und jedes Mal wollte sie noch warten.« Sein Tonfall klingt unbeschwert, aber seinen Augen kann ich den Schmerz ansehen, den das Ganze ihm bereitet.

Ich lege eine Hand auf seinen Arm. »Es tut mir wirklich leid.«

»Ist schon in Ordnung. Das ist alles lange her. Außerdem habe ich dich nicht zum Abendessen eingeladen, um dann über meine Exfreundin herzuziehen.«

»Das macht mir nichts. Immer noch besser, als über mein beschissenes Leben zu reden.«

Einen Moment lang sehen wir uns schweigend an, dann fangen wir beide an schallend zu lachen.

»Himmel, wir zwei sind ja richtige Lachsäcke«, sage ich.

»Tja, daran merkst du, dass ich nicht oft Gäste im Haus habe«, kontert er, verdreht die Augen und füllt unsere Gläser wieder auf. »Ich muss an meinen Umgangsformen arbeiten.«

Mir wird auf einmal bewusst, wie viel Spaß es mir macht, hier zu sein. Es ist eine neuartige Erfahrung. »Ich glaube, mit deinen Umgangsformen ist alles in Ordnung«, erwidere ich.

Unsere Blicke begegnen sich, er atmet einmal tief durch. »Nur für den Fall, dass es dir bislang noch nicht aufgefallen sein sollte: Ich mag dich, Tess.«

Sofort werde ich ernst und mustere seine Gesichtszüge, um herauszufinden, ob er nur ein Spiel mit mir treibt. Um herauszufinden, ob er das meint, was ich glaube, dass er es meint.

»Ich mag dich sogar sehr«, raunt er mir zu. Dann beugt er sich vor und küsst mich ohne Vorwarnung auf den Mund.

Seine Lippen fühlen sich unglaublich weich an. Sein frisches, warmes Aroma hüllt mich ein.

Ehe ich weiß, wie mir geschieht, sind wir beide aufgestanden, meine Finger haben sich in seinen Haaren vergraben. Seine Hände bewegen sich unter meinen Pullover, seine Berührungen sind elektrisierend. Wir küssen uns so heftig, dass ich innerlich in Flammen aufgehe.

Meine vorangegangenen Zweifel kümmern mich nicht mehr, und mir ist auch egal, was nach heute Nacht sein wird. Ich weiß nur, dass ich ihn jetzt brauche.

»Lass uns nach oben gehen«, bringe ich keuchend heraus.

»Ganz sicher?« Für einen Moment löst er sich von mir und mustert mich eindringlich mit seinen dunklen Augen.

»Ja.«

Fluchtartig verlassen wir die Küche, und ich nehme meine Umgebung so gut wie gar nicht wahr, als Ben mich gegen die Wand drückt. Ich will nur seine Hände, seine Zunge spüren, seinen ganzen Körper, wie er ihn eng an meinen schmiegt. Er unterbricht, und ich ziehe ihn sofort zu mir heran, doch er widersteht mir, nimmt stattdessen meine Hand und dirigiert mich zu der schmalen Treppe, die nach oben zu seinem Schlafzimmer führt. In einem Wirbel aus stürmischen Küssen entledigen wir uns unserer Kleidung, dann lassen wir uns auf sein Bett fallen.

Ich nehme nichts anderes wahr, nur mich selbst. Ich bin begierig, wütend, fordernd. Haut, Salz, Sex – er gibt mir alles, was ich brauche, um den Rest der Welt komplett auszublenden. Ich will nicht, dass das hier ein Ende nimmt. Weder jetzt noch irgendwann ...

25

Ich wache mitten in tiefster Dunkelheit auf. Mir ist heiß, ich empfinde Panik. Wo bin ich? Dann fällt es mir ein: Ich und Ben! Wir ... o Gott! Ich liege in seinem Bett, er hat seinen Arm um mich geschlungen. Ich habe mit meinem Boss geschlafen! O Gott, das hört sich ja so schäbig an. Aber es war mehr als nur das, nicht wahr? Wir beide haben einen gemeinsamen Augenblick erlebt. Trotzdem ist er immer noch mein Boss. Shit. Habe ich jetzt meinen Job aufs Spiel gesetzt? Ich atme tief ein und versuche einen klaren Kopf zu bekommen. Ich blinzele auf meine Armbanduhr, um die Zeit zu erkennen. Halb drei am Morgen. Ich werde ihm sagen, dass das ein Fehler war ... nein, das ist zu schroff. Ich werde ihm sagen, dass es zwar eine wunderbare Nacht war, aber vermutlich keine so gute Idee. Ich werde das locker rüberbringen, einen Witz darüber machen, wie wir uns beide haben mitreißen lassen. Danach können wir hoffentlich wieder Freunde sein.

Ich drehe mich zu ihm, meine Augen gewöhnen sich erst mal an die Dunkelheit. Dann kann ich sein Gesicht im Profil ausmachen: den markanten Kiefer mit einem Hauch von Bartstoppeln, die vollen Lippen, die gerade Nase, die dunklen Augen, diese eine Strähne, die ihm so weit ins Gesicht rutscht, dass sie sein Auge teilweise verdeckt. Unter anderen Umständen hätte aus uns beiden etwas werden können, davon bin ich fest überzeugt. Aber in diesem Leben sind die Dinge viel zu kompliziert. Ich kann Ben nicht in mein

Drama und meine Trauer hineinzuziehen, denn dann würde er mich sofort verlassen. Er würde die Beine in die Hand nehmen und weglaufen, so weit er nur kann. Mir würde er damit das Herz brechen, und ich könnte nicht länger bei Moretti's arbeiten. Dann würde ich mir irgendeinen miesen Job in einer Filiale einer seelenlosen Gartencenter-Kette suchen müssen. Nein, so ist es schon besser.

Dann rührt er sich, und ich kneife rasch die Augen zu und drehe mich zur Seite.

»Tess? Bist du wach?«

Ich strecke mich und mache die Augen erneut auf. Er dreht sich zu mir um und stützt sich auf einen Ellbogen, dann beugt er sich vor und küsst mich auf den Mund. Sofort erwacht wieder das Feuer in mir. Aber ich darf mich nicht auf ihn einlassen, halte ich mir vor Augen und ziehe mich zurück, um den Kuss zu unterbrechen.

»Ich sollte mich besser auf den Heimweg machen«, stammele ich. Meine Stimme klingt viel zu hoch. »Wie spät ist es?«

»Wen kümmert, wie spät es ist?« Seine Hand wandert unter der Decke zu mir und bleibt auf meiner Hüfte liegen. Erst jetzt wird mir bewusst, dass ich nackt bin.

»Tut mir leid, Ben«, sage ich und gehe auf Abstand zu ihm, dann verlasse ich das Bett. Ich fange an, nach meiner Kleidung zu suchen. »Ich muss mich auf den Heimweg machen. Morgen muss ich schließlich arbeiten, falls du das vergessen hast.« Ich versuche, möglichst unbeschwert zu klingen, aber mir entgeht nicht, wie hysterisch sich meine Stimme eigentlich anhört.

»Tessa, was ist los? Komm wieder ins Bett. Wenn du bleibst, *bist* du beim Aufwachen schon auf der Arbeit.«

»Ehrlich, das geht nicht. Ich muss nach Hause.« Wo ist diese amüsierte Haltung, die ich vermitteln wollte? Warum höre ich mich so an, als wollte ich nur weg von ihm, wenn doch eigentlich das Gegenteil der Fall ist? Ben setzt sich auf, während ich hastig Jeans und Pullover anziehe und in einer Hand meine Unterwäsche umschlossen halte. »Ist es ... habe ich irgendetwas verkehrt gemacht?«, fragt er. »Wolltest du etwa gar nicht ...«

»Oh, Ben, doch, doch. Heute Nacht ... das war fantastisch«, beteuere ich. »Mehr als nur fantastisch.«

»Dann bleib.«

»Das kann ich nicht. Ich kann nicht mehr tun als ... als das, was war. Wir können kein Paar sein. Wobei ich dir damit nicht unterstellen will, dass du möchtest, dass wir ein Paar sind. Ich will nur sagen, dass diese Nacht wunderbar war, aber wir sollten das Ganze nicht noch komplizierter machen, als es ohnehin so schon ist. Ich arbeite schließlich für dich, wie du weißt.«

»Da ist gar nichts kompliziert«, widerspricht er mir. »Ich habe schon zuvor gesagt, dass ich dich mag. Daran hat sich nichts geändert.«

»Ich mag dich auch«, sage ich und mache ein paar Schritte in Richtung Tür. »Aber in meinem Leben spielt sich im Moment einiges ab, das ich nicht auf die leichte Schulter nehmen kann.«

»Dann teil diese Dinge mit mir. Ich kann gut zuhören.«

Mein Gehirn ist vom Schlaf noch benommen. Ich wüsste nicht mal, wo ich anfangen sollte zu erzählen. Ben kennt nur grob die Hälfte von allem, was in meinem Leben los ist. Würde er den Rest auch noch erfahren, dann könnte er gar nicht schnell genug das Weite suchen. Davon bin ich fest überzeugt. »Im Augenblick kann ich nicht darüber reden. Lass uns einfach Freunde bleiben, ja?«

»Freunde«, wiederholt er tonlos. »Gut.«

»Ben? Ist alles in Ordnung?«

»Ja, alles bestens.«

Shit. »Du klingst so ... ach, vergiss es. Wir sehen uns in ein paar Stunden wieder.«

»Okay.«

Ich hab's auf ganzer Linie vermasselt. Er zieht sich schon von mir zurück. Warum habe ich bloß mit ihm geschlafen? Er ist einfach ein viel zu netter Kerl, der es nicht verdient hat, zurückgewiesen zu werden. Aber ich darf einfach nicht darüber nachdenken, wie es sich angefühlt hat, mit ihm zusammen zu sein. Wie all die schlechten Dinge einfach von mir abfielen. Aber das war nichts Reales und nichts Dauerhaftes, es war nur für den Augenblick. Es ist besser, jetzt einen Schlussstrich zu ziehen, bevor es noch ausufern kann. Ich wünschte, ich würde Ben nicht so sehr mögen und ich könnte den Augenblick für das genießen, was er ist – nämlich nur ein Augenblick. Aber ich weiß auch, wie leicht ich mich in Ben verlieben könnte. Doch wie soll ich nach Scott je wieder einem Mann vertrauen können? Abgesehen davon, wenn Ben erst mal dahinterkommt, wie es in mir wirklich aussieht, wird er ohnehin schnell jegliches Interesse verlieren. Das wiederum würde ich nicht ertragen, weil ich dafür einfach nicht stark genug bin.

»Es tut mir leid«, sage ich.

»Mir auch.«

Dann drehe ich mich weg und verlasse das Zimmer.

Ich habe nur ein paar Schluck Wein getrunken, also kann ich beruhigt mit dem Mietwagen nach Hause fahren. Dank der leeren Straßen bin ich schnell daheim angekommen. Dort gehe ich schnurstracks nach oben und rolle mich in meinem Bett zusammen. Zu gern möchte ich die letzten Stunden noch einmal vor meinem geistigen Auge vorbeiziehen lassen, aber ich habe Angst davor, dass ich mich dann zu irgendeiner Dummheit verleiten lasse, indem ich zum Beispiel gleich wieder aufstehe und zu Ben fahre.

Um acht Uhr am Morgen bin ich auf dem Weg zu Moretti's. Ich bin es nicht gewöhnt, an einem Sonntag so früh am Tag unterwegs zu sein. Auf den Straßen ist deutlich weniger los als sonst, es ist dunkel und kalt. Zu hören sind nur meine Schritte und die Geräusche der gelegentlich vorbeifahrenden Autos. Vielleicht sind ein paar von den Fahrern auch auf dem Weg zur Arbeit, aber die meisten dürften nach einer langen Partynacht auf dem Heimweg sein.

Letzte Nacht dürfte ich insgesamt vielleicht drei Stunden Schlaf bekommen haben, aber ich fühle mich viel zu aufgedreht, um müde zu sein. Neben dem ganzen Theater rund um Fisher habe ich heute Morgen auch noch ein schlechtes Gewissen, was Ben angeht. Ich bin schrecklich nervös, wenn ich nur daran denke, heute Morgen Ben wiederzusehen. Klischeehafter geht es wirklich nicht: erst mit dem Boss ins Bett gehen und es dann bereuen. Aber eigentlich bereue ich es nicht. Nicht mal im Mindesten. Ich habe nur Angst vor der seltsamen Situation, die dadurch zwischen uns entstanden ist.

Im Gartencenter sorge ich dafür, dass ich die ganze Zeit zu tun habe. Ich stürze mich so auf meine Arbeit, dass ich kaum eine Verschnaufpause einlege. Mit den Kunden rede ich, ohne richtig zu hören, was sie eigentlich sagen. Genauso gehe ich meinen täglichen Routinen nach, ohne darauf zu achten, was ich da überhaupt tue. Jez und Janet habe ich an diesem Morgen schon gesehen und begrüßt, ebenso die Studentin Shanaz, die an den Wochenenden und in den Ferien herkommt. Von Ben ist weit und breit nichts zu sehen. Es ist offensichtlich, dass er einen Bogen um mich macht, was ich ihm nicht verübeln kann.

Fast fühle ich mich versucht, zu seinem Haus zu gehen und zu klingeln, damit wir beide für klare Verhältnisse sorgen können. Aber allein bei dem Gedanken daran bekomme ich schon klamme Hände, und ich fürchte, alles nur noch schlimmer zu machen. Nein, es ist besser, das Ganze auf sich beruhen zu lassen, bis wir beide genug Abstand gewonnen haben. Vielleicht ist es morgen ja schon besser. Oder auch nicht.

Zur Mittagszeit kommt Carolyn ins Center, und ich kann Feierabend machen. Ich hätte sicher auch den ganzen Tag mit ihr tauschen können, was zweifellos die einfachere Lösung gewesen wäre. Aber ich habe es bislang noch an keinem Sonntag versäumt, zum Friedhof zu gehen. Das ist etwas, was ich für meine Kinder tun muss, weil ich sonst das Gefühl hätte sie im Stich zu lassen. Zu Lebzeiten habe ich ihnen nicht helfen können, aber wenigstens im Tod kann ich für sie da sein.

Die vertraute Umgebung des Friedhofs hat eine beruhigende Wirkung auf mich. Die blasse Sonne spendet kaum Wärme, daher lege ich den Weg zu den Gräbern zügig zurück. Das Knirschen der Kieselsteine unter meinen Schuhsohlen hat etwas seltsam Befriedigendes. Es ist ein Ort der Ruhe, ein Friedhof umgeben von Wald, in der Mitte eine viktorianische Kapelle. Der gewundene Weg verläuft mal nach links, mal nach rechts, und ich brauche gut zwanzig Minuten, bis ich bei meinen Babys angekommen bin, die unter einem Ahornbaum ruhen. Die Friedhofsverwaltung meinte, es sei ein Glücksfall gewesen, dass Sam gleich neben seiner Schwester zur letzten Ruhe gebettet werden konnte. Sofern man unter solchen Umständen überhaupt das Wort »Glücksfall« in den Mund nehmen kann.

Ich verlasse den Weg und gehe über den mit Raureif überzogenen Rasen, wo eine Elster davonhüpft und schließlich wegfliegt. Ich verdränge die Traurigkeit, die mich auf dem Friedhof erfasst hat, und versuche, meinen Kindern zuliebe eine fröhliche Miene aufzusetzen. Sie sollen nicht Woche für Woche mein betrübtes Gesicht zu sehen bekommen.

Ich räume die verwelkten Schneeglöckchen und die Stiefmütterchen der letzten Woche weg und ersetze sie durch cremefarbene Narzissen für Lily und durch einen leuchtenden Sauerdorn für Sam. Die winzigen gelben Blüten überströmen förmlich die glänzenden dunkelgrünen Blätter. Jede Woche bringe ich ihnen andere Blumen mit, und jede Woche lasse ich mir Zeit damit, etwas auszuwählen, von dem ich glaube, es würde ihnen gefallen.

Eigentlich ist das ziemlich bemitleidenswert, weiß ich doch genau, dass sie nichts von dem sehen können, was ich ihnen hinstelle.

Aber vielleicht mache ich es ja auch für mich selbst. Für meinen eigenen Frieden. Jede Woche habe ich den gleichen Zwiespalt in meinem Kopf, und nie komme ich zu einer eindeutigen Antwort. Nie gibt es eine Offenbarung, nie ein Zeichen von oben. Immer nur stehe ich vor ihren Gräbern und halte Blumen in der Hand. Vielleicht wäre es anders gewesen, wenn Scott mich jede Woche begleitet hätte. Dann hätten wir über unsere Kinder reden und sie mit unseren gemeinsamen Erinnerungen zum Leben erwecken können. Wir hätten uns an witzige Begebenheiten aus Sams Leben erinnern und uns ausmalen können, wie er und Lily wohl zusammen gespielt hätten. Wir hätten uns fragen können, wie sie wohl als Erwachsene gewesen wären. Aber so war immer nur ich hier, allein mit meinen Gedanken, immer bemüht darum, positiv zu denken, ohne jemals wirklich in der Lage zu sein, die Finsternis von mir abzuhalten.

Ich setze mich auf die feuchte Holzbank gegenüber den beiden Gräbern und versuche, mir die zwei ins Gedächtnis zurückzurufen: Lily mit dem engelsgleichen schlafenden Gesicht und Sam mit dem listigen Grinsen, seiner gelegentlichen ernsten Miene und dem atemlosen, ausgelassenen Lachen, wenn Scott das Kitzelmonster spielte. Ich verdränge die Bilder, die ihn etwas älter zeigen, bleich und krank. Wie er im Krankenbett liegt, ohne dass die wundervollen dunklen Locken seinen Kopf zieren. Mit Schläuchen versehen, die in seinem Körper verschwinden, um sein Leben um ein paar kostbare Wochen zu verlängern. Schläuche, die ihn immer weniger nach ihm selbst aussehen ließen und stattdessen den Eindruck erweckten, ein außerirdisches Wesen sei im Begriff, seinen Körper zu übernehmen.

Ich stehe auf und kämpfe gegen meine Tränen an. Ich ertrage es kaum, jetzt zu gehen, aber heute fühle ich mich auch nicht stark genug, um zu bleiben. Ich bin nicht in Lage, ihnen so wie sonst etwas Fröhliches zu erzählen, denn meine Gedanken bewegen sich durch düstere Korridore. Und ich sehe nicht die Gesichter meiner Kinder, sondern die von Fisher und seinem Sohn. Erst eine Woche ist es her, dass Harry bei mir zu Hause in der Küche gestanden hatte. Vielleicht weiß ich morgen mehr, wenn ich in der Klinik nachgefragt habe. Vielleicht komme ich dann zur Ruhe.

Ich schicke ihnen stumme Küsse ins Grab und stelle mir vor, wie ich sie beide fest an mich drücke. Während ich den Kiesweg entlanggehe, verspüre ich wie immer dieses Ziehen in der Magengegend, da ich meine Babys wieder für eine Woche allein zurücklasse.

26

Am Montagmorgen herrscht auf den Straßen wieder dichter Verkehr. Vielleicht wäre ich besser nicht selbst gefahren, aber ich wollte den Frieden und die Ruhe, die ich in dieser beheizbaren Blechdose habe, anstatt mich in einen zugigen, überfüllten Bus zu quetschen. Und durch den Luxus eines Navis muss ich mich auf die eigentliche Fahrt kaum konzentrieren. Ich folge einfach den grünen Pfeilen, die mir angezeigt werden, während ich mich mit den Überlegungen verrückt mache, was ich wohl in Erfahrung bringen werde.

Ich stelle den Wagen auf dem NCP-Parkplatz ab und gehe die letzten beiden Blocks bis zur Balmoral Clinic. Feuchte, kalte Luft durchdringt meine Kleidung, und düstere Wolken kündigen den nächsten Regen an. Ich gehe etwas zügiger. Das Klinikgebäude ist größer und erdrückender, als ich es in Erinnerung habe. Gar nicht gefasst bin ich auf die Heftigkeit, mit der mich beim Näherkommen die Erinnerungen bestürmen. Mir fällt wieder ein, wie Scott mich in jener Nacht am Eingang absetzte, dann einen Parkplatz suchte und zurück zur Klinik rannte. Es war alles sehr aufregend gewesen, aber auch ein bisschen beängstigend. Und es war der letzte Tag in meinem Leben gewesen, an dem alles noch in geordneten Bahnen verlaufen war. Der Tag, bevor all meine Hoffnungen und Wünsche in sich zusammenzufallen begannen. Die Schiebetüren öffnen sich, ich gehe hinein. Jeder Schritt mit meinen Stiefeln auf dem gefliesten Boden wird von einem Echo begleitet.

Das Foyer ist menschenleer, alles ist weihnachtlich geschmückt. Ich gehe zum Empfang, während mir die plötzliche Wärme der Heizung die Luft raubt. Das Aroma eines Lufterfrischers kratzt mir im Hals. Eine Frau in einem Kostümrock und mit einer hässlichen roten Krawatte um den Hals kommt durch eine Schwingtür zu meiner Linken, ihre Schuhe verursachen ein lautes Klacken auf dem Boden. Sie ist gekleidet wie eine Stewardess und lächelt auch genauso geschäftsmäßig.

»Guten Morgen«, sagt sie auf dem Weg zu ihrem Schreibtisch. »Wie kann ich Ihnen behilflich sein?«

»Hallo, mein Name ist Tessa Markham. Ich habe vor ein paar Tagen angerufen, weil ich den Namen des Arztes wissen möchte, der meine Zwillinge zur Welt gebracht hat. Es ist schon eine Weile her, und ich kann mich einfach nicht an den Namen erinnern.«

»Sie möchten wissen, wer Ihre Zwillinge zur Welt gebracht hat?«

»Ja, bitte. Am Telefon hat man mir gesagt, dass ich das entweder schriftlich erfragen oder persönlich vorbeikommen muss.«

»Okay, einen Moment bitte. Ich werde in der Verwaltung nachfragen.« Die Frau verschwindet durch die Schwingtür nach nebenan, während ich dastehe und versuche, nicht über die Tatsache nachzudenken, dass Lily in diesem Haus ihren ersten und letzten Atemzug getan hat.

Ein paar Minuten später kehrt die Frau zu mir zurück. »Können Sie sich ausweisen?«

Ich nicke, wühle in meiner Tasche und ziehe meinen Führerschein und einen Steuerbescheid heraus.

»Hervorragend, danke.« Sie nimmt beides entgegen, vergleicht das Foto auf dem Führerschein mit meinem Gesicht und sieht sich den Steuerbescheid an. Zufrieden nickt sie. »Wenn Sie dann mitkommen würden. Unsere Office Managerin Margie Lawrence wird Ihnen helfen, das Gesuchte zu finden.« Sie gibt mir meine Unterlagen zurück, ich stecke alles wieder in die Tasche, während ich der Frau durch die Tür folge.

Dahinter befindet sich ein Großraumbüro, wie man es in jedem beliebigen Unternehmen antrifft. Ein halbes Dutzend Mitarbeiter sitzen an den Schreibtischen, einige geben etwas in ihren Computer ein, andere telefonieren. Eine Frau ganz hinten im Raum steht auf und kommt mir mit ausgestreckter Hand entgegen. Ich ergreife ihre Hand und schüttele sie kurz.

»Hi, ich bin Margie.« Sie sieht die Rezeptionistin an. »Danke, Sharon.«

Ich murmele ebenfalls ein *Danke,* dann geht Sharon weg und ich folge Margie zu ihrem Schreibtisch.

»Nehmen Sie bitte Platz«, sagt sie, schiebt ihre Brille ein Stück weit hoch und setzt sich ebenfalls hin. »Sharon sagt, Sie wollen den Namen des Arztes wissen, der Ihr Baby zur Welt gebracht hat.«

»Ja, bitte. Genau genommen waren es Zwillinge.«

»Oh, wie reizend«, sagt Margie.

Bevor sie irgendwelche Fragen stellen kann, zum Beispiel wie alt die beiden jetzt sind und ob es sich um Mädchen oder Jungs handelt, erkläre ich ohne Vorrede: »Mein Name ist Tessa Markham, der Name des Vaters ist Scott Markham. Das Geburtsdatum ist der dritte März zweitausendzwölf.«

Margie tippt die Daten in ihren Computer ein, dann sagt sie: »Etwas Geduld bitte, das System ist heute sehr langsam.«

Vermutlich erwartet sie, dass ich in der Art von *Na ja, es ist auch Montagmorgen* antworte. Dann lachen wir und verdrehen die Augen. Aber ich bin in diesem Haus nicht zu irgendwelchen unbeschwerten Äußerungen fähig. Also lächele ich nur flüchtig und sage: »Kein Problem.«

»Ihre Kinder sind Samuel und Lilian Markham, ist das richtig?«, fragt sie, während sie von ihrem Monitor abliest. »Samuel Edward Markham wurde um vier Uhr sechsundvierzig geboren, Lilian Elizabeth Markham um fünf Uhr vierzehn.«

»Moment. Was haben Sie gesagt, wann Lilian geboren wurde?«

»Fünf Uhr vierzehn.«

»Das stimmt nicht«, sage ich. »Sie wurde zehn Minuten nach Sam geboren.«

»Sind Sie sich sicher?«, fragt die Frau.

Ich bin mir ziemlich sicher, wann ich meine eigenen Kinder zur Welt gebracht habe. »Ja.«

Margie schiebt das Kinn ein wenig vor, während sie weiter den Monitor betrachtet. »Hier steht, dass der diensthabende Arzt im Kreißsaal Dr. Friedland war.«

Ich stutze. »Das stimmt auch nicht.«

»So steht es aber hier. Er war Ihr betreuender Facharzt, richtig?«

»Ja, er war mein Facharzt. Aber er war in der Woche krank, deshalb ist ein anderer Arzt für ihn eingesprungen. Und das ist der Name, an den ich mich nicht erinnern kann.«

Irritiert tippt Margie wieder etwas ein. »Ich rufe den Dienstplan von der betreffenden Nacht auf. Einen Moment.«

Und wenn sie den Namen noch immer nicht finden kann? Oder wenn Fisher in der Nacht tatsächlich nicht da war und ich eine Verbindung herstelle, die in Wahrheit gar nicht existiert?

»Da kommt er«, verkündet sie gut gelaunt. »Wir haben ihn.«

Mein Herz schlägt schneller, während ich darauf warte, dass sie mir sagt, was da steht.

»Also, die Hebammen waren ... hmm, blabla, blablabla«, murmelt sie, während sie die diversen Einträge durchliest. »Ah, da. Der diensthabende Gynäkologe in der Nacht war ...« Sie sieht auf dem Bildschirm hin und her. »Tja, das ist der gleiche Name: Dr. Friedland.«

Das kann nicht stimmen! Ich weiß, dass es nicht Friedland war. Ich sehe wahrscheinlich so angestrengt aus, als würde ich wieder in den Wehen liegen. Ich kann mich daran erinnern. Ich kann mich genau daran erinnern, dass Friedland in der Nacht krank war. Sie sagten mir, er habe eine Darmgrippe. Ich erinnere mich ganz genau daran. Oder nicht?

»Ist alles in Ordnung?«, fragt Margie besorgt.

»Sind Sie sich ganz sicher, dass es nicht Dr. James Fisher war?«, hake ich nach. »Können Sie das noch mal überprüfen? Es ist der dritte März zweitausendzwölf.« Ich bete inständig, dass sie das falsche Datum eingegeben hat.

»Kommen Sie«, sagt sie, »und sehen Sie es sich selbst an.«

Ich stehe auf und gehe um den Schreibtisch herum. Dann wandert mein Blick zu der Zeile, auf die sie zeigt. Ich sehe das Datum und die Uhrzeiten, und da steht der Name: Dr. Friedland. Tränen steigen mir in die Augen. »Das kann nicht sein«, sage ich. »Ich dachte, es wäre Dr. Fisher gewesen.«

»Wir haben hier gar keinen Dr. Fisher«, erwidert sie. »Sie müssen sich irren. Sagten Sie nicht, Sie können sich nicht daran erinnern, wer in der Nacht Dienst hatte?« Als sie mich ansieht, weiß ich nicht, ob ich in ihren Augen Sorge oder Misstrauen sehe.

»Fisher ist wenig später nach Dorset umgezogen«, sage ich.

»Oh. Okay, dann kann es natürlich sein, dass er hier praktiziert hat«, räumt sie ein. »Aber das war vor meiner Zeit. Sie müssen wissen, ich arbeite erst seit drei Jahren hier, auch wenn es mir manchmal sehr viel länger vorkommt.« Sie lächelt mich an, aber ich kann die Geste nicht erwidern; zu groß ist meine Enttäuschung darüber, dass meine Theorie widerlegt wurde. »Ich kann noch einen Blick in die alten Akten werfen«, schlägt sie vor und tippt weiter auf ihrer Tastatur. »Ah, ja. Sie haben recht. Dr. Fisher hat in der Zeit hier praktiziert. Nur eben nicht in dieser speziellen Nacht.«

Mir wird mit einem Schlag bewusst, dass all meine Mutmaßungen verkehrt gewesen sein müssen. »Gibt es noch andere Unterlagen, auf denen der Name des diensthabenden Facharztes vermerkt ist?«, will ich wissen.

»Nicht dass ich wüsste.« Sie schüttelt bedauernd den Kopf. »Vielleicht irren Sie sich ja nur. Ich meine, beide Namen beginnen mit F. Und man kann leicht etwas vergessen, was so lange Zeit zurückliegt.«

Ich schüttele den Kopf. »Dr. Friedland war in dieser Nacht krank.«

Margie zuckt hilflos mit den Schultern, da sie nicht weiß, was sie mir anderes sagen soll.

»Kann ich mit Dr. Friedland reden?«, frage ich. »Ist er hier?«

»Nein, er ist letztes Jahr in Ruhestand gegangen. Er ist mit seiner Frau nach Spanien gezogen.«

»Haben Sie eine Nummer, unter der ich ihn erreichen kann?« Wenn ich mit ihm rede, erinnert er sich vielleicht an mich – und vielleicht auch daran, dass er die Darmgrippe hatte.

»Tut mir leid«, antwortet Margie mit mitfühlender Miene. »Solche Informationen dürfen wir nicht rausgeben.«

Einen Moment lang stehe ich da und zermartere mir das Hirn auf der Suche nach einem anderen Weg, wie ich das beweisen kann, von dem ich weiß, dass es die Wahrheit ist. Aber mir fällt nichts ein. »Okay, dann vielen Dank für alles«, sage ich und verlasse niedergeschlagen das Büro.

Draußen im Foyer verabschiedet sich die gut gelaunte Rezeptionistin von mir und fragt fröhlich, ob ich fündig geworden bin. Ich nicke, murmele ein Danke vor mich hin und gehe zum Ausgang.

Draußen hängen immer noch graue Wolken am Himmel, der Regen hat noch nicht eingesetzt. Ich stehe einen Moment lang da und atme verschmutzte, feuchte Luft ein. Drehe ich wirklich langsam durch? Hat Scott recht, was mich angeht? Aber ganz egal, was Margie mir da erzählt und gezeigt hat – ich bin noch immer nicht davon überzeugt, dass die Angaben im System richtig sind. Die Uhrzeit von Lilys Geburt weicht um zwanzig Minuten ab. Es sei denn, dass meine Erinnerung in diesem Punkt auch nicht zutrifft.

Was, wenn Fisher in der Nacht im Krankenhaus war und er durch irgendeine Nachlässigkeit Lilys Tod herbeigeführt hat? Er könnte auf das Computersystem zugegriffen haben, um seinen Namen zu ersetzen und die Uhrzeit zu verändern.

Ich höre mich schon an wie eine Verschwörungstheoretikerin. Ignoriere ich etwa die Wahrheit und biege sie so zurecht, dass sie meiner Sicht der Dinge entspricht? Ich bin mir nicht sicher, aber wenn die Unterlagen das eine aussagen, wie soll ich dann etwas anderes beweisen?

Ich schleiche wie benommen zum Wagen zurück. Ob es in der Nacht nun Fisher oder Friedland war, das erklärt trotzdem nicht, wieso Jahre später Fishers Sohn in meiner Küche steht. Es *gibt* eine Verbindung, davon bin ich überzeugt. Lautes Hupen reißt mich aus meinen Gedanken, ich stelle fest, dass ich auf der Straße stehe. Hastig mache ich einen Schritt zurück auf den Gehweg. Wenn ich nicht aufpasse, werde ich noch überfahren. Ich winke dem Fahrer entschuldigend zu, während er mich mit irgendwelchen Beschimpfungen überhäuft, die nicht aus dem Wageninneren nach außen dringen.

Als ich wieder in meinem Mietwagen sitze, fühlt sich mein Herz schwer wie Blei an. Ich treffe eine Entscheidung: Ich glaube unwiderruflich, dass Dr. Friedland in jener Nacht krank war. Ich weiß, er war es. Ich kann mich noch ganz genau daran erinnern. Ich war so außer mir, als ich hörte, er würde nicht im Kreißsaal sein. Das bedeutet, dass die Informationen im System falsch sein müssen. Aber wenn ich Carly sage, was im System festgehalten ist, dann hört sie vielleicht auf, sich mit dem Fall zu befassen. Sie könnte die

Arbeit für Zeitvergeudung halten. Aber ich brauche sie, sie muss für mich am Ball bleiben. Ich muss die Wahrheit herausfinden.

Mein Anruf landet direkt auf ihrer Mailbox, also hinterlasse ich eine Nachricht. »Hey, Carly, ich bin's, Tessa. Ich komme gerade aus der Klinik. Meine Vermutung war richtig. Fisher hatte in der Nacht Dienst. Das muss irgendwas damit zu tun haben, dass sein Sohn bei mir zu Hause aufgetaucht ist, meinst du nicht auch? Jedenfalls solltest du ihn darauf ansprechen, wenn du bei ihm bist. Ich hoffe, du bringst ihn dazu, mit dir zu reden. Viel Glück. Sag mir Bescheid, wie es gelaufen ist.«

Ich beende den Anruf und lasse den Motor an. Hat sich meine Stimme so angehört, als hätte ich gelogen? Wird sie skeptisch werden oder glauben, was ich gesagt habe? Ich brauche drei Anläufe, ehe ich es schaffe, den ersten Gang einzulegen. Ich bin völlig daneben. Ich muss zur Ruhe kommen, sonst werde ich noch einen Unfall bauen. Ich habe gerade eben Carly belogen. Ich habe Carly *belogen*. Aber das musste sein, nicht wahr?

Ich mache das Radio an und suche Classic FM, da ich hoffe, dass ich besänftigende Geigen- oder Klaviermusik zu hören bekomme. Stattdessen werde ich von einer Blaskapelle mit dem »Hummelflug« in Empfang genommen. Ich schalte das Radio gleich wieder aus, atme tief durch und mache mich auf den Weg zu Moretti's, während ich mich frage, in wen oder was ich mich da gerade verwandele. Hat Scott vielleicht doch recht? Stimmt mit mir etwas nicht? Bin ich von etwas besessen, das gar nicht existiert?

27

Den ganzen Nachmittag stehe ich neben mir. Ich habe zwar keine Zeit, um über diese ganze Fisher-Sache gründlich nachzudenken, aber ich kann mich auch nicht richtig auf meine Arbeit konzentrieren, was mich innerlich rasend macht. Normalerweise komme ich bei der Arbeit zur Ruhe, auch wenn ich mit noch so großen Problemen zu kämpfen habe. Warum aber will sich heute diese Ruhe nicht einstellen?

Janet hat das Café früher zugemacht, da sich dort kaum Kunden eingefunden haben. Stattdessen hilft sie im Shop, was mir die Möglichkeit gibt, völlig ungestört in den Gewächshäusern zu arbeiten, wo das ständige Prasseln des Regens auf den Glasscheiben die einzige Geräuschkulisse bildet. Aber da ich mich nicht darauf konzentrieren kann, schneide ich die Reben fast in kleine Stücke.

»Her mit der Gartenschere!«

Mein Magen verkrampft sich, und ich drehe mich hastig um. Ben kommt auf mich zu, eine Hand hält er ausgestreckt. Als er nahe genug ist, gebe ich ihm die Gartenschere und verziehe missmutig den Mund.

»Was hat dir denn die arme Weinrebe getan?«, fragt er, während er die Kapuze seines Anoraks nach hinten schiebt.

»Es tut mir schrecklich leid«, erwidere ich und betrachte die amputierten Triebe der Pflanze. »Ich war nicht bei der Sache.«

»Das ist nicht zu übersehen«, sagt er, aber in seinen Augen blitzt ein spitzbübisches Lächeln auf. Ich frage mich, ob das bedeutet, dass er mir meine nächtliche Flucht verziehen hat.

»Ben«, setze ich zum Reden an. »Ich möchte dir nur sagen ...«

Wieder streckt er den Arm aus, diesmal jedoch, um die Hand hochzuhalten und meinen einsetzenden Redefluss zu stoppen. Er schüttelt den Kopf. »Keine weiteren Erklärungen. Lass es uns einfach nicht mehr erwähnen. Freunde?«, fragt er.

»Ja, bitte. Das würde mir gefallen.« Erleichtert lasse ich die Schultern sinken. Als mich das letzte Mal jemand gebeten hat, Freunde zu bleiben, kam das von Scott, nachdem er mir von Ellie erzählt hatte. Damals war ich ausgerastet. Diesmal kommt es von Ben, doch jetzt bin ich erleichtert. Ich würde es nicht ertragen, auf seine Freundschaft verzichten zu müssen.

»Heute Nachmittag ist so wenig los«, sagt er, »dass ich Janet schon nach Hause geschickt habe, weil ich früher zumachen werde. Möchtest du noch auf einen Kaffee mit zu mir kommen?«

Ich halte inne. Geht es hier nur um einen harmlosen Kaffee, oder wird er mehr von mir erwarten? Beim Gedanken daran, ihn wieder zu küssen, bekomme ich jetzt schon weiche Knie, aber ich muss stark bleiben.

»Ich werde nicht über dich herfallen, wenn du dir deshalb Sorgen machen solltest.«

»Ben!« Ich stoße sanft seinen Arm weg. »Ich kann es nicht fassen, dass du das gerade gesagt hast!«

»Wieso nicht? Ich will dich nur beruhigen.«

Ich möchte wetten, dass ich gerade rot anlaufe. »Also gut. Ein Kaffee wäre schön.«

Ich ziehe meine Kapuze hoch, dann rennen wir quer durch das Center zu seinem Haus. In der Küche angekommen, lachen wir ausgelassen, weil wir völlig durchnässt sind.

»Warte hier«, sagt er, zieht den Anorak aus und lässt mich in der Küche zurück, während sich unter mir allmählich eine Pfütze bildet. Ben verschwindet in den Flur, und ich habe genug damit zu tun, wieder zu Atem zu kommen. Die Erinnerungen an Samstagabend stürmen auf mich ein. Mein Puls beschleunigt sich. In dieser Küche hat er mich geküsst. Schnell versuche ich, an etwas anderes zu denken als an diese gefährlichen Gefühle.

»Hier.« Er kommt zu mir zurück. Mit einem beigefarbenen Handtuch reibt er sich die Haare trocken, ein zweites gibt er mir.

»Danke.« Ich wische über mein nassgeregnetes Gesicht, dann nehme ich mir ebenfalls meine Haare vor. Den Mantel ziehe ich aus und hänge ihn über eine Stuhllehne.

Ben legt sein Handtuch weg und befasst sich mit seiner Kaffeemaschine, an der er irgendwelche komplizierten Aktionen durchführt. Es handelt sich um eines dieser großen verchromten Ungeheuer, die auf mich immer so wirken, als müsste man einen Abschluss als Ingenieur besitzen, um mit ihnen umgehen zu können. »Wie ist dein Termin heute Morgen gelaufen?«, fragt er.

Ich lehne mich gegen den Küchentresen und spiele mit einer Haarsträhne. »Es war ...« Wo soll ich anfangen, um ihm klarzumachen, wie dieser Termin verlaufen ist? »Es war okay«, sage ich schließlich.

»Gut«, erwidert er und nickt zufrieden.

Verdammt. Er redet davon, dass wir Freunde sein wollen, und ich will nichts dringender, als mit jemandem darüber reden. »Eigentlich war es gar nicht okay«, korrigiere ich mich. »Es war ... beunruhigend.«

»Beunruhigend? Wieso?«

Ehe ich mich versehe, erzähle ich ihm, was ich bei meinem Termin erlebt habe. Ich erzähle ihm alles, weil es einfach aus mir herausquillt. Ich erzähle ihm von Cranborne und von meiner Begegnung mit Fisher. Ich erzähle auch von der Polizei, die mir von eigenen Ermittlungen abrät. Und von meiner Entdeckung, dass Fisher in der Klinik praktiziert hat, in der meine Kinder zur Welt gekommen waren.

»Die Sache ist die«, rede ich weiter, »dass in den Aufzeichnungen der Klinik steht, dass Friedland meine Kinder zur Welt gebracht hat. Aber ich weiß, er war es nicht. Ich kann nicht beweisen, dass Fisher etwas mit meinen Kindern zu schaffen hatte. Allerdings weiß ich mit Sicherheit, dass Friedland nicht da war, weil er in der Nacht krank war.«

Ben hört auf, an der Kaffeemaschine zu hantieren, und starrt mich an, als wäre ich irgendein Freak. Ich hab's geschafft, jetzt hält er mich auch noch für durchgedreht. Aber verübeln kann ich es ihm nicht.

»Tut mir leid«, sage ich. »Ich hätte besser den Mund gehalten. Das ist alles ein bisschen zu viel, ich weiß.«

»Die Frage ist doch die«, entgegnet er, ohne auf meine Entschuldigung einzugehen. »Warum ist in den Unterlagen Friedland eingetragen, wenn er in dieser Nacht gar nicht da war?«

»Weil Fisher etwas zu verheimlichen hat«, kontere ich.

»Sieht ganz so aus«, meint er und kratzt sich am Kinn.

»Dann ... glaubst du mir?«

»Warum sollte ich dir nicht glauben?«

Ich muss kurz auflachen. »Jeder andere Mensch in meinem Leben hält mich für durchgedreht. Tut mir leid, das musst du nicht auch noch mit dir herumtragen.«

»Ich halte dich nicht für durchgedreht, Tessa. Ich finde, du hast ein paar wirklich schlimme Jahre hinter dir, und du hast nicht annähernd die Unterstützung dabei erhalten, die du verdient hättest.«

Meine Kehle ist wie zugeschnürt, und ich kann nur hoffen, dass ich nicht noch anfange zu heulen. »Danke«, flüstere ich. »Das bedeutet mir eine Menge.«

»Was ist mit deinem Mann?«, fragt Ben.

»Scott? Was soll mit ihm sein?«

»Ich weiß, ihr lebt getrennt«, antwortet er. »Aber was sagt dein Mann zu diesen Ungereimtheiten? Er muss doch auch eine Meinung dazu haben.«

»Von dem, was ich in der Klinik erfahren habe, weiß er noch gar nichts. Ich bin mir nicht mal sicher, ob ich ihm überhaupt etwas davon sagen werde.«

»Das solltest du aber«, beharrt Ben. »Er muss darüber Bescheid wissen. Es waren ja auch seine Kinder.«

»Er will mir gar nicht zuhören«, sage ich und kaue auf meinem Daumennagel herum. »Er lässt mich ja nicht mal einen Blick in die Gesundheitsunterlagen der beiden werfen. Wie gesagt, er hält mich für verrückt, weil ich mir über das Ganze irgendwelche Gedanken mache. Er hat mit diesem Kapitel abgeschlossen, er hat eine neue Freundin, die ein Kind von ihm erwartet. Und er will, dass ich auch nach vorne schaue und die Vergangenheit auf sich beruhen lasse.«

»Nach vorn zu schauen ist ja schön und gut«, sagt Ben. »Aber es war nicht *seine* Küche, in der der Junge plötzlich aufgetaucht ist. Und *er* war auch nicht derjenige, der von der Polizei verhört wurde. Du warst einigem Druck ausgesetzt, Tess. Geh also nicht so hart mit dir ins Gericht. Ich finde, du solltest unbedingt mit Scott über diesen Fisher reden. Für mich hört sich das alles etwas seltsam an.«

»Ja, nicht wahr? Mein Gott, was bin ich froh, dass du auch so denkst. Ich hatte schon befürchtet, dass ich viel zu sehr auf das Ganze reagiere.«

»Keineswegs«, erwidert Ben. »Kein Wunder, dass du so gestresst bist. Es tut mir leid, dass du so etwas durchmachen musstest.«

»Danke, Ben. Ich weiß das wirklich zu schätzen, dass du mir zuhörst, anstatt mich für komplett verrückt zu halten.«

»Höchstens für ein bisschen verrückt«, sagt er.

Ich bringe ein schwaches Lächeln zustande. Es tut gut zu wissen, dass ich jemanden auf meiner Seite habe, der nicht irgendwelche heimliche Absichten verfolgt.

»Gut, dann mach dich jetzt auf den Weg und sag Scott, er soll dir gefälligst zuhören.«

Als ich wenig später den von Pfützen übersäten Parkplatz verlasse, macht Jez hinter mir das Tor zu. Ben hat recht: Scott sollte wissen, dass die Aufzeichnungen der Klinik falsch sind. Das hat nichts damit zu tun, dass ich Scotts Aufmerksamkeit auf mich lenken will, sondern es geht nur darum, herauszufinden, ob da irgendwas vertuscht wurde.

Sollte Fisher nach Lilys Geburt die Unterlagen geändert haben, damit eine andere Geburtszeit und ein anderer diensthabender Arzt vermerkt werden, dann müssen Scott und ich das wissen. Dann sollte Scott das wissen *wollen*. Und wir sollten aktiv werden.

Ich fahre nach Hause, die Scheibenwischer leisten Schwerstarbeit, um die Windschutzscheibe vom Regenwasser zu befreien. Ich frage mich, welche Fortschritte Carly bei Fisher gemacht hat. Den ganzen Tag über habe ich noch nichts von ihr gehört, aber vielleicht kann sie mir jetzt etwas Neues berichten. So hartnäckig wie sie ist, wird sie bestimmt irgendetwas entdeckt haben. Ich stelle den Wagen vor meinem Haus ab und muss mich noch immer darüber wundern, dass mir kein einziger Journalist mehr auflauert.

Bevor ich aussteige, suche ich die Straße ab, kann aber nirgends Carlys roten Fiat entdecken. Offenbar ist sie noch nicht wieder zu Hause. Es ist noch früh am Tag, und bei diesen widrigen Wetterbedingungen wird sie die Rückfahrt sicher bedächtig angehen. Ich rufe sie noch mal an, doch auch jetzt lande ich auf der Mailbox. »Hi, Carly. Ich noch mal. Gib mir Bescheid, wenn du was Neues für mich hast.«

Obwohl ich zum Haus renne, bin ich schon wieder klatschnass, als ich an der Haustür ankomme. Dann stehe ich endlich im Flur und muss feststellen, dass das Prasseln des Regens im Haus genauso laut zu hören ist wie draußen. Sekundenlang rühre ich mich nicht von der Stelle, um Zeit zu schinden. Mir wird bewusst, dass ich Scott gar nicht hören will. Ich will nicht mit seinem frustrierten, verärgerten Verhalten konfrontiert werden. Es gefällt mir nicht, dass er mir das Gefühl gibt, ihm unterlegen und im Irrtum zu sein.

Warum ist mir das eigentlich bislang noch nie aufgefallen? Vielleicht liegt es daran, dass er das völlige Gegenteil von Ben ist. Ben hört zu, was ich zu sagen habe. Er nimmt mich ernst und behandelt mich nicht von oben herab.

Zum ersten Mal kommt mir der Gedanke, dass es vielleicht sogar gut ist, dass Scott mich verlassen hat. Vielleicht bin ich ohne ihn besser dran. Vielleicht passen er und Ellie viel besser zusammen. Es ändert nichts an der Tatsache, dass er erfahren muss, was mit Fisher los ist. Ich seufze. Den Anruf werde ich noch etwas länger hinauszögern, weil ich mir jetzt erst mal was Trockenes anziehen werde.

Eine halbe Stunde später sitze ich in der Küche, ich trage Leggings, einen weiten Pullover und dicke Fair-Isle-Socken. Das Handy halte ich an mein Ohr gedrückt. Ich muss es hinter mich bringen.

»Hi, Scott.«

»Tessa.« Er klingt schon jetzt genervt.

Ich möchte sarkastisch antworten: *Schön, dass du dich so darüber freust, von mir zu hören.* Aber ich bleibe höflich und distanziert. »Es gibt Neuigkeiten.«

Er schweigt.

»Es ist wichtig. Es geht um die Geburt der Zwillinge.«

Er seufzt demonstrativ. »Nicht schon wieder, Tessa. Ich komme gerade von der Arbeit zurück und möchte jetzt wirklich gern meine Ruhe haben.«

»Aber es hat mit dem Vater von Harry Fisher zu tun.«

»Ich habe dir schon mal gesagt, dass du damit endlich aufhören musst. Lass die Dinge auf sich beruhen, es ist vorbei. Der Junge ist wieder bei seinem Vater, und das ist das Einz…«

»Hör mir einfach eine Minute lang zu, ohne mir ins Wort zu fallen«, unterbreche ich ihn.

»Okay.«

Ich atme tief durch. »Harrys Vater James Fisher hat in der Klinik gearbeitet, in der die Zwillinge zur Welt kamen.«

Am anderen Ende der Leitung herrscht Stille.

»Hast du gehört? Er hat da gearbeitet, Scott. Er hat in dieser Klinik gearbeitet.«

»Bist du zu Hause?«, fragt er.

»Ja.«

»Ich komme jetzt rüber«, sagt er und beendet das Telefonat.

Endlich! Endlich nimmt Scott mich ernst. Wenn wir gemeinsam daran arbeiten können, der Wahrheit auf die Spur zu kommen, dann wird das Ganze für uns umso einfacher. Ich weiß, dass Carly der Sache nachgeht, aber sie ist unberechenbar. Sie setzt völlig andere Prioritäten. Ich brauche dagegen jemanden, der zu hundert Prozent auf meiner Seite ist, der die Wahrheit aus dem gleichen Grund aufdecken will wie ich. Ben hatte recht mit seinem Gedanken, Scott in die Angelegenheit einzubeziehen.

Ich hasse mich selbst für das, was ich als Nächstes mache, aber ich gehe dennoch in den Flur und betrachte mich im Spiegel. Es mag ja sein, dass ich mich mit der Tatsache abgefunden habe, dass zwischen Scott und mir nichts mehr läuft, trotzdem will ich nicht wie unter die Räder gekommen aussehen, wenn er herkommt. Meine Haare sind noch etwas feucht, doch davon abgesehen mache ich eigentlich einen ganz guten Eindruck.

Eine Viertelstunde später klingelt es an der Tür. Als ich öffne, um Scott hereinzulassen, muss ich feststellen, dass er nicht allein gekommen ist.

Neben ihm steht Ellie.

Mein Lächeln löst sich prompt in Luft auf. Was zum Teufel hat sie denn hier verloren? Das geht sie nichts an, das betrifft nur Scott und mich und unsere Kinder. Ich kann es nicht fassen, dass er so gedankenlos ist.

»Würdest du uns reinlassen, Tessa?«, fragt er. »Es schüttet wie aus Kübeln.«

Ich mache einen Schritt nach hinten und bin so enttäuscht, dass ich kein Wort herausbringe. Ich ertrage es nicht mal, Ellie anzusehen. Ich drehe den beiden den Rücken zu und gehe los, während ich etwas vom Wohnzimmer murmele, das ich selbst nicht verstehe. Himmel, wie soll ich mit Scott über so persönliche Dinge reden, wenn sie mit dabei ist?

Scott und Ellie setzen sich auf die große Couch, ich kauere mich auf der kleineren hin. Dabei komme ich mir in meinen eigenen vier Wänden wie eine Fremde vor. Ich sehe zu Ellie, die ihren Blick durch das Zimmer schweifen lässt und natürlich dessen armseligen, vernachlässigten Zustand wahrnimmt.

»Scott«, sage ich. »Ich würde lieber unter vier Augen mit dir reden, wenn du nichts dagegen hast.«

»Ellie ist ein Teil meines Lebens, Tessa. Ich möchte, dass sie dabei ist.«

»Aber sie ist nicht Teil *meines* Lebens«, fahre ich ihn an. »Und ich möchte sie nicht dabeihaben.« Es nervt mich selbst, dass ich so störrisch rüberkomme, aber ich kann einfach nicht anders.

Scott presst die Lippen zusammen, legt eine Hand auf Ellies Knie und beginnt es zu streicheln, als wollte er ihr zu verstehen geben, dass sie keine Angst vor seiner verrückten Ex haben muss. Ellie ist jetzt diejenige, für die er da ist.

»Tessa«, sagt sie mit ihrer kindlichen Stimme. »Wir sind hier, weil wir uns Sorgen um dich machen.«

O Gott, es wird noch einem Wunder gleichkommen, wenn ich dieser Frau keinen Satz Ohrfeigen verpasse. Ich beiße mir auf die Unterlippe, um mich davon abzuhalten, etwas zu sagen, was ich anschließend bereuen werde.

»Hast du einen Therapeuten aufgesucht?«, fragt Scott. »Darum hatte ich dich ja gebeten.«

»Ich brauche keinen Therapeuten. Mit mir ist alles in bester Ordnung, und dass ich immer noch den Tod unserer Kinder betrauere, ist wohl normal. Du hast offenbar mit der Vergangenheit abgeschlossen, weshalb du nichts hören willst, was dein perfektes neues Leben aus dem Gleichgewicht bringen könnte. Allerdings habe ich etwas Wichtiges herausgefunden. Ich glaube, die Klinik war bei Lilys Behandlung nachlässig, und man versucht da irgendetwas zu vertuschen.«

»Tessa, du hattest mir versprochen, zu einem Therapeuten zu gehen.«

»Nein, das habe ich nicht. Du hast mich erpresst. Du hast gesagt, du lässt mich nicht in die Unterlagen unserer Kinder sehen, wenn ich nicht bei einem Therapeuten einen Termin ausmache. Wenn du meiner Bitte nachgekommen wärst und einen Blick in diese Unterlagen geworfen hättest, wüsstest du so wie ich, dass Harrys Vater in jener Nacht Dienst in der Klinik hatte.« Zugegeben, ich weiß gar nicht, was in den Unterlagen steht, und ich kann nur hoffen, dass zumindest da die korrekten Angaben vermerkt sind.

»Was macht das schon aus, wer in der Nacht Dienst hatte?«, gibt Scott kopfschüttelnd zurück. »Ich kenne dich, Tessa«, fährt er fort und beugt sich vor. »Ich weiß, wie du dich nach Sams Tod verhalten hast. Ich habe Angst, dass du wieder in eine solche Krise gerätst. Darum frage ich dich jetzt geradeheraus: Hast du den Jungen entführt? Hast du den Sohn dieses Arztes gekidnappt? Gib es einfach zu, Tessa. Wir können für Hilfe sorgen, aber dafür musst du zuerst gestehen, was du getan hast.«

Einen Moment lang läuft mir eine Gänsehaut den Rücken runter. Was ist, wenn Scott recht hat? Wenn mein Verstand mir etwas vorgaukelt und ich den Jungen tatsächlich entführt habe? Ich leugne ja schon, was schwarz auf weiß geschrieben steht. Ich habe Carly angelogen. Verdrehe ich die Wahrheit so, dass sie zu meiner Theorie passt? Vielleicht sollte ich wirklich mit einem Profi reden, damit wieder Klarheit in meinem Verstand Einzug hält. Aber ist das nicht genau das, was Scott immer mit mir macht?

Immer geht er über meine Gefühle hinweg und lässt mich glauben, dass ich nicht Herr über meinen eigenen Verstand bin. Nein, ich lasse nicht zu, dass er mich dazu bringt, an mir selbst zu zweifeln. Ich habe nichts von dem getan, was er mir unterstellt. So etwas würde ich niemals tun. »Hör zu, Scott«, sage ich. »Ich habe den Jungen nicht entführt. Wann wird das endlich in deinen Dickschädel reingehen?«

Sein Gesicht läuft rot an. Er ist nicht gewöhnt, dass ich so mit ihm rede. Ich glaube, ich bin ihm gegenüber nie zuvor laut geworden.

»Ich möchte wetten, dass du dahintersteckst, nicht wahr?«, wende ich mich an Ellie. »Schick die Ex zum Therapeuten, damit wir unsere Ruhe haben, wie?«

»Um ehrlich zu sein halten *wir beide* das für die beste Lösung«, antwortet sie. »Wir glauben, dass professionelle Hilfe das Richtige für dich wäre. Tessa, beantworte mir eine Frage: Wenn du Harry nicht entführt hast, wie konnte er dann bei dir in der Küche auftauchen? Sein Vater wird ihn wohl nicht zu dir gebracht haben. Du verlangst von uns zu glauben, dass irgendwer den kleinen Jungen von Dorset nach London gebracht und bei dir in der Küche abgesetzt hat. Warum sollte jemand so etwas tun?«

»O mein Gott, das weiß ich nicht, Ellie.« Gegen meinen Willen ahme ich ihre kindliche Stimme nach. »Ich wünschte, ich hätte mir diese Frage schon früher gestellt, dann hätte ich ausgiebig darüber nachdenken können. Aber danke, dass du mich darauf hingewiesen hast.«

»Du musst nicht gleich sarkastisch werden.« Sie verzieht den Mund. »Ich versuche nur zu helfen. Du bist sehr ... aufgewühlt.«

»Ich bitte vielmals um Entschuldigung, Ellie, aber aufgewühlt zu sein ist nun mal eine Nebenwirkung, wenn man seine Kinder verloren hat.«

Immerhin bekommt sie daraufhin vor Verlegenheit einen roten Kopf und dreht sich weg. »Wir sollten besser wieder gehen, Scott. Das führt ja doch zu nichts.« Sie steht auf.

So viele passende Erwiderungen gehen mir durch den Kopf, aber diese Frau ist es nicht wert, dass ich meine Kraft für sie vergeude. »Du hast recht«, entgegne ich. »Du solltest gehen.«

Ellie schüttelt den Kopf, als wäre ich ein hoffnungsloser Fall. Wut kocht in mir hoch, als mir klar wird, dass sie Scotts Verstand vergiftet hat. Ich sollte keine Zeit damit vertun müssen, um ihn davon zu überzeugen, dass in der Klinik irgendetwas nicht stimmt. Er sollte mir von sich aus zuhören wollen. Er sollte die gleiche Empörung empfinden wie ich, und er sollte so wie ich ein Interesse daran haben, die Wahrheit zu erfahren.

Ich drehe mich zu ihm um. »Scott, ich hatte gehofft, unter vier Augen mit dir darüber zu reden, dass bei der Geburt unserer Kinder irgendetwas so schiefgegangen sein muss, dass man es in der Klinik zu vertuschen versucht. Aber offenbar ist dir das völlig egal. Meinetwegen kannst du also gleich wieder gehen. Und vergiss nicht, dein Betthäschen mitzunehmen.« Es tut erstaunlich gut, *Betthäschen* laut auszusprechen.

»Sieh zu, dass du Hilfe bekommst, Tessa«, sagt er auf dem Weg zur Tür.

Ich sehe ihnen hinterher, wie sie das Wohnzimmer verlassen. Einmal mehr wünschte ich, er hätte Ellie nicht mitgebracht. Vielleicht wäre er dann in der Lage gewesen mir zuzuhören.

»Bitte, Scott«, rufe ich ihm noch zu und unternehme einen allerletzten Versuch, ihn zum Nachdenken zu bewegen »Denk einfach über das nach, was ich dir gesagt habe. Etwas stimmt da nicht, Scott!« Aber der mitleidige Blick, den er mir über die Schulter zuwirft, zeigt mir, dass er gar nicht zuhören will. Er hat sich seine Meinung gebildet, er hat mit der Vergangenheit abgeschlossen. Ich bin bloß eine Jammergestalt, die ihn mit sich zurück in die Dunkelheit ziehen will.

Aber er irrt sich. Die Vergangenheit liegt nicht irgendwo weit hinter uns, sondern holt uns mit Riesenschritten ein.

28

In meinem Kopf überschlagen sich noch immer die Gedanken an alles, was gestern geschehen ist – die Entdeckung, dass die Aufzeichnungen der Klinik falsch sind, und Scotts Weigerung mir zuzuhören. Ich bin auf mich allein gestellt, aber ich werde nicht aufgeben. Ich werde nichts auf sich beruhen lassen. Ich werde aufstehen, mich diesem Tag und allem stellen, was er mit sich bringen wird, und ich werde der Wahrheit auf den Grund gehen. Ich habe das Gefühl, kurz vor einem Durchbruch zu stehen. Es ist so, als müsste ich mich nur noch ein klein wenig strecken, um dann alle Puzzleteile zusammenfügen zu können.

In der winterlichen Düsternis des Morgens mache ich mich für die Arbeit fertig, esse in aller Eile mein Frühstück und ziehe dann den Reißverschluss meines Regenmantels zu. Dann bin ich bereit, wie eine Verrückte vom Haus zum Auto zu rennen. Als ich die Tür aufmache, muss ich allerdings feststellen, dass auf dem Weg zum Gartentor das Wasser bestimmt zwei Zentimeter hoch steht. Da ich mir nicht sicher bin, wie wasserdicht meine Stiefel sind, laufe ich auf Zehenspitzen durch den Vorgarten. Bei jedem Schritt rechne ich damit, zu spüren, wie sich meine Socken vollsaugen. Das Wasser strömt auf ganzer Breite die Straße runter, überspült Kanaldeckel und sammelt sich in den Unebenheiten der Asphaltdecke.

»Hey!«

Ich höre eine Männerstimme rufen, sehe mich im Regen

um und versuche herauszufinden, ob der Ruf mir gegolten hat.

»Hey, Tessa!« Eine düstere Gestalt steht auf der anderen Straßenseite vor Carlys Haus.

Mit eingezogenem Kopf laufe ich rüber und erkenne Carlys Bruder Vince. Ich gehe den Kiesweg entlang und stelle mich zu ihm unter das schützende Dach der Veranda.

»Hi«, sage ich. »Nochmals danke für die Reparatur.«

»Schon okay. Hast du Carly gesehen?«

»Nicht seit Freitag, als ihr beide zusammen bei mir wart. Am Samstag haben wir noch SMS hin und her geschickt.«

»Gestern Abend sollte sie zu uns kommen, aber sie ist nicht aufgetaucht«, sagt er und wischt sich den Regen vom Gesicht. »Ich weiß ja, dass sie viel zu tun hat, aber sie hätte niemals Dads Geburtstag verpasst. Sie hätte zumindest angerufen.«

»Euer Dad hatte Geburtstag?«

»Ja. Wir haben bei uns gefeiert, es gab Steak und Fritten. Carly sagte, sie würde hinkommen.«

Ein wenig gerate ich in Sorge um sie. »Sie ist gestern nach Dorset gefahren, um wegen einer Story zu recherchieren. Eigentlich hätte sie gestern Abend zurück sein sollen, aber das Wetter ist so schlecht, dass sie vielleicht über Nacht in einem Bed & Breakfast geblieben ist.«

»Aber sie hätte zumindest eine SMS geschickt, dass sie es nicht rechtzeitig schafft. Ihretwegen musste ich Mum und Dad eine Lüge auftischen, dass sie eine Autopanne hatte. Sonst wären sie längst krank vor Sorge. Du weißt ja, wie Eltern sind.«

»Vielleicht ist der Akku leer. Oder sie hat da keinen Empfang«, gebe ich zu bedenken.

»Ja, kann schon sein. Na ja, ich muss weiter zur Arbeit. Bin eh schon spät dran.«

»Ich auch«, erwidere ich nach einem Blick auf meine Armbanduhr. »Gib mir doch deine Nummer, dann kann ich dir Bescheid geben, sobald ich von ihr höre.«

Wir tauschen die Handynummern aus, dann mache ich mich auf den Weg zu meinem Mietwagen. Mit meinen Gedanken bin ich so sehr in die Frage vertieft, was mit Carly passiert sein mag, dass ich gar nicht merke, wie der Regen sich seinen Weg unter meinen Regenmantel bahnt und mich bis auf die Haut durchnässt.

Als ich am Gartencenter ankomme, ist aus meiner Sorge um Carlys Verbleib längst eine ausgewachsene Panik geworden. Ich stelle den Wagen auf dem Parkplatz ab, mache den Motor aus und bleibe noch einen Moment hinter dem Lenkrad sitzen, während ich versuche, meine Gedanken unter Kontrolle zu bekommen. Carly hat auf keinen Anruf und keine SMS von mir reagiert, sie ist nicht zum Geburtstag ihres Vaters erschienen. Da kann was nicht stimmen. Entweder war sie in einen Autounfall verwickelt oder ... oder was? Könnte Fisher etwas damit zu tun haben? Hat er ihr womöglich etwas angetan? Ist der Mann gefährlich?

Ein Klopfen an der Seitenscheibe auf der Beifahrertür lässt mich zusammenzucken. Ich drehe mich um und sehe Ben, der neben dem Wagen steht. Er macht die Beifahrertür auf und steigt ein, während ich die Schmetterlinge in meinem Bauch zu ignorieren versuche, die er durch seine Nähe in mir auslöst.

»Regenzeit in Barnet«, sagt er.

»Verrücktes Wetter«, stimme ich ihm zu.

»Ich weiß nicht, ob es sich lohnt, heute überhaupt zu öffnen«, überlegt er. »Wer wird so verrückt sein und bei diesem Wetter ins Gartencenter gehen?«

»Dann dürfte das ein guter Tag sein, um mich weiter mit dem Einpflanzen zu beschäftigen.«

»Ja, sehr aufregend.«

»Ist mir egal. Du weißt, es macht mir Spaß.«

Er lächelt. »Darum ist Jez auch voll des Lobes über dich.«

»Ehrlich?«

»Er nennt dich gewissenhaft, und er sagt, du hast das Herz am rechten Fleck.«

»Schön, dass wenigstens einer so von mir denkt.«

»Wie ist es gestern mit Scott gelaufen? Konntest du mit ihm reden?«, will Ben wissen.

Ich lege die Hände ans Lenkrad und halte es fest umschlossen, während ich an diese Unterhaltung zurückdenke. »Je weniger ich darüber sage, umso besser.« Mein Blutdruck macht einen Satz nach oben, wenn ich nur an Scott und Ellie denke und an ihre herablassende und egoistische Art.

»Oh, das tut mir leid«, sagt Ben. »Dann hätte ich das wohl besser nicht vorgeschlagen.«

»Nein, das ist schon okay. Früher oder später hätte ich sowieso mit ihm reden müssen.« Ich lasse das Lenkrad los und lege die Hände in den Schoß. »Wenigstens herrscht jetzt Klarheit und ich kenne seine Meinung.«

»Die da wäre?«

»Dass ich verrückt bin und einen Therapeuten brauche.«

»Himmel!«

»Ja. Aber im Moment mache ich mir mehr Sorgen um meine Nachbarin.«

»Wieso?«

»Erinnerst du dich an Carly?«

»Carly?«

»Du weißt schon«, sage ich, während ich daran denken muss, wie er unseren Streit mitbekommen hat. »Die von der peinlichen Szene im Café in der letzten Woche.«

»Ach, die Journalistin? Die dich belästigt hat? Die war schon eine Nummer für sich.«

»Kann man wohl sagen«, erwidere ich. »Na ja, wir beide haben uns arrangiert. So was wie eine Art Waffenstillstand. Sie hilft mir, hinter diese Sache mit Fisher zu kommen. Aber jetzt habe ich das Gefühl, dass sie in Schwierigkeiten geraten sein könnte.«

»Was ist denn los?«

Ich erzähle ihm, wie Carly mit ihrem Bruder in mein Haus gekommen war, um heimlich das Fenster zu reparieren, und wie sie mich dann dazu überredet hat, mit ihr zusammenzuarbeiten.

»Augenblick mal«, wirft Ben ein. »Sie hat dein Haus betreten, während du nicht da warst?«

»Ja, aber das ist nicht so schlimm, wie es sich anhört«, sage ich und wundere mich darüber, dass ich Carlys Verhalten jetzt verteidige, obwohl ich zu der Zeit vor Wut gekocht habe. »Es ist so, dass wir gegenseitig das Haus des jeweils anderen gehütet haben, wenn einer von uns in Urlaub war. Sie wusste, dass ich einen Ersatzschlüssel unter einem Blumentopf deponiert hatte.«

»Das gibt ihr trotzdem nicht das Recht, einfach ...«

»Ich weiß, ich weiß.«

»Tessa«, sagt er in einem Tonfall, der mich erschrocken

aufhorchen lässt. »Wenn sie weiß, wo der Schlüssel für dein Haus ist, hast du jemals in Erwägung gezogen, dass es Carly gewesen sein könnte, die den Jungen in dein Haus gebracht hat?«

»Was? Nein!« Ich nehme eine Hand hoch und kaue auf dem Daumennagel. »Das ergibt doch keinen Sinn.«

»Wer könnte denn sonst noch ins Haus kommen?«, fragt er. »Außerdem hat sie ein Motiv.«

»Was denn für ein Motiv? Warum sollte sie ...« Dann fällt bei mir endlich der Groschen, und ich lege die Fingerspitzen an meine Stirn. »Die Story?«

»Ganz genau.«

»Hm, ich weiß nicht, Ben.« *Wäre sie tatsächlich zu etwas derart Irrem fähig?* »Okay, sie hat schwere finanzielle Sorgen. Und wenn sie nicht bald eine große Story abliefert, kann es sein, dass sie sich von ihrem Haus verabschieden muss.«

»Na, bitte«, sagt Ben. »Ich halte sie durchaus für eine Reporterin, die notfalls auch die eigene Großmutter verkauft, um an eine Story heranzukommen.«

»Shit.« Was, wenn ich der falschen Fährte gefolgt bin und Fisher hat mit der Sache wirklich nichts zu tun? Wenn Carly ihn und seinen Sohn nur benutzt hat, um eine absurde Story in Gang zu setzen? »Ich glaube, ich muss mit ihr reden, nicht wahr? Aber sie geht nicht ans Telefon. Sie ist spurlos verschwunden.«

»Seit wann?«

»Gestern früh wollte sie nach Cranborne fahren, aber seitdem habe ich nichts mehr von ihr gehört. Ich schätze, ich muss doch mit der Haushälterin reden. Außer der wüsste ich niemanden, der mir nützliche Informationen liefern kann.«

»Dann geh jetzt zu ihr und rede mit ihr.«

»Das geht nicht, ich muss arbeiten.«

»Einpflanzen kannst du immer noch«, widerspricht Ben mir. »Das hier ist viel wichtiger.«

»Aber ...«

»Jetzt geh schon. Wenn du willst, kann ich mitkommen.«

»Nein, diese Frau ist so schon nervös genug. Wenn wir da zu zweit aufkreuzen, wird sie gar kein Wort mehr sagen. Ich habe ja schon Bedenken, dass sie überhaupt mit mir allein reden wird.«

»Einen Versuch ist es trotz allem wert.«

»Und du hast sicher nichts dagegen?«, hake ich nach.

»Würde ich es dir sonst sagen?«

»Ich hole die Zeit wieder rein«, erkläre ich.

»Mach dir darüber mal keine Sorgen.«

Ich beuge mich vor und gebe ihm ohne nachzudenken einen Kuss auf die Wange. Es fühlte sich völlig natürlich an, das zu tun. Ben nimmt meine Hand, streicht mit den Lippen ganz leicht darüber und legt sie dann zurück in meinen Schoß. Dann steigt er aus und steht wieder im strömenden Regen.

»Gib mir Bescheid, welche Fortschritte du machst. Und pass bloß auf dich auf«, ruft er mir von draußen zu. Dann fällt die Tür mit einem dumpfen Knall zu.

»Ja, klar«, gebe ich zurück, aber er ist durch die Scheibe nur noch verschwommen zu erkennen.

Je weiter ich mit meinen Ermittlungen vordringe, umso verwirrender und widersprüchlicher wird das Ganze. Könnte Ben recht haben? Könnte Carly hinter der Sache stecken? Möglich wäre es, aber ich weiß einfach nicht mehr, wem ich vertrauen kann und wem nicht ...

29

Und wieder stehe ich vor dem Haus, in dem Fishers ehemalige Haushälterin wohnt, nur hat sie diesmal nicht auf mein Klingeln reagiert. Es ist fast neun Uhr, vermutlich ist sie schon zur Arbeit gegangen. Allerdings war sie letzten Freitag um diese Zeit zu Hause. Also kann es durchaus auch so sein, dass sie da ist, aber nicht öffnet. Wieder drücke ich auf den Klingelknopf, aber auch jetzt passiert nichts. Meine Befürchtung ist, dass Vince die Polizei alarmieren wird, wenn er nicht bald etwas von Carly hört. Damit wird er letztlich aber nur mehr neue Probleme schaffen als alte lösen.

Ich gehe von der Tür weg und stelle mich auf den nassen Gehweg, um von dort zu dem Fenster raufzuschauen, an dem beim letzten Mal Merida Flores zu sehen gewesen war. Eiskalter Regen trifft mich ins Gesicht, Tropfen bleiben an meinen Wimpern hängen oder laufen mir in den Nacken. Ich nehme davon keine Notiz. Die Vorhänge sind heute aufgezogen, der Raum dahinter sieht dunkel aus. Ich vermute, sie ist bloß nicht daheim. Ich sollte jetzt aufbrechen und zur Arbeit zurückfahren. Und ich sollte darauf vertrauen, dass Carly sich bei mir meldet. Außerdem könnte es ja tatsächlich so sein, wie Ben überlegt hat, und das würde erklären, warum meine hinterlistige Nachbarin einen so großen Bogen um mich macht.

Ehe ich weggehe, lasse ich noch eine Geste für den Fall folgen, dass Merida Flores da oben ist und mich sehen kann.

Ich starre das Fenster an und lege die Hände flach aneinander, als würde ich beten oder sie anflehen. Es ist meine letzte Bemühung, ihre Aufmerksamkeit auf mich zu lenken und ihr meine Verzweiflung zu zeigen. Mein Herz setzt einen Schlag aus, da eine schemenhafte Figur hinter der Scheibe auftaucht. Da ist sie! Sie ist zu Hause. Unsere Blicke treffen sich, dann nickt sie knapp und verschwindet wieder. Soll das bedeuten, dass sie mir nun öffnen wird?

Ich gehe zur Tür und klingele, dann halte ich gebannt die Luft an. Diesmal meldet sie sich.

»Tessa Markham«, ertönt es aus der Sprechanlage, was mehr nach einer Feststellung als nach einer Frage klingt.

»Hallo«, sage ich und versuche, irgendetwas Belangloses anzufügen, etwas, das sie mehr in Laune versetzt, um mit mir zu reden. »Ich brauche Ihre Hilfe«, füge ich an. »Können wir uns kurz unterhalten? Ein paar Minuten?«

Schließlich wird aufgedrückt. Ich betrete einen überraschend hellen und gemütlichen Hausflur. Das Holz verbreitet den Duft von Politur mit Zitronenaroma. Alles ist auf Hochglanz poliert, nirgendwo ist ein Hauch von Schmutz zu entdecken.

Als ich die mit Teppichboden ausgelegte Treppe hinaufgehe, wird im ersten Stock eine von zwei Wohnungstüren geöffnet. Dahinter kommt die kleine, zierliche Gestalt von Merida Flores zum Vorschein – wobei ich ja selbst schon nicht zu den Größten zähle.

»Hallo«, sage ich erfreut und nervös zugleich, da ich nun endlich mit der Frau reden kann, die mir womöglich die Erklärung dafür liefern kann, was in der letzten Zeit in meinem Leben verkehrt läuft.

Müsste ich sie einschätzen, würde ich sagen, dass Merida Flores vielleicht Anfang vierzig ist. Die dunklen Haare trägt sie zu einem strengen Pferdeschwanz nach hinten gebunden. Oben angekommen, macht sie einen Schritt von der Tür weg und bedeutet mir in die Wohnung zu kommen. Ich muss einmal tief durchatmen, dann trete ich ein und folge ihr durch einen kurzen, düsteren Flur in ein Wohnzimmer mit großzügig bemessenem Erkerfenster. Davor steht ein dunkler Holztisch mit zwei Stühlen. Es ist das Fenster, an dem ich sie eben von der Straße aus gesehen habe. So wie im Hausflur riecht es auch hier nach Bohnerwachs.

Durch die düsteren Wolken über der Stadt und den anhaltenden Regen ist es in der Wohnung so finster, als würde jeden Moment die Nacht hereinbrechen. Flores macht daraufhin das Licht an, doch das macht die Atmosphäre nur noch unheimlicher, weil der Lampenschirm fremdartige Schatten wirft.

Wir stehen uns gegenüber, sehen uns seltsam verlegen an, halten die Arme verschränkt. Ihre schmalen Finger spielen nervös mit dem Anhänger ihrer Halskette.

»Vielen Dank, dass Sie mich hier empfangen«, sage ich schließlich bedächtig und deutlich, da ich nicht weiß, wie gut ihr Englisch ist. Mich wundert immer noch, dass sie mich hereingelassen hat. Ich dachte, sie würde sich noch länger sträuben, nachdem sie mir beim letzten Anlauf nicht geöffnet hatte. Aber ich frage sie nicht nach dem Grund für ihren Sinneswandel, weil ich ihr keinen Anlass bieten will, es sich doch noch einmal anders zu überlegen.

Flores nickt flüchtig.

»Mein Name ist Tessa, aber das wissen Sie ja längst.«

»Mein Name ist Angela«, erwidert sie mit leiser Stimme, aus der ihr Akzent gut herauszuhören ist.

»Angela? Ich dachte, Sie heißen Merida. Merida Flores.«

»Ja, ich heiße Angela Merida Flores. In Spanien haben wir zwei Nachnamen, den der Mutter und den des Vaters, sí?«

»Oh, okay. Das wusste ich nicht.«

»Bitte setzen Sie sich.« Sie deutet auf ein grünes Kunstledersofa, das beunruhigend knarrt, als ich auf der äußersten Kante Platz nehme. Sie setzt sich auf einen der beiden Stühle am Fenster.

»Ich muss Sie ein paar Dinge fragen«, beginne ich.

»Sie haben gesagt, dass Sie meine Hilfe brauchen.«

Ich bin mir zwar nicht im Klaren darüber, welche Absichten Carly tatsächlich verfolgt, dennoch will ich zuerst auf sie zu sprechen kommen. »Ja, meine Nachbarin ist verschwunden, nachdem sie sich gestern auf den Weg gemacht hatte, um Dr. James Fisher zu besuchen.«

Als der Name fällt, wird Angela blass und schüttelt den Kopf. »Das ist nicht gut«, murmelt sie.

»Nicht gut?«, wiederhole ich. Carly mag nicht die Person sein, mit der ich am liebsten zu tun habe, doch jetzt beginne ich mir um ihre Sicherheit ernsthaft Sorgen zu machen. »Dieser Dr. Fisher ... ist er gefährlich?«

»Dr. Fisher? Gefährlich? Nein.«

»Aber warum haben Sie gesagt, dass das ›nicht gut‹ ist?«, will ich wissen. »Als ich seinen Namen erwähnt habe, sind Sie bleich geworden.«

»Ich habe keine Angst vor Dr. Fisher. Ich glaube nicht, dass er jemandem etwas antun würde«, beteuert sie.

»Sie haben doch für ihn gearbeitet, nicht wahr? Sind Sie sich wirklich sicher, dass er harmlos ist? Meine Nachbarin ...« Ich bringe es nicht fertig, Carly als Freundin zu bezeichnen. »Sie ist zu ihm gefahren, und seitdem kann ich sie nicht mehr erreichen. Sie reagiert nicht auf meine Anrufe.«

»Dr. Fisher ist ein ernster Mann, aber nicht gewalttätig. Nicht gefährlich. Er würde Ihrer Nachbarin nicht wehtun, davon bin ich überzeugt.«

»Warum haben Sie mich verfolgt, Angela? Ich habe Sie ein paar Mal gesehen, aber Sie sind immer weggelaufen.«

Sie legt die Hände vors Gesicht, aber ich kann nicht erkennen, ob sie konzentriert nachdenkt oder ob sie weint.

»Ist alles in Ordnung?« Plötzlich wird mir etwas bewusst. Ich stehe auf und mache einen Schritt auf die Frau zu, während mir eine Gänsehaut über den Rücken läuft. »Harry sprach davon, dass ein Engel ihn zu mir ins Haus gebracht hat. Ihr Name ist Angela. Angela – Angel – Engel? Waren *Sie* das? Haben *Sie* Harry zu mir gebracht?«

Sie nimmt die Hände runter und starrt auf ihre Knie, ihre Miene hat sich verfinstert. »Harrys Mutter nannte mich immer ihren Engel. Gott möge ihrer Seele gnädig sein.« Sie bekreuzigt sich. »Harry machte das nach und nannte mich seinen Engel. Es war ein harmloser Scherz.«

»Dann waren *Sie* es also!«

»Mrs Fisher war eine wunderbare Frau«, redet Angela weiter. »Ich war so traurig, als sie starb. Es war schrecklich für den Jungen, seine Mutter zu verlieren.«

»Aber warum haben Sie ihn zu mir gebracht?«, will ich wissen. »Das waren doch *Sie,* nicht wahr?«

»Ja, Sie haben recht. Ich habe Harry zu Ihnen ins Haus gebracht.«

Mich erstaunt und verwirrt, dass sie das tatsächlich gesteht. »Aber warum? Warum haben Sie das gemacht? Anschließend sind Sie mir gefolgt. Vielleicht haben Sie das ja vorher auch schon gemacht. Das hat irgendetwas mit Dr. Fisher zu tun, nicht wahr?«

Dann endlich sieht sie mich wieder an. »Tessa, es tut mir leid. Ich wusste nicht, dass die Zeitungen all diese schlimmen Dinge über Sie schreiben würden. Ich wusste nicht, dass Sie durch Harry so großen Ärger bekommen würden. Aber sie wollte, dass ich das tue. Und ich habe es ihr versprochen.«

»Wer? Wer wollte das? Hat es etwas mit Carly zu tun? Hat sie Ihnen Geld gegeben?«

Erschrocken greift Angela nach dem Kreuz an ihrer Halskette. »Also gut. Setzen Sie sich bitte wieder hin, ich werde es Ihnen erzählen.«

Und so nehme ich abermals auf dem knarrenden Sofa Platz, während mein Herz wie wild schlägt und ich mich frage, was mir diese Frau erzählen will.

30

»Dr. Fisher und seine Frau lebten hier in London, in einem Haus, das nicht weit von hier entfernt liegt«, beginnt sie zu erzählen. »Als seine Frau schwanger wurde, fing ich an für sie zu arbeiten. Nachdem ihr Sohn Harry zur Welt gekommen war, zogen sie um nach Dorset in das Dorf Cranborne. Sie zogen dahin, weil Dr. Fisher dort Arbeit bekommen hatte und weil sie wollten, dass Harry auf dem Land aufwächst. Ich bin ihnen dorthin gefolgt und habe fast sechs Jahre für sie gearbeitet. Ich habe mich da auch um Harry gekümmert, wenn Mrs Fisher gearbeitet hat. Sie war die Empfangsdame in Dr. Fishers Klinik. Anfang dieses Jahres wurde Mrs Fisher dann sehr, sehr krank, und ihr Arzt sagte ihr, dass sie nicht mehr lange zu leben hatte. Sie hatte Krebs.«

Ich nicke, da mir das alles bekannt ist. Die Presse hat diesen Teil aus Fishers Leben ganz besonders in den Vordergrund gespielt, weil es viel tragischer rüberkommt, wenn das einzige Kind des gerade erst verwitweten Dr. Fisher entführt worden ist. Und umso ergreifender war dann der Moment, als die beiden wieder zusammengebracht wurden.

»Ihr Arzt sagte, sie könnten eine Operation versuchen«, fährt Angela fort, »aber die Risiken seien sehr groß. Sie entschied sich trotzdem für die Operation. Ohne den Eingriff würde sie auf jeden Fall sterben, und durch die Operation bestand eine kleine Chance weiterzuleben. Dr. Fisher war gegen die Operation, weil er sie nicht noch früher verlieren wollte. Doch sie bestand darauf, weil die Operation ihre einzige Chance war, auch wenn er damit nicht einverstanden war. Am Tag vor der Operation rief sie mich ins Arbeitszimmer, wo sie sich aufs Sofa gelegt hatte. Es war warm im Zimmer, im Kamin brannte ein Feuer, aber sie lag unter zahlreichen Decken da. Auf mich wirkte sie wie ein kleiner Vogel in seinem Nest. Ich wollte so sehr weinen, aber ich sagte mir, dass ich stark bleiben muss. Die Lady sollte meine Tränen nicht sehen. Ich musste stark sein, ich musste weiterhin ihr Engel sein.«

Als ich höre, wie Angela mir von Mrs Fishers Krankheit erzählt, spüre ich einen Kloß im Hals. Ich kenne das Gefühl nur zu gut, wenn man alles tut, um für einen anderen Menschen stark zu sein. Wenn man bemüht ist, den anderen nicht erkennen zu lassen, dass man innerlich zerbricht. Wenn man eine Maske aufsetzt, um dem anderen Kraft für das zu geben, was als Nächstes kommen wird. Ich schüttele diese Erinnerungen ab.

»Aber ich war nicht auf das gefasst, was Mrs Fisher mir dann erzählte«, sagt Angela. »Ich dachte, sie verliert vielleicht den Verstand. Ich dachte, sie ist von ihren Medikamenten verwirrt. Was sie sagte, ergab keinen Sinn.«

»Und was erzählte sie Ihnen?«, frage ich und beuge mich ein Stück weit zu ihr vor.

»Sie wollte, dass ich ihr etwas verspreche. Sie wollte, dass ich Harry zu Ihnen bringe.«

»Fishers Frau hat das von Ihnen gewollt?« Ich verstehe nicht, was Angela mir damit sagen will.

»Ich habe ihr gesagt: ›Sie können nicht einfach Ihr Kind irgendwem geben. Was ist mit seinem Vater?‹ Und ich sagte ihr auch, dass man mich ins Gefängnis schickt, wenn ich ihr

Kind an mich nehme. Daraufhin gab sie mir einen Zettel. Warten Sie, ich hole ihn.« Angela steht auf und verlässt kurz das Zimmer.

Ich versuche in der Zwischenzeit zu verarbeiten, was sie mir bislang erzählt hat. Aber ich komme nicht dahinter, warum eine im Sterben liegende Frau auf die Idee kommt, ihren Sohn zu mir zu schicken, zu einer wildfremden Person. Vielleicht war ihr Ehemann kein guter Vater, und sie wollte Harry von zu Hause wegschaffen. Dennoch ergibt es selbst unter dieser Voraussetzung keinen Sinn.

Sekunden später kehrt Angela zu mir zurück. »Hier«, sagt sie und gibt mir ein zweimal gefaltetes Blatt Papier. »Mrs Fisher gab mir Ihren Namen – Tessa Markham – und Ihre Adresse, und dann musste ich ihr schwören, dass ich Harry gleich nach ihrem Tod zu Ihnen bringe. Ich wollte wissen, wer Sie sind. Eine Freundin? Eine Verwandte? Sie sagte, das sei nicht wichtig, aber ich widersprach, das sei sogar sehr wichtig. Sie sagte nur, ich müsse Harry klarmachen, dass Sie seine neue Mutter sein würden. Wenn ich das nicht täte, dann müsste sie fürchten, nach dem Tod in die Hölle zu kommen. Sie sagte, etwas Schreckliches sei geschehen, und nur ich könnte das wiedergutmachen. *Ich*!« Angela legt eine Hand auf ihr Herz, ihre Augen sind weit aufgerissen, als könnte sie noch immer nicht fassen, was Mrs Fisher von ihr gewollt hatte.

»Sie ließ mich bei der Jungfrau Maria schwören, dass ich es für sie tue. Ich wollte es gar nicht, aber sie flehte mich an. Sie hielt meine Hand so fest, und ich sah diese gebrechlich gewordene Frau an, die nur so leicht wie eine Feder war. Meine Hand hielt sie aber mit solcher Kraft fest, dass ihre

Fingernägel bei mir Abdrücke hinterließen. Ich weiß nicht, was in mich gefahren war, aber ich versprach ihr bei der Jungfrau Maria, dass ich ihre Bitte erfüllen würde. Mrs Fisher war katholisch, so wie ich auch. Unser Glaube ist sehr stark. Dr. Fisher dagegen glaubt an gar keinen Gott. Er sagt, er ist ein Mann der Wissenschaft. Aber Mrs Fisher erzählte mir, dass ihr Mann sehr stur ist. Selbst wenn er an Gott glauben wollte, würde er sich lieber gegen seine wahren Gefühle stellen, anstatt seine Einstellung zu ändern oder zuzugeben, dass er sich geirrt hat.«

Ich falte das Blatt auseinander und hoffe, dass sich mir die Beweggründe offenbaren, wenn ich das lese, was Mrs Fisher in krakeliger Handschrift festgehalten hat.

Ich, Elizabeth Fisher, bitte darum, dass Angela Merida Flores meinen Sohn Harry Fisher zu Tessa Markham bringt und ihn dort belässt, damit er sicher aufgehoben ist. Tessa soll Harrys neue Mutter sein. Ich bestätige hiermit, dass Angela auf meinen ausdrücklichen Wunsch hin handelt und ihr kein Fehlverhalten zur Last gelegt werden soll.

Unter diesem Text befindet sich meine vollständige Adresse, darunter die Unterschrift von Fishers Ehefrau. Aber Elizabeth Fisher kann nicht bei klarem Verstand gewesen sein, denn ich bin mir ziemlich sicher, dass dieses Schreiben Angela nicht vor einer Strafverfolgung schützen könnte. Einem verwitweten Mann den Sohn wegzunehmen, ohne ihn um Erlaubnis zu bitten, kann nicht legal sein, auch wenn die verstorbene Mutter sich das gewünscht haben mag.

»Was war geschehen, dass Elizabeth Fisher glaubte, sie werden zur Hölle fahren?«, will ich wissen. »Was hat sie getan?«

»Mehr hat mir Mrs Fisher dazu nicht gesagt. Ich habe sie wieder und wieder gefragt, aber oft war sie dann schon so müde und erschöpft, dass ihr die Augen zufielen. Letztlich schickte sie mich weg und schlief dann fest ein. Danach habe ich sie nie wieder allein angetroffen, und mein Gefühl sagte mir, dass Dr. Fisher nichts von dem erfahren sollte, was sie mir gesagt hatte. Ich dachte mir, ich werde sie fragen, wenn sie die Operation hinter sich hat. Ich war der Meinung, dass sie vielleicht bloß in einer Art Delirium diese Bitte geäußert hatte. Nach der Operation wachte sie dann nicht mehr auf und starb einige Tage später. Es war so grenzenlos traurig. Ich war wegen Harry und seinem Vater am Boden zerstört. Ich versuchte alles, um es den beiden so leicht wie möglich zu machen. Aber Dr. Fisher war vor Trauer fast wie verrückt. Ich dachte mir noch, ich kann ihm nicht antun, worum Mrs Fisher mich gebeten hatte. Es ist nicht richtig, diesem Mann auch noch den Sohn wegzunehmen. Nur zwei Tage nach dem Tod von Mrs Fisher rief er mich in sein Büro und sagte mir, dass meine Dienste nicht länger benötigt würden. Er warf mir das einfach so an den Kopf. Eiskalt. So als wäre ich ein Niemand. So als hätte ich nicht jahrelang bei ihm gewohnt und für die ganze Familie gesorgt. ›Was ist mit Harry?‹, wollte ich von ihm wissen. Ich dachte nur an den armen Jungen. Er wird seine Mutter und seinen Engel gleichzeitig verlieren. Ich gehöre für ihn zur ... zur Familie. Er ist für mich wie ein Sohn. Ich flehte Dr. Fisher an, mich wenigstens noch einige Monate zu beschäftigen, bis Harry aufhörte, allzu traurig zu sein. Ich sagte ihm, er müsse mich nicht bezahlen. Ich wäre schon glücklich, wenn ich bleiben und mich um den Jungen kümmern könnte. Aber er wollte davon nichts wissen. Er war zu traurig und zu wütend. Er gab mir den Lohn für sechs Monate und forderte mich auf, dass ich bis zum Ende der nächsten Woche ausziehen müsste. Er hat mir mit weniger als einer Woche Frist gekündigt. Ich war am Boden zerstört, weil ich Harry zurücklassen musste. Er fehlt mir immer noch. Es tut hier weh.« Dabei legt sie beide Hände auf den Bauch. »Die ganze Zeit über musste ich an das denken, worum Mrs Fisher mich gebeten hatte. Es war schrecklich. Wochenlang habe ich mit mir gerungen. Ich wollte es nicht machen, aber ich hatte es Mrs Fisher geschworen. Ich wollte nicht, dass sie in die Hölle kommt. Ich wollte nicht für das verantwortlich sein, was ihrer Seele widerfahren würde. Also kam ich zu dem Schluss, dass ich es tun musste. Sechs Wochen, nachdem Dr. Fisher mich zum Gehen aufgefordert hatte, holte ich Harry aus dem Haus seines Vaters und brachte ihn zu Ihnen. Aber es ist ganz schrecklich ausgegangen. Ich glaube, ich habe dadurch die Situation für alle noch viel schlimmer gemacht. Es tut mir so leid.« Mit den Fingerspitzen reibt sie sich über die Stirn. »Werden Sie jetzt zur Polizei gehen? Die wird mich doch festnehmen, oder? Ich muss bestraft werden für das, was ich getan habe.«

Mein Verstand überschlägt sich, weil Angela mir so viel erzählt hat. Ist sie geisteskrank? Ist das alles vielleicht nur gelogen? Andererseits ist das alles so absurd, dass man sich so etwas gar nicht ausdenken kann. Sie müsste schon eine verdammt gute Schauspielerin sein, um so viel Qualen und Pein vortäuschen zu können. Ich glaube ihr, dass sie die Wahrheit sagt, dennoch ist das alles immer noch keine Erklärung. Wenn das Ganze das Werk der Ehefrau war, und

Dr. Fisher hat mit diesen Dingen nichts zu tun, wie passt dann alles überhaupt zusammen?

»Ich werde nicht zur Polizei gehen «, erkläre ich. »Jedenfalls noch nicht. Aber früher oder später wird die zuständige Polizei wohl davon erfahren müssen.«

Angela nickt. »Okay, danke.«

»Kann ich dieses Papier haben?«, frage ich, da ich überlege, ob Elisabeth Fishers Zeilen als Beweismaterial gedeutet werden könnten.

Nach kurzem Zögern nickt sie wieder. »Ja, behalten Sie das Schreiben.«

»Warum soll Elizabeth Fisher gewollt haben, dass ihr Sohn zu mir kommt?«, überlege ich. »Können Sie sich irgendeinen Grund vorstellen? Neigt Dr. Fisher vielleicht zu Gewaltanwendung? Das wäre das Einzige, was für mich einen Sinn ergeben könnte.«

»Nein, nein, er ist nicht gewalttätig. Dr. Fisher ist ein guter Vater. Streng, aber nicht brutal. Niemals. Er liebt seinen Sohn, davon bin ich überzeugt.«

»Aber warum sollten Sie Harry dann ausgerechnet zu mir bringen?«, will ich wissen. »Mrs Fisher kennt mich nicht, wir sind uns nie begegnet. Sie muss Ihnen doch irgendeinen Grund genannt haben.«

Angela schüttelt den Kopf. »Sie hat mir nichts erklärt, sondern nur darauf bestanden, dass ich schwöre, ihrem Wunsch nachzukommen. Sie müssen wissen, sie war zu der Zeit schon schwer krank und sehr geschwächt. Das Reden fiel ihr sehr schwer, es kostete sie viel Kraft.«

»Gut, aber da ist noch eine andere Sache, die mir Rätsel aufgibt«, sage ich.

»Rätsel?«

»Wie sind Sie an diesem Tag mit Harry in mein Haus gelangt?«

»Ich muss mich entschuldigen«, sagt Angela und schüttelt betrübt den Kopf. »Es war unverschämt von mir, einfach Ihr Haus zu betreten.«

»Das ist schon okay«, erwidere ich. »Ich bin Ihnen nicht böse. Ich will nur wissen, *wie* Sie reingekommen sind.«

»Ich habe den Schlüssel benutzt, den Sie unter den Blumentopf gelegt haben. Es ist nicht gut, den Schlüssel da zu verstecken. Das ist gefährlich. Das lockt Einbrecher an.«

»Aber woher wussten Sie von dem Schlüssel?«, hake ich nach. Es war wirklich dumm von mir, den Schlüssel ausgerechnet da zu verstecken. Erst Angela, dann Carly ...

»Ich bin oft an Ihrem Haus vorbeigegangen, um einen Weg zu finden, wie ich Harry zu Ihnen bringen kann. Dabei habe ich Ihre Nachbarin gesehen, die Frau von gegenüber. Ich habe sie ins Haus gehen sehen, nachdem sie den Schlüssel unter dem Blumentopf herausgeholt hatte.«

Im ersten Moment bekomme ich den Mund nicht mehr zu. »Carly? Die Frau mit den langen braunen Haaren?«

»Ja. Sie ist in Ihr Haus gegangen, wenn Sie arbeiten waren. Ich nahm an, sie ist Ihre Putzfrau.«

»Nein, sie ist verdammt noch mal nicht meine Putzfrau. Sie ist die Nachbarin, von der ich Ihnen erzählt habe. Die Frau, die spurlos verschwunden ist.« Ich kann es nicht fassen, dass Carly einfach bei mir ein und aus geht! Das ist unglaublich!

Ich lasse mich auf dem Sofa nach hinten sinken, während ich zu verstehen versuche, was Angela mir alles erzählt hat.

Mir wird klar, dass Carly sich schon seit einer Ewigkeit ständig in meinem Haus umsehen konnte, um nach etwas zu suchen, das sie gegen mich verwenden kann. Oder ist es so, wie Ben zu bedenken gegeben hat, dass sie mein Haus mit viel düstereren Absichten betreten hat? Könnte sie diese ganze Sache von Anfang an inszeniert haben? Könnte sie Elizabeth Fisher manipuliert haben? Würde sie tatsächlich so tief sinken?

Mir wird bewusst, dass ich am ganzen Leib zittere.

Angela steht auf und kommt zu mir, nimmt meine Hände und drückt sie. »Es tut mir leid«, sagt sie. »Verzeihen Sie, dass ich einfach in Ihr Haus gegangen bin. Und dass ich Harry dort hingebracht habe. Das hätte ich nicht tun dürfen.«

»Ist schon okay, Angela«, sage ich, während sich in meinem Kopf alles um die Frage dreht, was Carly tatsächlich weiß und wie tief sie in der Sache mit drinsteckt. »Ich verzeihe Ihnen, wirklich.« Zumindest glaube ich, dazu in der Lage zu sein. Ich bekomme meine Gedanken gerade nicht unter Kontrolle. Das Ganze ist eindeutig zu viel für mich.

31

Wenig später sitze ich in meinem Mietwagen, den ich um die Ecke von Angelas Haus abgestellt hatte, und denke über das nach, was ich von ihr erfahren habe. Ich bin zutiefst erleichtert, seit mir klar ist, dass eindeutig nicht ich diejenige war, die Harry in einem Anfall von geistiger Umnachtung entführt hatte. Unterbewusst war ich in ständiger Sorge gewesen, dass ich womöglich im Begriff war, den Verstand zu verlieren, und dass ich Dinge komplett ausblende, die ich getan habe. Diese Zweifel hatten ständig an mir genagt. Aber nachdem Angela alles gestanden hat, weiß ich, dass ich bei klarem Verstand bin. Ich kann mir selbst doch immer noch vertrauen.

Aber jetzt stehe ich immer noch vor dem Dilemma, was ich als Nächstes tun soll. Eigentlich bleibt mir ja gar keine Wahl. Wenn ich die Wahrheit herausfinden will, muss ich noch einmal nach Dorset fahren und mit Fisher reden. Der Gedanke daran macht mir einerseits Angst, andererseits kann ich es kaum erwarten. Immerhin könnte ich dort die ganze Wahrheit erfahren.

Als Erstes rufe ich wieder Carly an, wobei mich maßlose Wut darüber erfasst, dass sie sich offenbar wiederholt Zutritt zu meinem Haus verschafft hat, wenn ich nicht daheim war. Wie oft hat sie das gemacht? Wonach hat sie gesucht? War sie auf der Suche nach scheinbaren Beweisen, um mir ein Verbrechen anzuhängen, das ich nicht begangen hatte? O verdammt, ich werde sie umbringen, sobald ich sie zu fassen bekomme.

Doch dann fällt mir ein, dass sie momentan in größten Schwierigkeiten stecken könnte, was mir gleich wieder ein schlechtes Gewissen bereitet. Mein Anruf landet auch diesmal auf ihrer Mailbox. Ich lege sofort auf, denn Nachrichten habe ich ihr mehr als genug hinterlassen.

Okay, ich habe tatsächlich keine andere Wahl: Ich muss meine mögliche Verhaftung in Kauf nehmen, weil ich zurück nach Cranborne fahre. An die Polizei kann ich mich nicht wenden, jedenfalls noch nicht. Erst muss ich mit Fisher sprechen. Von Angela weiß ich, dass er nicht gefährlich oder gewalttätig ist, also werde ich versuchen, ihn zu einem Gespräch zu überreden. Sollte er wieder wütend werden, dann werde ich nicht noch einmal die Flucht ergreifen, sondern ihm den Brief seiner Frau zeigen, den Angela mir gegeben hat. Wenn er den Brief sieht, wird er mich nicht einfach abwimmeln können. Sollte er die Polizei rufen, dann werde ich den Brief an die Beamten übergeben, damit die sich mit dem Fall befassen können.

Da ist aber noch ein anderes Dilemma: Scott. Einerseits möchte ich ihn nicht schon wieder in mein Leben hineinziehen, immerhin hat er seine Gefühle mir gegenüber mehr als deutlich gezeigt. Er hält mich für eine Spinnerin, und er will, dass ich ihn und Ellie nicht in seinem neuen Familienglück störe. Aber er muss erfahren, dass ich tatsächlich nicht diejenige war, die Harry in mein Haus gebracht hatte. Nachdem Angela gestanden hat, dass es ihr Werk war, wird es Scott ja vielleicht dämmern, dass er sich mir gegenüber unfair verhalten hat. Bevor es mir gelingt, mir mein Vorhaben doch noch auszureden, rufe ich ihn auf dem Handy an. Nach dem dritten Klingeln meldet sich die Mailbox. Ich möchte wetten, er hat meine Nummer gesehen und meinen Anruf umgeleitet. Dieser Dreckskerl. Immer deutlicher sehe ich die einstige Liebe meines Lebens in einem ganz anderen Licht.

»Hi, Scott. Tessa hier. Ich wollte dir nur sagen, dass ich jetzt endlich weiß, wer Harry letzten Sonntag in mein Haus gebracht hatte. Es war Fishers Haushälterin, sie hat es zugegeben. Du kannst dich gern jederzeit bei mir dafür entschuldigen, dass du mir die Entführung des Jungen unterstellt hast. Ich werde heute noch mal zu Fisher fahren, und vielleicht willst du ja mitkommen, nachdem du jetzt weißt, dass ich keine Kinder kidnappe. Ich schicke dir gleich noch seine Adresse, falls du dich mit mir da treffen willst. Ich bin mir ziemlich sicher, dass das Ganze etwas mit Fishers Tätigkeit in der Balmoral Clinic zu tun hat, als ich dort Sam und Lily bekommen habe. Ich werde ihn schon zum Reden bringen. Wenn du mir helfen willst, die Wahrheit aufzudecken, kannst du mich ja anrufen.«

So wie ich Scott inzwischen kenne, wird er Ellie meine Nachricht vorspielen, und beide werden sie noch überzeugter davon sein, dass ich eine wirre Spinnerin bin. Aber zumindest kann er sich nicht beklagen, ich hätte ihn nicht auf dem Laufenden gehalten. Dann schicke ich ihm noch ein Foto von Elizabeth Fishers Brief hinterher. Vielleicht überzeugt ihn das ja eher davon, dass ich nichts erfinde.

Adrenalin strömt durch meinen Körper, während ich die letzten Meilen bis zum Gartencenter zurücklege. Wasser spritzt nach links und rechts, während ich durch eine Pfütze nach der anderen fahre, die Scheibenwischer arbeiten auf Hochtouren, und die schwarzen Regenwolken hängen so tief, dass man meint, man müsste nur die Hand ausstrecken, um sie berühren zu können.

Bei Moretti's treffe ich Ben an seinem Schreibtisch an, wo er sich durch einen Berg Papiere kämpft. Er sieht auf, bemerkt mich und winkt mich zu sich. »Wie ist es gelaufen?«, fragt er, nimmt die Brille ab und lehnt sich nach hinten.

Ich nehme ihm gegenüber Platz und erzähle, was ich herausgefunden habe.

»Du lieber Himmel!«, sagt er kopfschüttelnd, als ich fertig bin.

»Kann man wohl sagen.«

»Und was machst du jetzt?«, will er wissen. »Du musst doch der Polizei mitteilen, dass die Haushälterin dir dieses Geständnis gemacht hat.«

»Ich weiß nicht, Ben. Ich möchte es der Polizei ja sagen, aber ich befürchte, dass man weder mir noch Angela das wirklich abnehmen wird. Ehrlich gesagt, kommt sie auch ein bisschen heftig rüber. Sehr religiös. Sie glaubt, für die Seele von Fishers Ehefrau verantwortlich zu sein, wenn ich das richtig verstanden habe. Es könnte sein, dass sie sie als unglaubwürdig hinstellen, und damit wäre ich dann keinen Schritt weiter.«

»Warum zeigst du ihnen nicht den Brief von Harrys Mutter? Wenn sie den sehen, kannst du doch nicht länger verdächtig sein. Dann kann dein Leben wieder in normalen Bahnen verlaufen, und du musst dir um nichts mehr Sorgen machen. Versuch doch einen Schlussstrich zu ziehen.«

Allmählich erwacht in mir die Befürchtung, Angela könnte sehr wohl verrückt sein. Sie könnte sich das alles nur ausgedacht haben und auch den Brief gefälscht haben, der angeblich von Elizabeth Fisher stammt. »Nein, ich glaube, ich muss erst mit Fisher reden«, sage ich und erkläre: »Ich will seine Reaktion sehen, wenn ich ihm erzähle, was seine Frau und Angela getan haben. Ich will ihm dabei ins Gesicht sehen. Ich will beobachten können, ob er mehr weiß, als er verrät.«

»Aber was ist mit dieser Verwarnung, die die Polizei dir gegeben hat? Wenn du hingehst und wirst daraufhin verhaftet ... das ist keine besonders gute Idee, Tess.«

»Das weiß ich auch«, sage ich und werde etwas lauter. »Das ist sogar eine ganz üble Idee. Ich bin nicht dumm, und ich nehme das auch nicht auf die leichte Schulter. Aber wenn ich nicht auf meinen Instinkt höre, werde ich mich für den Rest meines Lebens mit der Frage quälen, was das alles zu bedeuten hatte. Wenn Fisher irgendetwas mit Lilys Tod zu tun hat, dann schulde ich es meiner Tochter, dass ich das herausfinde. Ich weiß, ich klammere mich gerade an jeden Strohhalm, und ich stelle Verbindungen her, wo vielleicht gar keine existieren. Aber solange der Hauch einer Chance besteht, dass da irgendetwas gedreht wurde, muss ich der Sache auf den Grund gehen. Ich muss das für Lily tun. Kannst du das begreifen?«

Ben schweigt sekundenlang. »Ich glaube schon«, erwidert er schließlich. »Weißt du, ich selbst habe keine Kinder, und ich kann mir nicht mal im Ansatz vorstellen, was du alles durchgemacht haben musst. Aber eines weiß ich: Ich bewundere dich dafür, wie du unerbittlich weitermachst, auch wenn sich alle anderen gegen dich stellen. Du bist sehr mutig, Tessa. Du musst eine wundervolle Mutter gewesen sein.

Deine Kinder konnten sich glücklich schätzen, eine Mutter wie dich zu haben.«

Unerwartet läuft mir eine Träne über die Wange, ich wische mir über die Augen und hoffe, Ben hat davon nichts mitbekommen. »Danke«, kommt es mir krächzend über die Lippen, sodass ich mich erst mal räuspern muss. »Ich glaube, du bist der einzige Mensch auf der Welt, der auf meiner Seite steht.«

»Dann fährst du hin?«, fragt er.

»Hast du was dagegen, wenn ich sofort losfahre?«

»Ja, habe ich«, sagt er mit ernster Stimme.

Mich verlässt mein Mut. »Ich weiß, das ist unverschämt von mir, aber ich arbeite die Zeit nach.«

»Ich wollte sagen, ich habe etwas dagegen, weil es fast Mittagszeit ist. Du musst erst mal was essen, bevor du dich auf den Weg machst. Für eine solche Aktion musst du bei Kräften sein.«

»Oh.« Ich atme erleichtert auf. »Also ... vielen Dank, *Mum*.« Ich grinse ihn schwach an. »Ich hole mir ein Sandwich und esse dann während der Fahrt.«

»Weißt du was?« Ben steht von seinem Stuhl auf. »Wir holen uns auf dem Weg nach draußen etwas aus dem Café. Ich werde fahren, weil wir meinen Transporter nehmen werden. Das Wetter ist so schlecht, da würde es mir nicht gefallen zu wissen, dass du ganz allein auf dem Weg raus aufs Land bist.«

»Du willst mitkommen? Was ist mit dem Papierkram da? Und mit Moretti's?«

»Ich habe Carolyn schon gesagt, dass wir den Shop in einer halben Stunde schließen. Mit dem Einpflanzen kannst du morgen oder übermorgen weitermachen. Und der Papierkram ... der läuft mir schon nicht weg.«

»Bist du dir ganz sicher?«, frage ich. Ich fühle mich gleich viel stärker, da ich weiß, ich muss das nicht allein durchstehen.

»Hundertprozentig. Du wirst nicht ganz allein hinfahren. Was ist, wenn Fisher sich als gefährlich entpuppt? Du sagst doch selbst, dass Carly spurlos verschwunden ist. Das sollte dir zu denken geben, auch wenn ich nach deinen Schilderungen den Eindruck habe, dass sie eigentlich ganz gut selbst auf sich aufpassen kann.«

»Danke«, murmele ich, aber dieses eine Wort kann nicht vermitteln, wie dankbar ich ihm wirklich bin. Dankbar nicht nur dafür, dass er mich auf der Reise begleiten wird, sondern auch dankbar dafür, dass er so unerschütterlich an mich glaubt.

Er nickt mir zu. »Okay, dann los.«

32

Ben hat in seinem Transporter kein Navi, darum nutze ich Google Maps auf meinem Handy, um ihm den Weg zu zeigen, während wir in Regen, Hagel und Schneematsch unterwegs sind. Wir reden kaum ein Wort, aber es ist keine unangenehme Stille. Vielmehr hängt jeder von uns seinen Gedanken nach. Ich bin fest entschlossen, mir heute die Antworten auf all meine Fragen zu holen. Ich werde Fisher dazu bringen, mit mir zu reden. Das Hauptproblem wird darin bestehen, den Mann dazu zu bringen, dass er uns die Tür aufmacht und uns ins Haus lässt. Den Brief von seiner Frau habe ich mitgenommen, denn er könnte das Einzige sein, womit ich Fisher zum Zuhören bewegen kann.

Um halb vier erreichen wir Cranborne. Die schmalen Straßen sind so düster und so menschenleer, dass wir ebenso gut Mitternacht haben könnten. Ich lotse Ben zu der Straße, in der Fisher wohnt. Vor seinem Haus halten wir an. Durch die zugezogenen Vorhänge ist zu sehen, dass drinnen Licht brennt.

»Hübsches Häuschen«, meint Ben.

»Beeindruckend, nicht wahr?«

»Wie sieht dein Plan aus?«, fragt er. »Du hast doch einen Plan, richtig? Oder hätten wir während der Fahrt darüber reden sollen?«

»Ich schätze, ich gehe hin und klingele einfach.«

»Dann komm ich mit.«

»Hältst du das für eine gute Idee? Vielleicht solltest du im Wagen warten. Er könnte sich bedroht fühlen, wenn wir beide vor ihm stehen.«

»Ich lasse dich nicht allein in das Haus eines wildfremden Mannes gehen, Tess.«

»Vorausgesetzt, er lässt mich überhaupt eintreten.« Jetzt, da ich vor seinem Haus stehe, kommen mir Zweifel, ob er mir überhaupt die Tür öffnen wird.

»Ich werde mich auch ganz klein machen«, sagt Ben und sinkt demonstrativ in sich zusammen. »Von mir wird er sich nicht bedroht fühlen.«

»Okay.« Es stimmt schon, dass ich mich mit Ben an meiner Seite selbstbewusster fühle.

»Sollen wir dann?« Mein Magen verkrampft sich, als ich Bens Frage höre und daran denken muss, dass ich Fisher gleich wieder gegenüberstehen werde – jenem Mann, der mich beim letzten Mal so schrecklich angebrüllt hat. Ben muss mein Zögern bemerkt haben. »Du musst das nicht machen, wenn du es nicht willst. Wenn du es dir anders überlegt hast, können wir auch gleich wieder zurückfahren. Vielleicht wäre es das Beste ...«

»Das wäre wirklich gut«, unterbreche ich ihn. »Sechs Stunden lang lasse ich dich hin und zurück fahren, um letztlich gar nichts zu tun.«

»Mir macht das nicht aus«, beteuert er. »Wir können irgendwo anhalten, was Heißes trinken und dann nach Hause fahren.«

»Ich habe es mir nicht anders überlegt«, gebe ich zurück und straffe die Schultern. »Ich will das durchziehen.«

»Also gut. Dann steig aus und tu es.«

Wir verlassen den Wagen und laufen wegen des Winds und des Regens mit eingezogenem Kopf los. Dann macht Ben das Gartentor auf und lässt mich zu Fishers Haus vorgehen. Nach ein paar Schritten haben wir die Haustür erreicht. Mein Herz rast, als ich den Klingelknopf drücke.

Die Türglocke klingt so weit entfernt, als würde sie sich in einem anderen Universum befinden, aber nicht hinter dieser vollgeregneten roten Tür.

Einen Moment später wird ein Schlüssel im Schloss umgedreht. Ben und ich sehen uns an, er nickt mir aufmunternd zu. Dann geht die Tür auf, Licht dringt aus dem Flur nach draußen und blendet mich, sodass ich blinzeln muss. Fisher steht in Jeans und blauem Pullover da, sieht Ben fragend an, dann wandert sein Blick zu mir und verfinstert sich in dem Moment, in dem er mich wiedererkennt.

»Sie schon wieder?«, faucht er mich an. »Ich rufe sofort die Polizei!« Dann will er uns die Tür vor der Nase zuschlagen, doch Ben ist schneller und drückt mit der Schulter dagegen.

»Warten Sie bitte!«, ruft er. »Hören Sie sich doch erst mal an, was Tessa zu sagen hat!«

Aber Fisher will davon nichts wissen, sondern versucht weiter die Tür zuzudrücken. Ich kriege Angst, dass Ben am Ende auch noch verhaftet wird, wenn er so weitermacht.

»Ben!«, rufe ich. »Hör auf, du tust dir noch weh!«

Doch er schafft es, die Tür aufzudrücken. Während er im Eingang steht, ist Fisher ein paar Schritte zurückgewichen, steht angestrengt atmend da und starrt Ben an.

»Tessa will nur mit Ihnen reden«, sagt Ben.

»Ich habe ihr nichts zu sagen«, gibt Fisher zurück. »Und ganz bestimmt will ich mir nicht noch mehr Lügen und Unsinn von ihr anhören!«

»Bitte«, sage ich und komme zögernd ein Stück nach vorn, bis ich im Haus stehe. »Geben Sie mir nur ein paar Minuten, mehr nicht. Dann gehen wir wieder.«

»Ich will, dass Sie sofort wieder gehen«, kontert er und sieht sich dabei um, als würde er etwas suchen. »Ich habe Ihnen beim letzten Mal bereits gesagt, dass es nichts gibt, worüber ich mit Ihnen reden will. Und wenn Sie nicht auf der Stelle mein Haus verlassen, rufe ich die Polizei, damit man Sie wegen Belästigung und Hausfriedensbruchs festnimmt. Ach was, ich werde die Polizei in jedem Fall informieren.« Er tastet seine Hosentaschen ab, offenbar sucht er sein Telefon.

»Hören Sie«, sage ich. »Von mir aus können Sie die Polizei rufen, mir ist das egal. Es wird die Beamten sicher sehr interessieren, was ich ihnen über Ihre Frau zu berichten habe.«

Fisher erstarrt mitten in der Bewegung und wird blass. Hinter mir drückt Ben die Haustür leise zu, das Geräusch des Windes verstummt, und im Flur herrscht mit einem Mal unheimliche Stille.

»Meine Frau?«, fragt Fisher, als er die Fassung wiedererlangt. »Wie können Sie es wagen, herzukommen und über meine Frau zu reden? Was hat sie damit zu tun?«

»Ich war heute bei Angela«, berichte ich und betrachte das Gesicht des Arztes. Er hat die Lippen fest zusammengepresst, in seinen Augen entdecke ich einen leicht gehetzten Ausdruck.

»Meine ehemalige Haushälterin?«, fragte er und lässt entspannt die Schultern sinken. »Die ist doch völlig durchgedreht.

Darum musste ich sie ja entlassen, weil sie nicht mehr zurechnungsfähig war. Ständig hat sie sich bekreuzigt, und dann hat sie von Gott und von der Hölle geredet.«

»Vielleicht wusste sie aber auch Dinge«, wende ich ein, »von denen Sie nicht wollten, dass sie sie weiß. Und deshalb haben Sie sie gefeuert.«

»Wie ich sehe, hat sie bei Ihnen mit ihrem Unsinn offenbar Eindruck schinden können.«

»Angela hat zugegeben, dass sie Harry in mein Haus gebracht hat«, rede ich ungerührt weiter. »Das bedeutet, dass mir ohne mein Verschulden diese Angelegenheit eingebrockt worden ist, die ich jetzt am Hals habe. Ich habe Ihren Sohn nicht entführt, sondern Ihre Haushälterin hat ihn zu mir gebracht.«

»Warum um alles in der Welt sollte sie so etwas tun?«, fragt er spöttisch.

»Das möchte ich gern von Ihnen wissen.«

Fisher schluckt angestrengt, dann herrscht er mich an: »Ich habe genug von diesem Blödsinn gehört. Ich möchte, dass Sie und dieser Höhlenmensch auf der Stelle mein Haus verlassen.« Er macht einen Schritt nach hinten, sieht sich erneut um und richtet den Blick dann auf die Holztreppe. Vielleicht ist er in Sorge, dass sein Sohn nach unten kommt und uns hier sieht. Ich hoffe, Harry hat uns nicht rumbrüllen gehört. Ich hoffe, wir haben ihm keine Angst gemacht.

»Hören Sie, Dr. Fisher«, rede ich weiter und gehe langsam auf ihn zu. »Angela sagte mir, dass es der letzte Wunsch Ihrer Frau war, dass sie Ihren Sohn zu mir bringt.« Ich sehe ihn aufmerksam an, um jede Reaktion mitzubekommen.

Er nimmt die Brille ab und setzt sie gleich wieder auf, nachdem er sich über den Nasenrücken gerieben hat. »Wie gesagt, Angela kann man nicht trauen«, sagt er nur.

»Das mag sein«, kontere ich. »Aber ich bin im Besitz eines Briefs, den Ihre Frau geschrieben und unterzeichnet hat. Darin erklärt sie unmissverständlich, dass sie Angela gebeten hat, Harry zu mir zu bringen.« Bei diesen Worten macht er auf einmal den Mund auf und sieht mich an, als würde ein Geist vor ihm stehen. Jetzt weiß ich, dass ich eine Schwachstelle getroffen habe. Jetzt ist mir klar, dass er sich nur so lautstark aufführt, um über etwas anderes hinwegzutäuschen.

»Raus hier!«, brüllt er plötzlich. »Raus aus meinem Haus!«

Ben stellt sich vor mich und streckt einen Arm beschwichtigend in Fishers Richtung aus. »Komm, Tess«, zischt er mir über die Schulter zu. »Wir sollten jetzt echt gehen. Ich möchte nicht, dass das hier noch aus dem Ruder läuft.«

»Warum haben Sie vier Tage gewartet, ehe Sie auf die Idee kamen, Harry als vermisst zu melden?«, will ich wissen.

»Raus!«, brüllt er wieder und kommt auf uns zu.

»Hatten Sie in der Nacht in der Balmoral Clinic Dienst, als ich dort meine Zwillinge zur Welt brachte?«, hake ich nach.

Abrupt bleibt Fisher stehen und dreht sich weg; dann fasst er sich mit beiden Händen an den Kopf und murmelt irgendetwas vor sich hin. Im nächsten Moment eilt er durch den Flur nach hinten. Er scheint ins Esszimmer zu gehen, wenn ich die Aufteilung der rückwärtigen Zimmer richtig in Erinnerung habe.

»Was hat er vor, Tess?«, fragt Ben.

»Weiß ich nicht«, flüstere ich. »Aber ich habe das Gefühl, einen wunden Punkt getroffen zu haben. Meinst du nicht auch?«

»Auf jeden Fall. Irgendwas hat er verbrochen, daran besteht kein Zweifel. Aber wir sollten wohl besser gehen. Er könnte gefährlich sein.«

»Wir können jetzt nicht gehen, wir stehen ganz dicht vor der Wahrheit.«

Sekunden später kommt Fisher wieder nach vorn, er hat jetzt ein Handy dabei. »Ich rufe die Polizei«, knurrt er.

»Wo ist Carly?«, will ich wissen. »Die Journalistin, die gestern hergekommen ist, um mit Ihnen zu reden. Haben Sie ihr etwas getan?«

Fisher bekommt einen roten Kopf, aber das muss kein schlechtes Gewissen bedeuten, das kann auch durch Wut bedingt sein. »Ich weiß nicht, was Sie da reden. Die Journalisten sind längst alle weg. Warum machen Sie das nicht auch und lassen mich endlich in Ruhe? Sie haben jetzt die allerletzte Chance, dann wähle ich den Notruf.«

»Nur zu«, sage ich. »Ich werde die Polizei bitten, nach Carly zu suchen, und ich werde den Beamten den Brief Ihrer Frau zeigen.«

Fisher lässt das Telefon sinken; seine Schultern sacken in sich zusammen. »Hören Sie, ich weiß nicht, was Sie von mir wollen«, sagt er und fährt sich mit der Hand durchs Haar. »Warum können Sie nicht mich und Harry in Ruhe lassen? Mehr als unseren Frieden wollen wir gar nicht.«

»Dr. Fisher«, wirft Ben in sanftem Tonfall ein. »Warum setzen wir uns nicht zusammen hin und besprechen das

Ganze in Ruhe? Das wäre wohl besser, als sich gegenseitig anzubrüllen und sich Vorwürfe an den Kopf zu werfen.«

In diesem Moment klingelt es an der Tür. Ich zucke zusammen. Ich sehe zu Ben, dann schauen wir beide zu Fisher, der genauso überrascht zu sein scheint wie wir. Hat er etwa heimlich die Polizei angerufen? Wenn ja, dann werden sie mich verhaften wollen, und darauf will ich gefasst sein. Ben und ich gehen zur Seite, während Fisher sich zur Tür begibt und sie öffnet.

Ich rechne mit dem Schlimmsten, Ben nimmt meine Hand, während ich nach vorn sehe.

Doch vor der Tür steht kein Polizist, sondern ... Scott!

33

»Dr. Fisher?«, sagt Scott und hält ihm die Hand hin.

Fisher nimmt die Hand und schüttelt sie, während er den jüngsten Besucher ratlos ansieht. »Wer sind Sie?«

»Ich bin hergekommen, um mich für das Verhalten meiner Frau zu entschuldigen«, erklärt Scott, der nach wie vor in der Tür steht, wo der Wind an seinem Mantel zerrt und ihm die Haare zerzaust. »Tessa war in der letzten Zeit großem Stress ausgesetzt, und ich bin sicher, dass sie es sehr bedauert, hergekommen zu sein und Sie und Ihre Familie solcher Unruhe ausgesetzt zu haben.« Ratlos schaut er kurz Ben an, dann wirft er mir einen auffordernden Blick zu und bedeutet mir mit einer knappen Kopfbewegung, das Haus zu verlassen.

Seine herablassenden Worte machen mich so wütend, dass ich ihn fast spöttisch anlachen möchte. Aber nur fast.

»Ja, also ...« Fisher räuspert sich. »Wenn Sie sie nach Hause mitnehmen würden, wäre ich Ihnen sehr dankbar. Ich war eben im Begriff die Polizei zu rufen. Sie wissen ja, dass sie hier gegen das Gesetz verstößt. Einmal ist sie ja schon verwarnt worden, dass sie sich von mir und meinem Sohn fernhalten soll.« Während wieder eine Windböe ins Haus gedrückt wird, sehen Scott und Fisher mich an, als wäre ich ein ungezogenes Kind, das nicht hören wollte.

»Entschuldigen Sie«, meldet sich Ben zu Wort und geht auf die beiden zu. »Aber Tessa und ich werden nirgendwo hingehen, solange sie nicht die Antworten erhalten hat, für die sie hergekommen ist.«

»Wer sind Sie überhaupt?«, herrscht Scott ihn an und strafft die Schultern.

»Ich bin Tessas Freund. Mein Name ist Ben Moretti.«

»Ach ja, Sie sind der Kerl, für den sie arbeitet«, sagt Scott abfällig. »Was haben Sie hier zu suchen?«

»Moralische Unterstützung. Wissen Sie, Scott, Sie sollten eigentlich auch hier sein, um ihr den Rücken zu stärken, anstatt sich für ihr angebliches Fehlverhalten zu entschuldigen.«

Scott bekommt prompt einen roten Kopf. »Für wen halten Sie sich, dass Sie glauben, Sie könnten mir erzählen, was ich zu tun und zu lassen habe? Ich kenne Tess schon viel länger als Sie. Ich weiß, dass sie Hilfe braucht, und zwar professionelle Hilfe. Also immer mit der Ruhe, Kumpel.«

»Scott«, fauche ich und mache einen Schritt auf ihn zu. »Wenn du nicht hergekommen bist, um zu mir zu stehen, dann solltest du auf der Stelle kehrt machen und das Weite suchen. Als ich dich vor der Tür stehen sah, dachte ich tatsächlich, du wärst meinetwegen hergekommen.«

»Das bin ich auch. Ich bin hergekommen, um dafür zu sorgen, dass du dich nicht weiter zum Narren machst und dass du dir nicht noch mehr Ärger einhandelst. Ich gehe nicht ohne dich von hier weg, Tessa. Erst entführst du den Sohn dieses armen Mannes, und dann kommst du auch noch in sein Haus, um ihm das Leben zur Hölle zu machen. Wenn du jetzt schon wieder ausrastest, werden sich die Zeitungen erneut auf uns stürzen, und das kann und will ich Ellie nicht zumuten. Schon gar nicht, solange sie schwanger ist. Du bist einfach nur egoistisch und sonst nichts.«

»Egoistisch?«, wiederhole ich energisch. »Ich versuche nur, der Wahrheit auf den Grund zu gehen. Egoistisch ist hier nur einer, und das bist du, weil du dir um nichts anderes Gedanken machst als um dein gemütliches neues Leben. Dabei vergisst du völlig, dass es mich auch noch gibt, und du vergisst die Kinder, die wir mal hatten.«

»Ich kann nicht in der Vergangenheit leben, Tess.«

»Meinst du vielleicht, ich will das?«

»Ehrlich gesagt«, gibt Scott zurück, »meine ich das, ja. Ich glaube, du hast einfach zu viel Angst, nach vorn zu schauen. Du bist besessen vom Jungen dieses Mannes, und damit hilfst du niemandem, am wenigsten dir selbst.«

»Scott«, geht nun Ben wieder dazwischen. »Tessa hat Harry nicht entführt. Warum wollen Sie ihr das nicht glauben?«

»Weil sie nicht mehr bei Verstand ist!«, brüllt Scott ihn an. »Ich möchte es ja glauben, lieber als alles andere. Aber Tessa ist nicht mehr in der Lage, zwischen Einbildung und Wirklichkeit zu unterscheiden!«

»Ich habe das Gefühl, dass Sie das glauben wollen, Scott, weil Sie so Ihr Gewissen entlasten können. Indem Sie sich einreden, dass Ihre Frau nicht mehr klar im Kopf ist, können Sie sich in aller Ruhe Ihrem neuen Leben widmen, ohne von einem schlechten Gewissen geplagt zu werden.«

Scott stürmt an Fisher vorbei und baut sich vor Ben auf. »Sie sollten sich verdammt noch mal um Ihren eigenen Kram kümmern. Was geht Sie das überhaupt an, Moretti?«

Ben sieht Scott gelassen an, erwidert aber nichts.

»Würden Sie jetzt alle AUS MEINEM HAUS VERSCHWINDEN!«, brüllt Fisher in die entstandene Stille, während in der gleichen Sekunde die Haustür vom Sturm erfasst und mit ungeheurer Wucht zugeschlagen wird.

Ich zucke zusammen und habe das Gefühl, dass mein Herz stehen geblieben ist.

Wieder legt sich Stille über den Korridor.

»Daddy, warum redest du so laut? Wer sind die vielen Leute da?«

Ich drehe den Kopf und sehe Harry, der sich über das Treppengeländer beugt und uns alle mit weit aufgerissenen Augen anschaut. Der arme Junge. Er muss glauben, dass hier unten der Teufel los ist. Am liebsten würde ich ihn an mich drücken, um ihn zu beruhigen. Aber dann würde Fisher garantiert durch die Decke gehen.

»Ich habe dir gesagt, du sollst in deinem Zimmer bleiben, Harry«, sagt Fisher, der angestrengt atmet. »Ich dachte, du siehst dir deinen Trickfilm an.«

»Der ist zu Ende, Daddy. Aber ich kann die Lady oben auf dem Speicher hören. Sie macht wieder Lärm.«

Wir alle drehen uns gleichzeitig von Harry zu Fisher um. Der setzt zum Reden an, aber es kommt kein Ton über seine Lippen.

»Was haben Sie gemacht?«, frage ich den Mann. »Wer ist da oben?«

»Niemand«, erwidert er. »Da oben ist niemand.«

»Doch, Daddy. Du hast gesagt, dass das die Lady ist, die zu viele Fragen stellt.«

Fisher macht den Eindruck, als wollte er weiter leugnen, was der Junge sagt, doch dann nimmt sein Gesicht einen beleidigten Ausdruck an. »Sie hat hier rumgeschnüffelt ... und sie hat mich bedroht!«

»Und deshalb halten Sie sie gegen ihren Willen fest?«, fragt Ben.

»Nein. Ich wollte sie ja gehen lassen ...«

Ben und ich laufen zur Treppe.

»Kannst du uns zeigen, wo die Lady ist, Harry?«, fragt Ben.

»Oben auf dem Speicher«, antwortet der Junge. »Daddy hat gesagt, dass sie ungezogen war.«

»Hat er das gesagt?« Ich drehe mich um und sehe Fisher kopfschüttelnd an.

»Was läuft hier?«, wirft Scott ein, der nun ratlos in die Runde blickt.

Wir ignorieren ihn und gehen die Treppe rauf.

»Das können Sie nicht tun!«, ruft Fisher, macht aber keine Anstalten, uns aufzuhalten. Stattdessen folgt er uns, und Scott folgt wiederum ihm. Eine seltsame Prozession, von Harry angeführt, bewegt sich zügig nach oben.

Harry fasst meine Hand und zieht mich rauf auf den Treppenabsatz, dann geht es eine weitere, schmalere Treppe hoch, die vor einer verschlossenen Tür endet. Aus dem Raum dahinter sind dumpfe Schläge und erstickte Laute zu hören. Ich versuche den Messingknauf zu drehen, aber die Tür scheint abgeschlossen zu sein.

»Den Schlüssel«, sagt Ben und hält Fisher die Hand hin.

»Der ist unten im ...«

Ben wartet nicht mal ab, bis der Mann ausgesprochen hat, sondern dreht sich um und verpasst der Tür mit seinem Absatz einen Tritt. Holz splittert, die Tür fliegt auf, und wir finden uns auf dem kleinen düsteren Treppenabsatz dahinter wieder. Ich folge den erstickten Rufen durch eine der lackierten Holztüren in den unbeleuchteten Raum dahinter. Ich taste die Wand ab, finde den Lichtschalter und lege ihn um.

Im Schein einer schwachen Deckenlampe sehe ich Carly vor mir, die auf einem Stuhl sitzt. Ihre Fußknöchel sind an die Stuhlbeine gefesselt, die Arme hat ihr Fisher hinter der Rückenlehne zusammengebunden. Außerdem ist sie geknebelt. Ich werfe Fisher einen entrüsteten Blick zu, während Ben zu Carly eilt, um sie loszubinden. Sie blinzelt, da sie sich erst noch an das Licht gewöhnen muss. Dann aber werden ihre Augen vor Wut schnell größer, als sie Fisher entdeckt. Carly gehört zwar derzeit nicht zu den Menschen, mit denen ich meine Zeit verbringen möchte, aber dass Fisher sie gefesselt und geknebelt auf seinem Speicher festhält, das ist einfach nur skandalös.

Ich nehme Harry an der Hand und hocke mich vor ihn hin. »Kannst du jetzt bitte auf dein Zimmer gehen, Harry? Dein Daddy kommt gleich runter, um nach dir zu sehen.«

»Was ist mit der Lady passiert?«, flüstert er mir ins Ohr.

»Oh, wir haben bloß Verstecken gespielt, und jetzt haben wir sie gefunden«, sage ich.

»Kann ich mitspielen?«, fragt er begeistert.

»Später vielleicht. Jetzt geh bitte in dein Zimmer, okay? Würdest du mir den Gefallen tun?«

Er ist zwar sichtlich enttäuscht, aber er macht sich tatsächlich auf den Weg nach unten. Keine Minute zu früh, denn Carly ist soeben von ihrem Knebel befreit worden, und die Flüche, die ihr über die Lippen kommen, sind für die Ohren eines Fünfjährigen denkbar ungeeignet.

»Dafür wandern Sie in den Knast«, brüllt sie Fisher an.

»Carly? Bist du das?«, fragt ein völlig verdutzter Scott, der erst jetzt auf den Speicher gekommen ist. »Was machst du denn hier? Was ist hier los?«

»Hätten Sie zugehört, als Tessa Ihnen etwas erzählt hat«, knurrt Ben, der soeben die Fesseln um Carlys Knöchel löst, »dann würden Sie jetzt vielleicht dem Geschehen folgen können.«

Scott bekommt wieder einen roten Kopf und sieht mich an, als erwarte er von mir eine Erklärung.

»Nicht jetzt, Scott«, sage ich und bedenke ihn mit einem Blick, der hoffentlich so vernichtend ist, wie von mir beabsichtigt. Jemand zupft an meinem Mantel, und als ich mich umdrehe, sehe ich, dass Harry wieder zu uns gekommen ist. »Harry, Schatz«, sage ich zu ihm. »Du wolltest doch zurück auf dein Zimmer gehen, weißt du noch?«

»Du bist meine richtige Mummy, nicht wahr?«, fragt er mit seiner klaren, hellen Stimme, die alle Anwesenden verstummen lässt und mir den Atem verschlägt.

»Angela hat dir diesen Unsinn eingetrichtert«, widerspricht ein schwächlich klingender Fisher, der sich mit einer Hand an der Wand abstützt, während die andere auf seiner Brust liegt. »Natürlich ist diese Frau *nicht* deine Mummy.« Er will nach Harrys Hand greifen, um ihn nach unten zu bringen, doch der Junge weicht ihm aus.

»Meine Mummy, die im Himmel ist, hat mir gesagt, dass ich eine neue Mummy bekomme, die meine *echte* Mummy ist. Sie hat gesagt, dass unser Engel mich zu ihr bringt. Ich glaube, dass Tessa meine neue Mummy ist, weil sie auch Züge mag. So wie ich.« Er sieht mich mit seinen großen braunen Augen an, seine Miene erscheint mir fremd und vertraut zugleich.

Ich könnte schwören, dass mein Herz aufgehört hat zu schlagen. Ich bin mir sicher, dass die Welt aufgehört hat sich zu drehen und dass jeder um mich herum in der Zeit erstarrt ist. Ich sehe von Harry zu Fisher und zurück zu Harry. Ich verstehe noch immer nicht so ganz, was Harry da gerade eben gesagt hat, aber mir ist klar, dass es mein Leben verändern wird – und nicht nur meins.

Dann nimmt alles wieder Fahrt auf, mein Herz beginnt aus eigenem Antrieb zu schlagen, was einen ohrenbetäubendem Lärm verursacht, der das ganze Haus erzittern lässt.

»Was redet der Junge da?«, fragt Scott zögerlich und sieht Fisher an, während er im Ansatz etwas zu verstehen beginnt.

Fisher steht da und schweigt. Er ist bleich im Gesicht, seine Mundwinkel zucken, sein ganzer Körper sinkt in sich zusammen, als wäre er ein Ballon, aus dem die Luft entweicht. Alle sehen ihn an, sogar Carly hat das Fluchen eingestellt und betrachtet den Arzt, als wäre der ein seltenes Studienobjekt in einem Glaskasten.

»Was redet der Junge?«, fragt Scott noch einmal. »Wir sind nicht blöd, Fisher. Irgendwas läuft hier doch.«

Würde mich nicht die Erkenntnis darüber lähmen, was Harrys Worte bedeuten könnten, dann hätte ich jetzt sicher eine passende Erwiderung auf Scotts Bemerkung zur Hand. Aber das ist jetzt nicht der richtige Moment, um ihm klarzumachen, dass ich das doch schon die ganze Zeit über gesagt habe.

»Nein«, widerspricht Fisher. »Hier läuft gar nichts. Er ist nur ein kleiner Junge mit sehr lebhafter Fantasie.« Doch es ist nicht zu übersehen, dass James Fisher uns etwas vorzumachen versucht. Von seiner großspurigen und von sich eingenommenen Art ist nichts mehr zu merken; vielmehr wirkt er verängstigt und geschlagen.

»Sie hatten in jener Nacht Dienst, nicht wahr?«, sage ich ihm auf den Kopf zu.

Er schüttelt den Kopf.

»Scott«, rede ich weiter. »Du musst dich doch daran erinnern, dass Dr. Friedland in der Nacht keinen Dienst hatte, weil er krank war. Fisher hat die Unterlagen verändert, um es so aussehen zu lassen, als wäre Dr. Friedland in der Klinik gewesen.«

Mit einem Mal beginnt Scott zu verstehen und Zusammenhänge zu erkennen. Jetzt endlich ist er in der Lage, mir ohne seine ständige Skepsis zuzuhören. Alle meine Entdeckungen, auf die ich Scott hinzuweisen versucht habe, dringen nun endlich durch seinen Dickschädel zu ihm durch.

»Nein«, beharrt Fisher. »Das sehen Sie völlig falsch.«

Wie vom Blitz getroffen schiebt Scott mich aus dem Weg, packt Fisher am Kragen seines Pullovers und drückt ihn so gegen die Wand, dass Fishers Kopf gegen den Verputz knallt und ihm die Brille runterfällt.

Ben steht auf und versucht, Scott von dem Arzt wegzuziehen. »Ganz ruhig«, redet er auf Scott ein. »Lassen Sie ihn los! Lassen Sie ihn reden.«

»Was. Haben. Sie. Getan?«, zischt Scott Fisher an, legt die Hände um seinen Hals und drückt zu, bis der Mann blau anzulaufen beginnt.«

Harry fängt an zu weinen. Ich nehme ihn so in meine Arme, dass er von den hässlichen Geschehnissen nichts sieht.

»Aufhören! Sofort aufhören«, rufe ich dazwischen. »Du machst Harry Angst. Scott, willst du ernsthaft einen kleinen Jungen traumatisieren?«

Meine Worte scheinen zu ihm durchzudringen, da Scott Fisher loslässt, der daraufhin zu Boden sinkt und sich den Hals hält. Ben kniet sich neben ihm hin, um sich zu vergewissern, dass ihm nichts Ernsthaftes zugestoßen ist.

Harry zappelt in meinen Armen. »Daddy!«, ruft er aufgebracht. Er befreit sich aus meinem Griff und eilt zu seinem röchelnden Vater, legt die Arme um ihn und drückt sich an dessen Brust. »Daddy, warum schreien diese Leute dich an? Warum zitterst du so?« Seine Worte gehen in lautes Schluchzen über.

Ich fühle mich elend, da mir klar ist, dass wir alle der Grund für den aufgewühlten Zustand des Jungen sind. Aber wir mussten herkommen, und ich musste die Wahrheit herausfinden.

Fisher beginnt zu schluchzen. Er legt die Arme um Harry und gibt ihm einen Kuss auf die Stirn. »Also gut, ich werde es Ihnen sagen«, lenkt er endlich ein. Dabei sieht er mich und Scott an, und dann fügt er im Flüsterton hinzu: »Ich werde Ihnen alles erzählen.«

34

Carly stellt sich zu mir, reibt sich die Handgelenke und lässt ihre Schultern kreisen. Eigentlich sollte ich sie fragen, ob es ihr gut geht. Aber ich bringe es nicht fertig, auch nur einen Ton zu sagen. Ich stehe noch immer unter Schock bei dem Gedanken daran, was Dr. Fisher enthüllen wird.

»Soll ich Harry nach unten bringen?«, fragt Ben, während er auf den Jungen zugeht, der sich nach wie vor an Fisher presst. »Harry? Sollen wir nach unten gehen? Willst du mir dein Zimmer zeigen?«

»Ich will nicht weggehen!«, ruft Harry erschrocken. »Ich will bei Daddy bleiben.«

»Hast du nicht gesagt, dass du Züge magst?«, redet Ben weiter. »Hast du irgendwelche tollen Züge, die du mir zeigen kannst?«

»Zeig ihm deine Züge, Harry«, sagte Fisher zu seinem Sohn und befreit sich aus dessen Umklammerung.

»Ich will nicht weg«, wimmert Harry.

»Harry«, sagt Fisher in ernstem Tonfall, obwohl er ziemlich heiser klingt.

Der Junge steht da, Tränen laufen über seine Wangen, seine Unterlippe bebt, und doch gibt er Ben die Hand.

»Komm mit, Carly«, sagt Ben über die Schulter zu ihr. »Du gehst auch.«

»Ich bleibe, weil ich mir das anhören will«, gibt sie zurück.

»Nein, das wirst du nicht tun«, beharrt Ben. »Also komm schon.«

»Auf keinen Fall, ich werde nicht von hier wegg ...«

»Bitte, Carly«, sage ich. »Unsere Abmachung gilt, aber dieses Gespräch geht nur mich, Scott und Dr. Fisher etwas an. Okay?«

Sie setzt eine mürrische Miene auf, kommt dann aber meiner Bitte nach und folgt Ben und Harry nach unten.

Als die Schritte der drei leiser werden, beginnt der immer noch auf dem Boden kauernde Fisher am ganzen Leib zu zittern. Tränen laufen ihm über die Wangen. »Mein Gott«, murmelt er. »Was habe ich nur getan?«

Ich starre ihn wortlos an und frage mich, was so schlimm sein kann, dass es diesen gestandenen Mann in ein Häufchen Elend verwandelt. Doch um ehrlich zu sein, bin ich mir fast sicher, dass ich den Grund längst kenne.

»Vielleicht wäre es am besten, wenn Sie ganz vorn anfangen würden«, schlage ich vor. Meine Stimme klingt so fremd, als wäre es nicht meine. Ich knie mich ihm gegenüber hin, ohne sein Gesicht aus den Augen zu lassen.

Scott steht mit verschränkten Armen neben mir und kocht noch immer vor Wut.

»Ich ... ich habe etwas Schreckliches getan«, sagt Fisher. »Es ist noch schlimmer als schrecklich.«

»Sagen Sie es mir«, dränge ich ihn.

»Also gut«, murmelt er. »Also gut.« Er atmet tief durch, sieht zur Decke und ballt kurz die Fäuste. »Dass ich Entbindungsarzt bin, wissen Sie ja. Und es stimmt, dass ich auch in der Balmoral Clinic praktiziert habe.« Seine Stimme ist heiser und kaum vernehmbar, nachdem Scott ihn fast erwürgt hat. Seine Augen sind blutunterlaufen, seine Hände zittern so sehr, dass er sie zwischen die Knie klemmen muss, damit Ruhe einkehrt. »In der Nacht, als Ihre Zwillinge zur Welt kamen, fiel Ihr Facharzt Max Friedland aus, und ich musste für ihn einspringen. Was Sie vermutlich nicht wissen, ist die Tatsache, dass bei meiner Frau Liz in der gleichen Nacht die Wehen einsetzten. Sie war im Nebenraum.«

Ich lausche ihm mit einer Mischung aus Faszination und Furcht, die mir den Atem raubt.

Fishers Augen wirken wie getrübt, als er in seine Erinnerungen eintaucht. »Als ich eintraf, waren Sie bei Ihrer Hebamme bereits in guten Händen. Also konnte ich mich auf Liz konzentrieren. Natürlich wollte ich während der Geburt unseres ersten Kindes an der Seite meiner Frau sein. Aber da die Klinik zu der Zeit deutlich unterbesetzt war und die Geburt Ihres Kindes unmittelbar bevorstand, war es mir nur recht, dass ich einspringen konnte. Ihrer Hebamme sagte ich, dass ich sofort zur Stelle sein würde, sollten irgendwelche Komplikationen auftreten. Sie versicherte mir, dass alles bestens lief. Aber dann ...« Er sieht von mir zu Scott, dann senkt er den Blick wieder und starrt auf seine Knie. »Dann geriet mein eigenes Kind in Schwierigkeiten, die Nabelschnur war um den Hals gewickelt und blockierte den Kreislauf und die Atmung. Normalerweise wäre eine Hebamme mit im Zimmer gewesen, aber ich war so sehr von mir überzeugt, dass ich mir sicher war, mit jeder Situation allein zurechtzukommen.« Seine Stimme versagt, er muss sich wieder räuspern. »Ich versuchte alles, um meine Tochter zu retten, doch ich geriet in Panik. Normalerweise bin ich die Ruhe selbst. Jedes Jahr helfe ich Hunderten von Kindern auf die Welt, und alle sind gesund und wohlauf, aber hier ging es um *mein* Kind, um *meine* Frau. Es ging um das Kind, das wir nach zehn erfolglosen Jahren endlich bekamen. Ich ... ich konnte meine eigene Tochter nicht retten. Sie starb. Meine Tochter starb. Ich konnte sie nicht retten, und es war alles meine Schuld.«

»*Sie*?«, hakte Scott nach. »Ihre *Tochter*?«

»Ich traf einen Entschluss«, redet Fisher weiter. »Es war eine Entscheidung, die ich im Bruchteil einer Sekunde traf und die mich seither verfolgt. Sie müssen mir glauben, dass ich das nicht so geplant hatte. Ich war nicht mehr bei Sinnen. Ich wusste nicht, wie ich meiner Frau erklären sollte, dass unser Baby tot war.«

Mein Herz schlägt im langsamen Takt einer Trommel, der sich allmählich beschleunigt.

Fisher sieht mich an. »Sie hatten bereits ein gesundes Kind zur Welt gebracht, das zweite war im Begriff zu folgen. Und da griff ich ein.«

Ich zittere am ganzen Leib. Ich weiß genau, was er gleich sagen wird, aber ich will es nicht hören.

Wie soll ich das ertragen?

»Lily war meine Tochter«, redet Fisher weiter. »Sie war das Kind von Liz und mir. Aber Lily starb nur Sekunden nach der Geburt, und ich fiel in tiefe Trauer. Ich glaube nicht, dass ich auch nur im Ansatz bei Verstand war.«

»Lily war Ihre Tochter?«, flüstere ich. Ein eisiger Schauer läuft mir über den Rücken.

Aber Fisher antwortet nicht, sondern ist ganz auf sein Geständnis konzentriert. »Scott, Sie waren damit beschäftigt, Ihrer Familie Nachrichten zu schicken und allen von der Geburt Ihres Jungen zu berichten. Aber Sie werden sich daran erinnern, dass ich Sie rausgeschickt habe. Ich sagte Ihnen, dass das Handy die empfindlichen Geräte störe und dass Sie ins Elternwartezimmer gehen sollten. Und ich sagte Ihnen, dass es noch zwanzig Minuten dauern würde, bis das zweite Kind folgt.«

Wieder dreht er sich zu mir um. »Kurz bevor Ihr zweites Kind kam, schickte ich die Hebamme los, um nach einer anderen in den Wehen liegenden Frau zu sehen. Sie standen immer noch unter dem Einfluss der Anstrengungen der Geburt und der Schmerzmittel, die Sie bekommen hatten. In einem Moment des völligen Wahnsinns tauschte ich sie aus. Ich tauschte mein totes gegen Ihr quicklebendiges Kind aus.« Er ist nicht mehr in der Lage, mich oder Scott anzusehen. Sein Blick zuckt mal hierin, mal dorthin, immer auf irgendeinen weit entfernten Punkt gerichtet.

»Harry ... er war Sams Bruder«, fügt Fisher das an, was uns längst klar ist. Dennoch lassen wir ihn reden. »Er war Ihr Zweitgeborener. Er *ist* Ihr Zweigeborener. Ich weiß, ich habe etwas Furchtbares angerichtet. Ich kann mein Verhalten nicht entschuldigen. Zu der Zeit sagte ich mir einfach, dass Sie bereits ein gesundes Kind haben. Ich sagte mir, ich tue es doch nur für Liz, um sie vor einer Trauer zu bewahren, an der sie zugrunde gegangen wäre. Es tut mir so unendlich leid.«

»Um sie vor Trauer zu bewahren?«, murmele ich mehr an mich selbst gerichtet. »Und was ist mit meiner Trauer? Was ist *damit*?« Er sagt mir, dass es ihm leidtut. Er begeht eine solch abscheuliche Tat und entschuldigt sich, als hätte er den letzten Keks aus der Dose genommen oder als wäre er mir im Supermarkt mit dem Einkaufswagen in die Hacken gefahren. »So etwas kann man nicht einfach so *entschuldigen*«, schleudere ich ihm an den Kopf. »Sie können nicht mit einer Entschuldigung wiedergutmachen, dass Sie mir mein lebendes, gesundes Baby weggenommen und mir dafür Ihre tote Tochter untergeschoben haben!«

Fisher redet immer noch vor sich hin, ständig flüstert er: »Es tut mir so leid, so schrecklich leid.«

»Hören Sie auf damit!«, brülle ich ihn an. »Hören Sie endlich auf, ständig das Gleiche zu reden! Hören Sie auf!«

Er macht den Mund kurz zu, lässt aber dann weitere Erklärungen folgen, mit denen er meine Welt nur noch mehr zum Einsturz bringt. »Meine Frau hat es nie erfahren«, stellt er klar. »Sie dachte, Harry ist unser leiblicher Sohn. Sie liebte ihn auch so wie ein eigenes Kind. Ganz so wie ich auch. Ich begrub die Wahrheit ganz tief in mir drin, doch diese Wahrheit war mit Klingen gespickt, die mich innerlich in Fetzen schnitten. Tag für Tag.«

Ich möchte ihm ins Gesicht schreien, dass ich nur zu gut weiß, wie sich diese Klingen anfühlen. Doch ich zwinge mich dazu, den Mund zu halten und mir stattdessen auch noch den Rest anzuhören. Sein Geständnis kommt mir dabei vor wie ein Virus, das sich in der Luft ausbreitet und jeden von uns infiziert.

»Als dann bei meiner Frau unheilbarer Krebs festgestellt wurde, da überkam mich etwas. Eine Offenbarung. Ich dachte, wenn ich ihr nicht jetzt die Wahrheit über Harry erzähle, werde ich niemals die Gelegenheit bekommen, reinen Tisch zu machen. Also legte ich ein umfassendes Geständnis ab und sagte ihr alles, was ich getan hatte. Sie war am Boden zerstört. Entsetzt. Angewidert. Sie hatte jedes Recht, so zu empfinden. Sie starb als gebrochene Frau, und das hatte ich ihr angetan. Ich hatte immer nur Arzt sein wollen, ich hatte den Menschen helfen wollen. Doch stattdessen ...« Er lässt den Satz unvollendet und schlägt die Hände vors Gesicht.

Das Wissen um die ganze Wahrheit raubt meinem Körper alle Kraft. Ich sinke zu Boden, drehe mich zur Seite und rolle mich zusammen. Nach und nach breitet sich die Wahrheit in mir aus wie ein Gift, das mir mit einer Spritze injiziert worden ist. Ich finde keine Worte, da sind nur noch Tränen. Mir steigt der bittere Geruch der Erkenntnis in die Nase. Mir wird klar, was mir alles aufgebürdet worden ist. Die Trauer um eine tote Tochter, die ich nie hatte und um die ich nie hätte trauern müssen. Die grenzenlose Verzweiflung, nach Sams Tod eine Mutter ganz ohne Kinder zu sein, um die sie sich kümmern kann. Das alles ist zu viel, kaum zu ertragen, was umso schlimmer ist, da die Hälfte dieser Last gar nicht auf meinen Schultern hätte ruhen müssen.

Aber weiß ich das alles erst jetzt, oder war es mir schon an dem Tag klar, an dem Harry in meiner Küche saß? Harry mit den so vertrauten braunen Locken. Harry mit diesen Augen, in denen sein verstorbener Zwilling weiterzuleben schien.

Ich habe es da schon gewusst. Tief in meinem Inneren habe ich es gewusst.

Dieses Wissen hat mich seitdem angetrieben, allen Risiken zum Trotz weiter nach den Fakten zu suchen. Es war ein urtümliches Wissen, das tief in mir loderte, es war das Wissen einer Mutter.

»Es tut mir leid«, wiederholt sich Fisher unablässig. »Es tut mir so leid.«

Plötzlich lässt mich wütendes Gebrüll zusammenzucken, und ich sehe mit an, wie Scott auf den Mann losgeht, ihn am Kragen packt und vom Boden hochzieht. Ich richte mich zu einer knienden Haltung auf, gerade als er Fisher die Faust ins Gesicht rammt. Die Unterlippe platzt ihm auf, Blut spritzt umher. Fisher reißt die Arme hoch, kann sie aber nicht mehr vor sich bringen, um sich vor den nachfolgenden Hieben zu schützen. Er setzt sich auch nicht zur Wehr, sondern steht nur gebückt da und steckt ein, was Scott austeilt.

»Ich werde dich umbringen!«, brüllt Scott und verpasst ihm noch einen Kinnhaken. »Ich werde dich verdammt noch mal umbringen, du nutzloses Stück Scheiße.«

Wenn er so weitermacht, wird er Fisher tatsächlich erschlagen. »Scott«, rufe ich voller Sorge. »Bitte, hör auf! Scott, hör auf!«

»Er hat unser Leben ruiniert, Tess!«, sagt Scott und lässt den nächsten Fausthieb folgen. »Er hat uns alles weggenommen. Alles!« Noch ein Fausthieb, der genauso brutal ist. Dann noch einer und noch einer. »Er verdient es, dafür zu sterben!«

»Scott!«, brülle ich ihn an. »Hör auf! Bitte! Denk an Harry!«

Er muss mich gehört haben, denn der folgende Hieb fällt schon schwächer aus. Dann lässt er ab von Fisher, der blutüberströmt zu Boden sinkt und stöhnend liegen bleibt. Scott ist bleich vor Trauer, und vermutlich sehe ich in diesem Moment genauso mitgenommen aus wie er.

Ich halte meine Arme ausgestreckt, als Scott auf mich zugewankt kommt. Wir halten uns gegenseitig so fest umklammert, dass es schmerzt. Es ist körperlicher Schmerz, den wir als Gegengewicht zu unserem seelischen Schmerz benötigen. Frische Wunden in der Seele, die so tief reichen, dass ich mir nicht vorstellen kann, wie sie jemals verheilen sollen.

Aber dann endlich wird mir etwas klar: Harry ist mein Sohn. Er lebt. Er ist hier im Haus.

Und ich bin seine Mutter.

35

Acht Monate später

Eine angenehme Brise lässt die Blätter der Rosskastanien rascheln, die ringsum stehen. Bald ist wieder Maronizeit. Eine Frau mit gerötetem Gesicht, die ein Kleid mit Blumenmuster trägt, sitzt am anderen Ende der Bank und gibt ihren beiden Jungs genaue Verhaltensanweisungen, ehe sie sie in Richtung Spielplatz abziehen lässt. Unsere Blicke begegnen sich, wir lächeln uns an.

»Wenigstens gibt es hier ein bisschen Schatten«, sagt die Frau, holt eine Wasserflasche aus ihrem Rucksack und trinkt einen Schluck. »Auf dem Weg hierher bin ich fast geschmolzen. Aber ich will mich auch nicht beklagen«, ergänzt sie hastig. »Die Wärme wird uns schon bald wieder fehlen.«

Ich nicke und lächle, dann widme ich meine Aufmerksamkeit wieder dem Spielplatz.

»Junge oder Mädchen?«, fragt die Frau. »Oder gleich mehrere?«

»Ein Junge«, erwidere ich voller Stolz. »Drüben auf dem Klettergerüst.« Ich zeige auf Harry, der es ganz bis nach oben geschafft hat und sich nun vergewissert, dass ich auch ja Augenzeuge dieses wichtigen Moments werde.

Ich klatsche Beifall angesichts seiner Leistung, und auch die Frau neben mir beginnt zu klatschen. Daraufhin stellt sich Harry so hin, dass ich seine stolzgeschwellte Brust gar nicht übersehen kann.

»Ach ja«, seufzt sie leise und steht wieder auf. »Uns Müttern ist nie eine Pause vergönnt. Ich geh mal rüber und stoße meine beiden auf den Schaukeln an.«

»Bye«, sage ich, während die Frau weggeht.

»Hast du mich gesehen, Mummy?«, fragt Harry, der aufgeregt zu mir gelaufen kommt. Ich gebe ihm einen Kuss und lasse ihn ein paar Schluck Wasser trinken. »Ich hab's ohne anzuhalten bis ganz oben geschafft!«

»Du warst fantastisch«, lobe ich ihn. »Supermuskeln hast du. Das muss an dem vielen Obst und Gemüse liegen, das du isst.« Ich deute auf die Bank, und er setzt sich zu mir. »Möchtest du was essen?«

Er nickt, ich hole die kleine Schale mit Trauben aus meiner Tasche, nehme den Deckel ab und gebe sie ihm.

»Danke«, sagt er. Ich gebe ihm einen Kuss auf den Scheitel; seine Locken sind von der Anstrengung feucht geschwitzt.

»Wann bin ich wieder bei Scott?«, fragt er.

»Erst am nächsten Wochenende«, antworte ich. »Er will mit dir ins Kino gehen, wie du weißt.« Obwohl Harry zu mir »Mummy« sagt, weigert er sich, Scott »Daddy« zu nennen. Meinen Exmann verletzt das zwar zutiefst, aber Harry scheint es so zu sehen, dass er bereits einen Vater hat, auch wenn er den nicht mehr zu sehen bekommt.

James Fisher hat seine Zulassung als Arzt verloren, außerdem sitzt er eine sechsjährige Gefängnisstrafe wegen Kindesentführung sowie wegen Freiheitsberaubung ab. Letzteres betrifft das, was er mit Carly Dean gemacht hat. Scott hält die Strafe für viel zu niedrig, aber ich finde, sie passt ziemlich genau. Immerhin hat er uns Harry fast sechs

Jahre lang vorenthalten, und der Junge wurde um die gleiche Zeit bei seinen leiblichen Eltern betrogen. Ich weiß, er hat etwas Schreckliches angerichtet, aber mit den Folgen wird er für den Rest seines Lebens kämpfen – und das auch noch ganz auf sich allein gestellt.

Dem zuständigen Sozialarbeiter habe ich gesagt, dass ich damit einverstanden sein werde, wenn mein Sohn weiterhin Kontakt mit Fisher hat, sofern Harry das will. Aber es hat sich herausgestellt, dass Fisher nicht von meinem Jungen besucht werden möchte, weil das zu aufwühlend wäre. Ich mache keinen Hehl daraus, dass ich darüber erleichtert bin.

Angela Merida Flores war bereit, für das ins Gefängnis zu gehen, was sie getan hat. Doch bei ihr hat sich gezeigt, dass sie nichts falsch gemacht hat. Wie soll man jemanden vor Gericht stellen, der nichts anderes getan, als ein Kind zu seiner leiblichen Mutter zurückzubringen? Nach umfangreichen Ermittlungen wurde das Verfahren gegen sie eingestellt. Sie ist unschuldig.

Ich habe der Polizei nichts davon gesagt, dass Carly sich wiederholt unerlaubt Zutritt zu meinem Haus verschafft hat. Sie hat mich dafür um Verzeihung gebeten, und ich sage mir, dass sie mir im Rahmen aller Ereignisse letztlich dabei geholfen hat, meinen Sohn zu mir zurückzubringen. Ohne sie hätte ich mich niemals so beharrlich an Fishers Fersen geheftet, und dann wäre das alles niemals ans Licht gekommen. Dann wäre ich immer noch die schlichte alte Tessa. Kinderlos und von fragwürdiger geistiger Verfassung. Allein dieser Gedanke lässt mich schaudern, also verdränge ich ihn lieber und lasse die Dinge auf sich beruhen.

Carly hat mit meinem Einverständnis ihre Geschichte an die Zeitungen verkauft, und ich habe von ihrem Honorar einen ordentlichen Anteil abbekommen. Den habe ich gleich in meine neue Wohnung investiert, ein wundervoll helles, luftiges Zuhause in einem umgestalteten Gebäude im Edwardianischen Stil gleich um die Ecke von Moretti's. Bis zu meiner Arbeitsstelle brauche ich damit nur noch zwei Minuten. Das alte Haus, das mein und Scotts Zuhause gewesen war, habe ich verkauft. Es war für mich eine große Erleichterung, diesen Ort aufzugeben, der mit so viel Schmerz verbunden ist. Es fühlte sich an, als würde ich eine Haut abstreifen, die mir zu eng geworden war.

Den Managerposten, den Ben mir angeboten hatte, habe ich letztlich nicht angenommen, weil ich so viel Zeit wie möglich mit Harry verbringen möchte. Allerdings habe ich mir Bens Pläne für die Umgestaltung des Gartencenters angesehen und meine Kommentare dazu abgegeben. Es war ein richtiges Vergnügen für mich, wieder in meiner alten Funktion als Landschaftsgärtnerin aktiv zu sein.

Scott hat mit Aiden alle Hände voll zu tun, seinem Sohn, den er mit Ellie hat. Es ist witzig, aber immer, wenn ich Harry zu den beiden bringe, damit er Zeit mit seinem Vater und seinem Halbbruder verbringt, fällt mir auf, dass Ellie mir nicht in die Augen sehen kann. Vielleicht hat sie ja ein schlechtes Gewissen wegen der vielen Anschuldigungen, die sie gegen mich vorgebracht hat. Sie sollte sich einfach entschuldigen und dann die Sache auf sich beruhen lassen. Ich habe auch das Gefühl, dass die Mutterschaft für sie viel anstrengender ist, als sie es sich vorgestellt hat. Wenn ich Scott sehe, wirkt er immer nur gestresst. Die Überheblichkeit, die

die beiden mir gegenüber anfangs zur Schau gestellt haben, ist vielleicht nicht gerade durch Respekt vor mir ersetzt worden, aber zumindest durch ein wenig Demut – auch wenn keiner der beiden das jemals zugeben würde.

Es waren wunderbare, aber auch harte Monate. Die Umstellung hat sich für Harry zeitweise als ziemlich traumatisch erwiesen. Wir beide haben immer noch jede Woche Therapiesitzungen. Und ihm fehlt nach wie vor Liz, seine »andere Mummy«. In der ersten Zeit, nachdem ich ihn zu mir geholt hatte, wurden wir regelmäßig von einer Sozialarbeiterin besucht, die aber nach kurzer Zeit davon überzeugt war, dass es in Ordnung war, uns beide unbeaufsichtigt zu lassen. Letztlich besagte ihr Urteil wohl, dass ich eine gute Mutter bin.

Ich durfte feststellen, dass das Leben selbst in der Zeit größter Trauer neue Hoffnung und neue Freude bringen kann. Ich trauere immer noch um die Tochter, die nie meine Tochter war. Und niemand kann je meinen wunderschönen Jungen Sam ersetzen. Aber mit Harry wurde mir eine zweite Chance gegeben. Auch wenn es sich bei meinen Söhnen um zweieiige Zwillinge handelt, fühlt es sich so an, als wäre ein Teil von Sam zurückgekehrt. Harry ist meine Rettung, er ist der Grund für mich, am Morgen aufzustehen.

Nicht nur er.

»Ben!«, ruft Harry, springt von der Bank und rennt quer über den Spielplatz zu dem Mann, der sich von dort nähert. Ben schnappt ihn, hebt ihn hoch und dreht sich mit ihm im Kreis, ehe er ihn grinsend wieder absetzt.

Die beiden verstehen sich prächtig. Ben und ich lassen es langsam angehen. Aber ich weiß auch, dass ich die letzten

Monate ohne ihn an meiner Seite nicht durchgestanden hätte. Ich hebe die Hand, um ihn zu begrüßen.

»Na, wie geht es meinen beiden liebsten Menschen auf der Welt?«, fragt Ben, als er bei mir angekommen ist. Er beugt sich vor und küsst mich. Seine Augen strahlen.

»Gut«, antworten Harry und ich gleichzeitig, während ein spätsommerlicher Windhauch Kinderlachen vom Spielplatz zu uns herüberträgt.

»Habt ihr heute Abend Lust auf Pizza?«, fragt Ben. »Ich habe überlegt, ob du wohl Lust hast, mir beim Pizzabacken zu helfen, Harry. Es geht nichts über selbst gemachte Pizza.«

»Geht das, Mummy?«

»Hmm, Pizza. Ja, wir werden rüberkommen.«

Ben nimmt meine Hand und küsst die Knöchel. Dann stellt er sich wieder gerade hin und hält die Hände hinter den Rücken. »Such dir eine Hand aus, Harry.«

Harry stellt sich vor Ben und betrachtet ihn, während er gründlich darüber nachdenkt, wie er sich entscheiden soll.

»Komm schon. Links oder rechts? Welche soll es sein?«

»Rechts!«

»Na, das ist ja erstaunlich«, sagt Ben mit gespieltem Erstaunen. »Woher hast du das gewusst? Du musst ein Magier sein.« Er nimmt die rechte Hand nach vorn und präsentiert einen Gummiball mit einem Bild der Dampflok Thomas darauf, Harrys liebste Fernsehserie. »Sollen wir eine Runde Fangen spielen?«

Harry nickt so eifrig, dass seine Locken in Bewegung geraten. Die beiden laufen zu einer Rasenfläche gleich hinter dem Spielplatz, dann werfen sie sich gegenseitig den Ball zu. Ich beobachte, wie Ben rumalbert und immer wieder so tut, als würde er den Ball doch noch fallen lassen, was ein begeisterter Harry mit lautem Lachen kommentiert.

Ich glaube nicht, dass es so was wie ein perfektes Leben gibt. Immer wieder passieren schlimme Dinge, von denen ich mehr als genug durchmachen musste. Ich glaube auch nicht an das absolute Happy End, dem garantiert nichts Unerfreuliches mehr folgt. Aber in diesem Moment, den ich hier mit meiner im Entstehen begriffenen kleinen Familie verbringe, wird mir bewusst, dass ich etwas zurückbekommen habe, was ich für immer verloren geglaubt hatte. Eine Tür, die ich für fest verriegelt hielt, steht jetzt wieder weit offen. Ist das hier ein Happy End? Vielleicht ja, vielleicht nein. Aber auf jeden Fall ist es ein guter Anfang.